# 郁达夫散文中学生读本

李 麟 主编

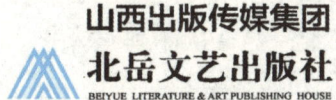

图书在版编目（CIP）数据

郁达夫散文中学生读本 / 李麟编. —太原：北岳文艺出版社，2016.1（2020.8 重印）
ISBN 978-7-5378-4653-0

Ⅰ.①郁… Ⅱ.①李… Ⅲ.①散文集—中国—现代 Ⅳ.①I266

中国版本图书馆 CIP 数据核字（2015）第 300520 号

## 郁达夫散文中学生读本

| 编　　者 | 李　麟 |
| --- | --- |
| 责任编辑 | 贾江涛 |
| 装帧设计 | 揽胜视觉 |

| 出版发行 | 山西出版传媒集团·北岳文艺出版社 |
| --- | --- |
| 地　　址 | 山西省太原市并州南路 57 号 |
| 邮　　编 | 030012 |
| 电　　话 | 0351-5628698（太原发行部） |
| | 010-57427866（北京发行部） |
| | 0351-5628688（总编室） |
| 传　　真 | 0351-5628680 |
| 网　　址 | http://www.bywy.com |
| E – mail | bywycbs@163.com |
| 经 销 商 | 新华书店 |
| 承 印 者 | 北京飞达印刷有限责任公司 |

| 开　　本 | 710 毫米 × 1000 毫米　1/16 |
| --- | --- |
| 字　　数 | 221 千字 |
| 印　　张 | 19 |
| 版　　次 | 2016 年 1 月第 1 版 |
| 印　　次 | 2020 年 8 月北京第 2 次印刷 |
| 书　　号 | ISBN 978-7-5378-4653-0 |
| 定　　价 | 26.80 元 |

# 前言
QIANYAN

郁达夫（1896—1945），原名郁文，幼名荫生，字达夫，幼名阿凤，浙江富阳人，中国现代著名小说家、散文家、诗人。代表作有《沉沦》《故都的秋》《春风沉醉的晚上》《过去》《迟桂花》等。郁达夫精通五门外语，分别为日语、英语、德语、法语、马来西亚语，是中国百年难遇的天才语言家。

郁达夫经常用的笔名有"日归""旭""文"及"春江钓"等，他1896年生于浙江省富阳小城。六岁时，父亲过世，家庭生计顿感艰难。几亩薄田难以维持全家五口人（郁达夫上有两个哥哥和一个姐姐）的吃穿，郁母陆氏不得不抛头露面在大街上摆设一个杂货摊，赚取蝇头小利以补贴家用，但就是如此，在没有一个男人作为顶梁柱的这个家庭里，生活也经常处于无着落的状态。万不得已的情况下，陆氏忍痛将女儿郁凤珍送给当地一位财主为童养媳。贫困艰难、饥寒交迫的生活，使达夫的幼年失却了欢乐。郁达夫七岁开始入塾读书。他天资颖慧，悟性极高，很受先生的赏识，吃了不少的偏饭，这为他的旧文学素养打下了坚实的基础。五年之后，郁达夫以优异的成绩考取富阳县立高小学堂，成为富阳县屈指可数的几个儿童秀才之一。在这里，这个不起眼的小秀才，很快以其卓越的天赋，吸引了全校师生的注意。

不久，他便以特佳的成绩，获得跳班升级的资格，更使全校师生刮目相看，惊叹不已。郁达夫后来在回忆这段往事时，仍得意扬扬、兴奋不已，悠悠吟出"功业他年差可想，荒村终老蛀虫鱼"这样抱负非凡的诗句。

郁达夫以三年时间在富阳小学学完四年的课程，这时他才十五岁。但此时的他，已经通读史书，尤其谙熟两汉史书。郁达夫不满足于此，开始在旧诗词领域里涉猎，后有自述诗云："吾生十五无他嗜，只爱兰台令史书。忽遇江南吴祭酒，梅花雪里学诗初。"

郁达夫十六岁前往嘉兴中学读书，后由于离家遥远，思乡心切，便改入杭府中学。课余，郁达夫着迷于志怪小说，这使他接触了不少的古典名著。小说的大量阅读，促使他产生了强烈的创作欲望。他开始向报刊投稿，虽有个别退稿，但不少还是被采用了。

1912年，郁达夫升入美国长老教会在杭州设立的三江大学预科。他痛恨腐败，爱国心切，便积极参与学潮，结果仅两个月便被开除。不久，郁达夫随兄前往日本东京，先经过半年多的功课补习，进入了东京第一高等学校预备班，先学文哲，后攻医学，一年后通过考试获得官费待遇，得以入名古屋第八高等学校就读。

这段时期，郁达夫二十出头，一下子远离家乡父老，到数千里之外的他乡异国去读书，不免心中悲凉，多有感伤，再加上本人的生活颇艰，苦不堪言，久而久之，情绪郁结，终发展成为刺激性神经衰弱症，不得不中途辍学疗养。半年后，郁达夫病愈复学，他深谙学医于救国无望，也难以发挥一技之长，便转入西学政治科。这样，郁达夫便有了很多机会去接触古今中外大量的文史哲名著，因而再次刺激了他的创作欲望。在名古屋的四年，他写了大约有二十首旧体诗，陆续在国内外的刊物上发表，名声虽不至于很大，但也却小有影响，甚至得到了一些编辑的赞赏。

郁达夫除写诗外，又对写小说产生了浓厚的兴趣，在原有的基础上，阅读了大量的欧洲小说及小说创作之类的书籍。中西文化的交融，引发了他创作小说的欲望。他开始在课余醉心于文艺创作了。

在日本期间，郁达夫推出了他的第一部力作《沉沦》。《沉沦》的发表，震撼了当时的中国文坛，郁达夫顿时名声大噪。这使郁达夫足可以在当时和鲁迅、郭沫若并足而立，正如《郁达夫传》的作者王观乐所说："1921年中国文坛，已经产生了《女神》《阿Q正传》等一旦出现立即引起轰动的杰作，但没有出现描写青年一代精神苦闷的作品，郁达夫的《沉沦》真是应运而生。"《沉沦》的主人翁成了五四运动以后最早出现的具有强烈反帝反封建精神的文学形象，尤其他那感伤情绪的表达和那种悲天悯人而又愤世嫉俗的笔调，能给青年以相通的理解、同情，并能从中受到鼓舞，吸取力量，使他成为青年人一时崇拜的几个天才作家之一。

1921年秋，郁达夫的短篇小说集《沉沦》出版，这是我国现代文学史上第一部白话短篇小说集，它的出版在我国现代文学史上具有里程碑的意义。《沉沦》之后，郁达夫又接连推出了《南迁》《采石矶》等小说，不到二十七岁的郁达夫成为中国现代文坛一颗璀璨的明珠。

郁达夫在1919年即他二十七岁时，通过毕业考试，取得日本东京帝国大学经济学部经济学科的学士学位，满载着声誉、喜悦，踏上归国的旅程，结束了他前后十年的留学生涯。

归国后的郁达夫，一面从事教学工作，一面又活跃于文坛上，和郭沫若、成仿吾等，把他们的文学团体——创造社办得有声有色，终成为当时文坛上一支令人望而生畏的劲旅。

郁达夫的文学天赋及其他方面的卓越才能和他的悲剧性命运却恰成鲜明的对照。这一不幸的打击首先来自于婚姻的破裂。

郁达夫前后娶妻三次。其原配夫人孙荃，是一个旧式小脚女子，自幼熟读《女四书》和《烈女传》，能诗善文，在旧时的中国也算得上一位"佳人"。他们的婚姻虽是父母包办，两人起初却也过得恩恩爱爱，情意缠绵。孙氏曾先后为他生下了两子两女（长子五岁夭折），也算给他立下了汗马功劳。尤其孙氏谨守妇道，相夫教子，称得上一位

贤慧的淑妻。然而民国16年（1927年）初春，郁达夫在上海遇见王映霞以后，惊为天人。郁王邂逅不久，王映霞终在郁达夫凌厉的追逐中，订白首之盟，成百年之好。1936年，郁、王在杭州圈地营建住宅——"风雨茅庐"。郁达夫后赴福州任职。然而不久之后，有关王映霞的风言风语传到了正在福州的郁达夫耳朵里。郁达夫妒火中烧，但又无可奈何，两人终至拌嘴吵闹。王映霞一气之下离家出走。郁达夫爱恨交加，万分痛苦，最后在《武汉大公报》上登出一则启事，明为寻人，实则寒碜王映霞。自此，两人的情意，逐渐销毁殆尽，一对恩爱夫妻终至反目成仇，形如水火。后来在友人的调解下矛盾一度有所缓和，但是由于积怨甚深，1940年二人还是彻底决裂。

郁达夫在婚姻上是不幸的，但在政治上更具传奇性的悲剧色彩。

早在东京留学期间，郁达夫就对半殖民地半封建的中国社会现状有着较清醒的认识，他同情工人阶级、农民阶级，痛击腐败，鞭挞黑暗，歌颂光明，以期唤起中国民众的斗志。后来，他加入创造社，同郭沫若等一道，成为中国文坛反帝反封建的勇士。郁达夫的风流豪放、坦率真诚但稍显幼稚的性格，使他在创作中强烈地受到了卢梭《忏悔录》中"我的大胆暴露"的影响，也每每将自己深刻解剖，置之大庭广众之下，以此鞭策自己、警醒世人，这对于深藏在千年万年的衣帽下的士大夫的虚伪，不啻是一种暴风雨般的闪击，把那些所谓的正人君子、假道学先生们震惊得目瞪口呆，以至于对他狂骂怒斥、围剿攻击。

虽然，郁达夫暴露自我非常勇敢，但他抵御外来攻击的能力却很差，他的感情是脆弱的，而神经又稍过纤细，这使他面临外来的攻击时，常常非常孤独，有时甚至于伤心、苦恼。他是一个牢骚式的人物，绝不会趋时，在一片"北伐胜利"的欢笑声中，他虽然也为此兴奋不已，但更多的是忧患意识。他不合时宜地吹起刺人的警笛；毫不客气地把他目睹某些所谓的革命者那种"暗中敲括，表面粉饰"的投机行为揭露出来，结果引发了来自"左""右"两个阵营的攻击。既被革命投机分子所痛恨，又不为正在统一战线阵营中的革命同志所理解，郁达夫只能在四面楚歌的夹缝中度过。后来，蒋介石的叛变革命证实了郁达夫的政治敏感，但郁达夫却不会装饰自己，他又以露骨的直率向美国记者和好友徐志摩说："我不是战士，只是作家。"一句真诚的话语，又使他遭到了比来自敌人更猛烈的攻击，革命同志鄙薄于他乃至反目。结果，"左联"除了他的名，他也被长时间扣上了"革命意志消沉"的帽子。

郁达夫的豪爽、天真，使他永远不会掩饰自己的喜、怒、哀、乐，这种不分场合的随心所欲，使他遭到了毁灭性的打击。1945年8月，在印尼的日军接到他们的天皇向盟军宣布无条件投降的命令时，日本侵略者一时间垂头丧气，惊慌失措。而郁达夫竟毫不顾忌自己革命党人的身份，以及周围日军特务的猖狂活动，掩饰不住自己内心狂喜之情，四处活动，兴高采烈地准备去迎接胜利的盟军。日本宪兵在识破了郁达夫革命党人的真实身份后，在一个伸手不见五指的夜晚，将他杀害。

独特的生活阅历和个性，铸就了郁达夫散文的鲜明特色。首先，强烈地表现作家个性，这是郁达夫散文创作的理论认识，也是他"散文的心"。他在散文中无所顾忌地对自己的思想、生活细节进行详细的描写，形成了他"自叙传"的独特风格。第二，忧郁感伤的情调。郁达夫的散文，与小说一样与众不同，忧郁感伤的情调深深地烙印在他的创作中。第三，恣肆坦诚、热情呼号的自剖式的文字。第四，回肠荡气的诗的调子。另外，郁达夫散文中那种不拘形式纵情宣泄的抒情方式，郁达夫的散文发出的是带有强烈个性的自己的声音，表现了一个富有才情的知识分子在动乱社会里的苦闷心情，展现出一幅幅感伤、忧郁而又秀丽、隽永的情景交融的画面。

郁达夫虽然在散文中伤感得无以复加，但他也并没有放弃对理想的追求，无论是伤感压迫得他喘不过气来的时候，还是几乎坠入颓唐境地的时光，他的心中总有一个诱惑着他的理想。这个理想谈不上崇高，也不具备多么深刻的内涵，但对郁达夫来说，却具有巨大的人生魅力，是推动他奋斗、创造的动力，这就是女性的爱。1927年郁达夫曾在日记中写道："我若能得到王女士（即王映霞—引者注）的爱，那么此后的创作力更要强些。啊！人生还是值得的，还是可以得到一点意义的。"（《郁达夫研究资料》，花城出版社1985年版，第551页）在这之前，郁达夫在日记中还多次写道："我所要求的就是爱情"，"若有一个美人，能理解我的苦楚，她要我死，我也是肯的。""若有一个妇人，无论她是美是丑，能真心真意的爱我，我也愿意为她死。"女人，在郁达夫的笔下被圣化了。爱，在郁达夫的意识与情感中被神化了。于是，他在自己的散文中只要写到女人，特别是美丽的少女，他的笔下就充满了浪漫的诗意。在轮船上他见到一个"年约十八九的中西杂种的少女"，她的美，使郁达夫用近三百字来细细地刻画她的外貌、衣着、姿态，最后禁不住在心中暗暗地想："我头上那一块板，就是她曾经立过的地方。啊啊，要是她能爱我，就叫我用无论什么方法去使她快乐，我也愿意的。啊啊，所罗门当日的荣华，比起纯洁的少女的爱情，只值得什么？"郁达夫对女性的这神圣、痴想的情感，一方面当然是"自我"理想的表现，另一方面有分明映射着五四人的"发现"的光芒。周作人在《人的文学》中曾说过，女人和儿童的发现，是欧洲近代文明的产物。而对五四时期的中国来说，对女性的赞美和痴爱，那就不仅仅是一种现代意识的表现，也是对封建礼教最直接的批判，因为，女性在封建规范中，不是被当作会说话的工具，就是被当作玩物，从来没有独立的人格尊严。所以，郁达夫将女性作为自己的理想来追求，这种行为和艺术倾向，虽然在力度、深度上都不具备"崇高"的属性，但反封建的民主意识却是鲜明可见的。

# 目录
MU LU

## 上编

归航 …………………………………………………… (3)

还乡记 ………………………………………………… (9)

小春天气 ……………………………………………… (31)

一个人在途上 ………………………………………… (40)

给一位文学青年的公开状 …………………………… (49)

灯蛾埋葬之夜 ………………………………………… (56)

钓台的春昼 …………………………………………… (62)

迟桂花 ………………………………………………… (70)

西溪的晴雨 …………………………………………… (100)

故都的秋 ……………………………………………… (104)

立秋之夜 ……………………………………………… (110)

怀鲁迅 ………………………………………………… (113)

江南的冬景 …………………………………………… (116)

## 下编

还乡后记 …………………………………… (123)

致王映霞的一封信 ……………………… (133)

志摩在回忆里 …………………………… (138)

北国的微音 ……………………………… (144)

半日的游程 ……………………………… (149)

方岩纪静 ………………………………… (153)

冰川纪秀 ………………………………… (158)

记耀春之殇 ……………………………… (160)

雨 ………………………………………… (163)

闽游滴沥之一 …………………………… (165)

闽游滴沥之二 …………………………… (170)

闽游滴沥之三 …………………………… (176)

闽游滴沥之四 …………………………… (181)

闽游滴沥之五 …………………………… (187)

闽游滴沥之六 …………………………… (193)

记闽中的风雅 …………………………… (199)

马六甲游记 ……………………………… (202)

杂谈七月 ………………………………… (209)

杭州的八月 ……………………………… (211)

悲剧的出生 ……………………………… (213)

我的梦，我的青春 ……………………… (219)

书塾与学堂 ……………………………… (224)

水样的春愁 ……………………………… (229)

远一程，再远一程！ …………………… (236)

孤独者 …………………………………… (241)

大风圈外 ………………………………… (246)

海上 …………………………………………………（252）

南行杂记 ………………………………………（257）

马缨花开的时候 ………………………………（267）

敌我之间 ………………………………………（273）

巴掌厚的腊肉和巴掌大的蚊子 ………………（279）

暗夜 ……………………………………………（283）

移家琐记 ………………………………………（285）

海上通信 ………………………………………（290）

# 上编
SHANGBIAN

# 归航

微寒刺骨的初冬晚上,若在清冷同中世似的故乡小市镇中,吃了晚饭,于未敲二更之先,便与家中的老幼上了楼,将你的身体躺入温暖的被里,呆呆的隔着帐子,注视着你的低小的木桌上的灯光,你必要因听了窗外冷清的街上过路人的歌声驻足泪落。你因了这灰暗的街上的行人,必要追想到你孩提时候的景象上去。这微寒静寂的晚间的空气,这幽闲落寞的夜行者的哀歌,与你儿童时代所经历的一样,但是睡在楼上薄棉被里,听这哀歌的人的变化却如何了一想到这里谁能不生起伤感的情来呢——但是我的此言,是为像我一样的无能力的将近中年的人而说的——

我在日本的郊外夕阳晼晚的山野田间散步的时候,也忽而起了一种同这情怀相像的怀乡的悲感;看看几个日夕谈心的朋友,一个一个的减少下去的时候,我也想把我的迷游生活结束了。

十年久住的这海东的岛国,把我那同玫瑰露似的青春消磨了的这异乡的天地,到了将离的时候,倒反而生出了一种不忍与她诀别的心来。啊啊,这柔情一脉,便是千古的伤心

种子,人生的悲剧,大约是发芽在此地的吧。

我于未去日本之先,我的高等学校时代的生活背景,也想再去探看一回。我于永久离开这强暴的小国之先,我的叠次失败了的浪漫史的血迹,也想再去揩拭一回。

我的回国日期竟一天一天的延长了许多的时日。从家里寄来的款也到了,几个留在东京过夏的朋友为我饯行的席也设了,想去的地方,也差不多去过了,几册爱读的书也买好了,但是要上船的第一天(七月的十五)我又忽而跑上日本邮船公司去,把我的船票改迟了一班,我虽知道在黄海的这面有几个——我只说几个——与我意气相合的朋友在那里等我。

但是我这莫名其妙的离情,我这像将死时一样的哀感,究竟教我如何处置呢?我到七月十九的晚上,喝醉了酒,才上了东京的火车,上神户去趁翌日出发的归舟。

二十的早晨从车上走下来的时候,赤色的太阳光线已经将神户市的一大半房屋烧热了。神户市的附近,须磨是风光明媚的海滨村,是三伏中地上避暑的快乐园,当前年须磨寺大祭的晚上,依我目下的情怀说来,是不得不再去留一宵宿,叹几声别的,但是回故国的轮船将于午前十点钟开行,我只能在海上与她遥别了。

"但愿你健在,但愿你荣华,我今天是不能来看你了。再会——不……不……永别了……"

须磨的西边是明石,紫式部的同画卷似的文章,蓝苍的海浪,洁白的沙滨,参差雅淡的别庄,别庄内的美人,美人的幽梦……"明石呀明石!我只能在游仙枕上,远梦到你的青松影里,再来和你的儿女谈多情的韵事了。"

八点半钟上了船,照管行李,整理舱位,足足忙了两个钟头;船的前后铁索响的时候,铜锣报知将开船的时候,我

的十年中积下来的对日本的愤恨与悲哀,不由得化作了数行冰冷的清泪,把海湾一带的风景,染成了模糊像梦里的江山。

"啊啊,日本呀!世界一等强国的日本呀!野心比我们强烈的日本呀!我去之后,你的海岸大约依旧是风光明媚,天色的苍茫,海洋的浩荡,大约总不至因我之去而稍生变更的。我的同胞的青年,大约仍旧要上你这里来,继续了我的运命,受你的欺辱的。但是我的青春,我的在你这无情的地上化费了的青春!啊啊,枯死的青春呀,你大约总再也不能回复到我的身上来了吧!"

二十一日的早晨,我还在三等舱里做梦的时候,同舱的鲁君就跳到我的枕边上来说:"到了到了!到门司了!你起来同我们上门司去吧!"

我乘的这只船,是经过门司不经过长崎的,所以门司,便是中途停泊的最后的海港;我的从昨日酝酿成的那种伤感的情怀,听了门司两字,又在我的胸中复活了起来。一只手擦着眼睛,一只手捏了牙刷,我就跟了鲁君走出舱来;淡蓝的天色,已经被赤热的太阳光线笼罩了东方半形。

平静无波的海上,贯流着一种夏天早晨特有的清新的空气。船的左右岸有几堆同青螺似的小岛,受了朝阳的照耀,映出了一种浓润的绿色。前面去左船舷不远的地方有一条翠绿的横山,山上有两株无线电报的电杆,突出在碧落的背景里;这电杆下就是门司港市了。船又行进了三五十分钟,回到那横山正面的时候,我只见无数的人家,无数的工厂烟囱,无数的船舶和桅杆,纵横错落的浮映在天水中间的太阳光线里,船已经到了门司了。

门司是此次我的脚所践踏的最后的日本土地,上海虽然有日本的居民,天津汉口杭州虽然有日本的租界,但是日本的本土,怕今后与我便无缘分了。将来大约我总不至坐在赴

美国的船上,再向神户横滨来泊船的。所以我可以说门司便是此次我的脚所践踏的最后的日本土地了。

我因为想深深的尝一尝这最后的伤感的离情,所以衣服也不换,面也不洗,等船一停下,便一个人跳上了一只来迎德国人的小汽船,跑上岸上去了。小汽船的速力,在海上振动了周围清新的空气,我立在船头上觉得一种微风同妇人的气息似的吹上了我的面来。

蓝碧的海面上,被那小汽船冲起了一层波浪,汽船过处,现出了一片银白的浪花,在那里返射着朝日。在门司海关码头上岸之后,我觉得射在灰白干燥的陆地路上的阳光,几乎要使我头晕;在海上不感得的一种闷人的热气,一步一步的逼上我的面来,我觉得我的鼻上有几颗珍珠似的汗珠滚出来了;我穿过了门司车站的前庭,便走进狭小的锦町街上去。我想永久将去日本之先,不得不买一点什么东西,作作纪念,所以在街上走了一回,我就踏进了一家书店。新刊的杂志有许多陈列在那里,我因为不想买日本诸作家的作品,来培养我的创作能力,所以便走近里面的洋书架去。小泉八云 LafcadioHearn 的作,ModernLibrary 的丛书占了书架的一大部分,我细细的看了一遍,觉得与我这时候的心境最适合。

我将要离去日本了,我在沦亡的故国山中,万一同老人追怀及少年时代的情人一般,有追思到日本的风物的时候,那时候我就可拿出几本描写日本的风俗人情的书来赏玩。

这书若是日本人所著,他的描写,必至过于真确,那时候我的追寻远地的梦幻心境,倒反要被那真实粗暴的形相所打破。我在那时候若要在沙上建筑蜃楼,若要从梦里追寻生活,非要读读朦胧奇特,富有异国情调的,那些描写月下的江山,追怀远地的情事的书类不可;从此看来,这 Kimono 便是与这境状最适合的书了,我心里想了一遍,就把

Kimono 买了。从书店出来又在狭小的街上的暑热的太阳光里走了一段，我就忍了热从锦町三丁目走上幸町的通里山的街上去。啊啊，这日本的最美的春景，我今天看后，怕也不能多看了。

喝了一大瓶啤酒，吃了几碗日本固有的菜，我觉得我的消沉的心里，也生了一点兴致出来，便想尽我所有的金钱，但拿出表来一看，已经过十二点了，船是午后二点钟就要拔锚的。

我出了酒店，手里拿了一本 Kimono，在街上走了两步，到浴场去洗了一个澡，上船的时候，已经是午后一点半了。三十分后开船的时候，我和许多去日本的中国人和日本人立在三等舱外甲板上的太阳影里看最后的日本的陆地。门司的人家远去了，工场的烟囱也看不清楚了，近海岸的无人绿岛也一个一个的少下去了。

海上的景物也变了。近处的小岛完全失去了影子，空旷的海面上，映着了夕照，远远里浮出了几处同眉黛似的青山；我在甲板上立得不耐烦起来，就一声也不响，低了头，回到了舱里。

太阳在西方海面上沉没了下去，灰黑的夜阴从大海的四角里聚集了拢来，我吃完了晚饭，仍复回到甲板上来，立在那少女立过的楼底直下。我仰起头来看看她立过的地方，心里就觉得悲哀起来，前次的纯洁的心情，早已不复在了，我心里只暗暗地想："我的头上那一块板，就是她曾经立过的地方。啊啊，要是她能爱我，就教我用无论什么方法去使她快乐，我也愿意的。啊啊，所罗门当日的荣华，比到纯洁的少女的爱情，只值得什么事也不难，她立在我头上板上的时候，我只须用一点奇术把我的头一寸一寸的伸长起来，钻过船板去就对了。"想到了这里，我倒感着了一种滑稽的快感；

但看看船外灰黑的夜阴,我觉得我的心境也同白日的光明一样,一点一点被黑暗腐蚀了。我今后的黑暗的前程,也想起来了。我的先辈回国之后,受了故国社会的虐待,投海自尽的一段哀史,也想起来了。

我走近船舷,向后面我所别来的国土一看,只见得一条黑线,隐隐的浮在东方的苍茫夜色里。我心里只叫着说:"Avé Japon!我的前途正黑暗得很呀!"

一九二二,七月二十六日,上海。

### 阅读指要

本文选自《达夫散文集》,上海北新书局1936版。

《归航》是郁达夫离开日本时写的散文。他在日本生活了十多年,离别之际,他知道自己再也不能回到日本了。

郁达夫作为一位"五四"时期的前沿作家,在他的一生中充满了忧郁,充满了离愁,充满了对明天的恐惧和对昨天的不堪回首。在他浓重深沉的笔触之下,流露出的一颗赤忱的爱国忧民之心;在他远离家乡的凄苦生活之下,隐藏着生活情感的压抑,这使他遁逃现实带来的深重压力,蛰居在诗歌和死亡的帐下。需要指出的是,《归航》中的"我",是因为爱国的热情而开始对少女产生种种想法,其中还混杂着一些狭隘的、封建伦理式的感情,作品最后写到回祖国后等着自己的仍将是"社会的压迫",到时无路可走,"不得不自杀",更显出人生的无味,前途的黑暗,确实耐人深思。

# 还乡记

## 一

大约是午前四五点钟的样子,我的过敏的神经忽而颤动了起来。张开了半只眼,从枕上举起非常沉重的头,半醒半觉的向窗外一望,我只见一层白色的云丛,密布在微明空际,房里的角上桌下,还有些暗夜的黑影流荡着,满屋沉沉,只充满了睡声,窗外也没有群动的声音。

"还早哩!"

我的半年来睡眠不足的昏乱的脑经,这样的忖度了一下,我的有些错痛的头颅仍复投上了草枕,睡着了。

第二次醒来,忽忽的跳出了床,跑到窗前去看跑马厅的自鸣钟的时候,我的心里忽而起了一阵狂跳。我的模糊的睡眼,虽看不清那大自鸣钟的时刻,然而我的第六官却已感得了时间的迟暮,八点的快车大约总赶不到了。

天气不晴也不雨,天上只浮满了些不透明的白云,黄梅时节的时候,像这样的天气原是很多的。我一边跑下楼去匆匆的梳洗,一边催听差的起来,问他是什么时候。因为我的

一个镶金的钢表，在东京换了酒吃，一个新买的爱而近，去年在北京又被人偷了去，所以现在我只落得和桃花源里的乡老一样，要知道时刻，只能问问外来的捕鱼者"今是何世？"听说是七点三刻了，我忽而衔了牙刷，莫名其妙的跑上楼跑下楼的跑了几次，不消说心中是在懊恼的。忙乱了一阵，后来又仔细想了一想，觉得终究是赶不上八点的早车了，我的心倒渐渐地平静下去。慢慢的洗了脸，挽了衣服，我就叫听差的去雇了一乘人力车来送我上火车站去。

我的故乡在富春山中，正当清泠的钱塘江的曲处。车到杭州，还要在清流的江上坐两点钟的轮船。这轮船有午前午后两班，午前八点，午后二点，各有一只同小孩的玩具似的轮船由江干开往桐庐去的。若在上海乘早车动身，则午后四五点钟，当午睡初醒的时候，我便可到家，与闺中的儿女相见，但是今天已经是不行了。

不能即日回家，我就不得不在杭州过夜，但是羞涩的阮囊，连买半斤黄酒的余钱也没有的我的境遇，教我那里能忍此奢侈。我心里又发起恼来了。可恶的我的朋友，你们既知道我今天早晨要走，昨夜就不该谈到这样的时候才回去的。可恶的是我自己，我已决定于今天早晨走，就不该拉住了他们谈那些无聊的闲话的。这些也不知是从那里来的话？这些话也不知有什么兴趣？但是我们几个人愁眉蹙额的聚首的时候，起先总是默默，后来一句两句，话题一开，便倦也忘记了，愁也丢了，眼睛就也放起怖人的光来，有时高笑，有时痛哭，讲来讲去，去岁今年，总还是这几句话：

"世界真是奇怪，像这样轻薄的人，也居然能成为中国的偶像的。"

"正唯其轻薄，所以能享盛名。"

"他的著作是什么东西呀！连抄人家的著书还要错。"

"唉唉!"

"还有××呢！比××卑鄙，更不通，而他享的名誉反而更大！"

"今天在车上看见那犹太女子真好哩！"

"她的屁股正大得爱人。"

"她的臂膊!"

"啊啊!"

"恩斯来的那本《彭思生里参拜记》，你看到什么地方了？"

"三个东部的野人，三个方正的男子，他们起了崇高的心愿，想去看看什，泻，奥夫，欧耳。"

"你真记得牢!"

像这样的毫无系统，漫无头绪的谈话，我们不谈则已，一谈起头，非要谈到块垒消尽，悲愤泄完的时候不止。唉，可怜有识无产者，这些不平，与你们的脆弱的身体，高亢的精神者，究有可补？罢了罢了，还是回头到正路上去，理点生产罢！

昨天晚上有几位朋友，也在我这里，谈了些这样的闲话，我入睡迟了，所以弄得今天赶车不及，不得不在西子湖边，住宿一宵。我坐在人力车上，孤冷冷的看着上海的清淡的早市，心里只在怨恨朋友，要使我多破费几个旅费。

## 二

人力车到了北站，站上人物萧条。大约是正在快车开出之后，慢车未发之先，所以现出这沉静的状态。我得了闲空，心里倒生出了一点余裕来，就在北站构内，闲走了一回。因为我此番归去，本来想去看看故乡的景状，只有两袖清风，一只空袋，和填在鞋底里的几张钞票——这是我的脾气，有钱的时候，老把它们填在鞋子底里。一则可以防止扒手，二则因为我受足了金钱迫害，借此也可满足我对金钱复仇的心思，有时候我真有用了全身的气力，拼死蹂践它们的举动——而已，身边没有行李，在车站上跑来跑去是非常自由的。

天上的同棉花似的浮云，一块一块的消散开来，有几处竟现出青苍的笑靥来了。灰黄无力的阳光，也在几处看得出来。虽有霏微的海风，一阵阵夹了灰土煤烟，吹到这灰色的车站中间，但是伏天的暑热，已悄悄的在人的腋下腰间送信来了。"啊啊！三伏的暑热，你们不要来缠扰我这消瘦的行路病者！你们且上富家的深闺里去，钻到那些丰肥红白的腿间乳下去，把她们的香液蒸发些出来罢！我只有这一件半旧的夏布长衫，若被汗水污了，明天就没得更换的呀！"这是我想对暑热央告的话头。

在车站上踏来踏去的走了几遍，站上的行人，渐渐的多起来了。男的女的，行者送者，面上都堆着满贮希望的形容，在那里左旋右转。但是我——单只是我个人——也无朋友亲戚来送我的行，更无爱人女弟，来作我的伴，我的脆弱的心中，又无端的起了万千的哀感：

"论才论貌，在中国的二万万男子中间，我也不一定说不得是最下流的人，何以我会变成这样的孤苦呢！我前世犯了什么罪来！我生在什么星的底下？我难道真没有享受快乐的资格么？我不能相信的，我不能相信的。"

这样一想，我就跑上车站的旁边入口处去，好像是看见了我认识的一位美妙的女郎来送我回家的样子。我走到门口，果真见了几个穿时样的白衣裙的女子，刚从人力车下来。其中有一个十七八岁的，戴白色运动软帽的女学生，手里提了三个很重的小皮箧，走近了我的身边。我不知不觉的

伸出了一只手去,想为她代拿一个皮箧,她站住了脚,放开了黑晶晶的两只大眼睛很诧异的对我看了一眼。

"啊啊!我错了,我昏了,好妹妹,请你不要动怒,我不是坏人,我不是车站上的小窃,不过我的想象力太强,我把你当作了我的想象中的人物,所以得罪了你。恕我恕我,对不起,对不起,你的两眼的责罚,是我所甘受的,我错了,我昏了。"

我被她的两眼一看,就同将睡了的人受了电击一样,立时涨红了脸,发出了一身冷汗,心里这样的作了一遍谢罪之辞,缩回了手,低下了头,匆匆的逃走了。

啊啊!这不是衣锦还乡,这不是罗皮康的南渡,有谁来送我的行,有谁来作我的伴呢!我的空想也未免太不自量了。我避开了那个女学生,逃到了车站大门口的边上人丛中躲藏的时候,心里还在跳跃不住。凝神屏气的立了一会,向四边偷看了几眼,一种不可捉摸的感情,笼罩上我的全身,我就不得不把我的夏布长衫的小襟拖上面去了。

## 三

"已经是八点四十五分了。我在这里躲藏也躲藏不过去的,索性快点去买一张票来上车去罢!但是不行不行,两边买票的人这样的多,也许她是在内的,我还是上口头的那近大门的窗口去买罢!这里买票的人正少得很!"

这样的打定了主意,我就东探西望的走上那玻璃窗口,去买了一张车票。伏倒了头,气喘吁吁的跑进了月台,我方晓得刚才买的是一张二等票,想想我脚下的余钱,又想想今晚在杭州不得不付的膳宿费,我心里忽而清了一清。经济与恋爱是不能对立的,刚才那女学生的事情,也渐渐的被我忘了。

浙江虽是我父母之邦，但是浙江的知识阶级的腐败，一班教育家政治家对军人的谄媚与对平民的压制，以及小政客的婢妾的行为，无厌的贪婪，平时想起就要使我作呕。所以我每次回浙江去，总抱一腔羞嫌的恶怀，障扇而过杭州，不愿在西子湖头作半日的勾留。只有这一回到了山穷水尽，我委委颓颓的逃返家中，仍想到我所嫌恶的故土去求一个息壤！投林的倦鸟，返壑的衰狐，当没有我这样的懊丧落胆的。啊啊！浪子的还家，只求老父慈兄，不责备我就对了，哪里还有批评故乡，憎嫌故乡的心思？我一想到这一次的卑微的心境，竟不觉泫泫的落下泪了。

我孤伶的坐在车里，看看外面月台上跑来跑去的旅人，和穿黄色制服的挑夫，觉得模糊零乱，他们与我的中间，有一道冰山隔住的样子。一面看看车站附近各工厂的高高的烟囱，又觉得我的头上身边，都被一层灰色的烟雾包围在那里。我深深的吸了一口气，把车窗打开来看梅雨晴时的空际。天上虽还不能说是晴朗，但一斛晴云，和几道光线，却在那里安慰旅人说："雨是不会下了，晴不晴开来，却看你们的运气罢！"

不多一忽，火车慢慢儿的开了。北站附近的贫民窟！同坟墓似的江北人的船室，污泥的水潦，晒在坍败的晒台上的女人的小衣，秽布，劳动者的破烂的衣衫等，一幅一幅的呈到我的眼前来，好像是老天故意把人生的疾苦，编成这一部有系统的纪录，来安慰我的样子。

啊啊，载人离别的你这怪兽！你不终不息的前进，不休不止的前进罢！你且把我的身体，搬到世界尽处去，搬入虚无之境去，一生一世，不要停止，尽是行，行，行到世界万物都化作青烟，你我的存在都变成乌有的时候，那我就感激不尽了。

由现代的物质文明产生出来的贫苦之景，渐渐的被大自然掩盖了下去，贫民窟过了，大都会附近这小镇过了，路线的两岸，只有平绿的田畴，美丽的别业，洁净的野路，和壮健的农夫。在这调和的盛夏的野景中间，就是在路上行走的那一乘黄色人力车夫，也有些浪漫的色彩。他好像是童话里的人物，并不是因为衣食的原因，却是为了自家的快乐，拉了车在那里行走的样子。若要在这大自然的微笑中间，指出一件令人不快的事物来，那就是野草中间横躺着的棺冢。穷人的享乐，只有陶醉在大自然怀里的刹那。在这一刹那中间，他能把现实的痛苦，忘记得干干净净，与悠久天空，广漠的大地，化而为一。这是何等的残虐，何等的恶毒呢！当这样的地方，这样的时候，把人生的运命，赤裸裸的指给他看！我是主张把中国的坟冢，把野外的枯骨，都掘起来付之一炬，或投入汪洋的大海里去的。

## 四

　　过了徐家汇、梵王渡，火车一程一程的进去，车窗外的绿色也一程一程的浓润起来，啊啊，我自失业以来，同鼠子蚊虫蛰居在上海的自由牢狱里，已经半年多了。我想不到野外的自然，竟长得如此的清新，郊原的空气，会酿得如此的爽健的。啊啊，自然呀，生生不息的万物呀，我错了，我不应该离开了你们，到那秽浊的人海中间去觅食去的。

　　车过了莘庄，天完全变晴了，两旁的绿树枝头，蝉声犹如雨降。我侧耳听听，回想我少年时的景象，像在做梦。悠悠的碧落，只留着几条云影，在空际作霓裳的雅舞。一道阳光，遍洒在浓绿的树叶，匀称的稻秧，和柔软的青草上面。被黄梅雨盛满的小溪，奇形的野桥，水车的茅亭，高低的土堆，与红墙的古庙，洁净的农场，一幅一幅的同电影似的尽在那里更换。我以车窗作了镜框,把这些天然的图画看得迷醉了,直等火车到松江停住的时候止,我的眼睛竟瞬息也没有移动。唉,良辰美景奈何天,我在这样的大自然里怕已没有生存的资格了罢,因为我的腕力,我的精神,都被现代的文明撒下了毒药,恶化为零,我那里还有执了锄耙,去和农夫耕作的能力呢!

正直的农夫呀,你们是世界的养育者,是世界的主人公,我情愿为你们做牛做马,代你们的劳,你们能分一杯麦饭给我吗?

车过了松江,风景又添了一味和平的景色。弯了背在田里工作的农夫,草原上散放着的羊群,平桥浅渚,野寺村场,都好像在那里作会心的微笑。火车飞过一处乡村的时候,一家泥墙草舍里忽有几声鸡唱声音,传了出来。草舍的门口有一个赤膊的农夫,吸着烟站在那里对火车呆看。我看了这样淳朴的村景,就不知不觉地叫了起来:"啊啊!这和平的村落,这和平的村落,我几年不和你相接了。"

大约是叫得太响了,我的前后的同车者,都对我放起惊异的眼光来。幸而这是慢车。坐二等车的人不多,否则我只能半途跳下车去,去躲避这一次的羞耻了。我被他们看得不耐烦,并且肚里也觉得有些饥了,用手向鞋底里摸了一摸,迟疑了一会,便叫过茶房来,命他为我搬一客番菜来吃。我动身的时候,脚底下只藏着两张钞票。火车票买后,左脚下的一张钞票已变成了一块多的找头,依理而论是不该在车上大吃的。然而愈有钱愈想节省,愈贫穷愈要瞎花,是一般的心理,我此时也起了自暴自弃的念头:"横竖是不够的,节省这几个钱,有什么意思,还是吃罢!"

一个欲望满足了的时候,第二个欲望马上要起来的,我喝了汤,吃了一块面包之后,喉咙觉得干渴起来,便又叫茶

房把啤酒汽水拿了两瓶来。啊啊,危险危险,我右脚下的一张钞票,已有半张被茶房撕去了。

一边饮食,一边我仍在赏玩窗外的水光云影。在几个小车站上停了几次,轰轰烈烈的过了几铁桥,等我中餐吃完的时候,火车已经过嘉兴驿站了。吃了个饱满,并且带了三分醉意,我心里虽时时想到今晚在杭州的膳宿费,和明天上富阳的轮船票,不免有些忧郁,但是以全体的气概讲来,这时候我却是非常快乐,非常满足的:

"人生是现在一刻的连续,现在能满足,不就好了么?一刻的之后的事情,又何必去想它,明天明年的事情,更可丢在脑后了。一刻之后,谁能保证得火车不出轨!谁能保得我不死?罢了罢了,我是满足得很!哈哈哈哈……"

我心里这样的很满足的在那里想,我的脚就慢慢的走上车后的眺望台去。因为我坐的这挂车是最后的一挂,所以站在眺望台上,既可细看风景,又可听听鸣蝉,接受些天风。我站在台上,一手捏住铁栏,一手用了半枝火柴在剔牙齿。凉风一阵阵的吹来,野景一幅幅的过云,我真觉得太幸福了。

## 五

我平生感到幸福的时间,总不能长。一时觉得非常满足之后,其后必有绝大的悲怀相继而起。我站在车台上,正在快乐的时候,忽而在万绿丛中看见了一幅美满的家庭团叙之图,一个年约三十一二的壮健的农夫,两手擎了一个周岁的小孩,在桑树影下笑乐,一个穿青布衫的与农夫年纪相仿的农妇,笑微微的站在旁边守着他们。在他们上面晒着的阳光树影,更把他们的美满的意情表现得分外明显。地上摊着一只饭箩,一瓶茶,几只菜饭碗,这一定是那农妇送来给她男人的田头食品。啊啊,桑间陌上,夫唱妇随,更有你两个爱

情的结晶，啊啊我啊！我是一个有妻不能爱，有子不能抚的无能力者，在人生战场上的惨败者，现在是在逃亡的途中的行路病者，啊！农夫啊农夫，愿你与你的女人和好终身，愿你的小孩聪明强健，愿你的田谷丰多，愿你幸福！你们的灾殃，你们的不幸，全交给了我，凡地上一切的苦恼，悲哀，患难，索性由我一人负担了去吧！

我心里虽这样的在替他祝福，我的眼泪却连连续续的落了下来。半年以来，因为失业的原因，在上海流离的苦处，我想起来了。三个月前头，我的女人和小孩，孤苦零仃的由这条铁路上经过，萧萧索索的回家去的情状，我也想出来了。啊啊！农家夫妇的幸福，读书阶级的飘零！我女人经过的悲哀的足迹，现在更由我在一步步的践踏过去！若是有情，怎得不哭呢！

四周的景色，忽而变了，一刻前那样丰润华丽的自然的美景，都又好像在那里嘲笑我的样子："你回来了么？你在外国住了十几年，学了些什么回来？你的能力怎么不拿些出来让我们看看？现在你有养老婆儿子的本领么？哈哈！你读书无术，到头来还不是归到乡间去啮祖宗的积聚！"

我俯首看看飞行的车轮，看看车轮下的两条白闪闪的铁轨和枕木卵石，忽而感到了一种强烈的死的诱惑。我的两脚抖了起来，踉跄前进了几步，又呆呆的俯视了一忽，两手捏住了铁栏，我闭着眼睛，咬紧牙齿，在脚尖上用了一道死力，便把身体轻轻的抬跳起来了。

啊啊，死的胜利！我当是时若志气坚强一点，早就脱离了这烦恼悲苦的世界，此刻好坐在天神 BEATRICE 的脚下拈花作微笑了。但是我那一跳，气力没有用足。我打开眼睛来看时，大地高天，稻田草地，依旧在火车的四周驰骋，车轮的辗声，依旧在我的耳里雷鸣，我的身体却坐在栏杆的上

面,绝似病了的鹦鹉,被锁住在铁条上待毙的样子。我看看两旁的美景,觉得半点钟以前的称颂自然美的心境,怎么也回复不过来。我以泪眼与碎石的灵山相对,觉得碎西公园后石山上在太阳光下游玩的几个男女青年,都是挤我出世界外的魔鬼。车到了临平,我再也不能细赏那荷花世界柳丝乡的风味。我只觉得青翠的临平山,将要变成我的埋骨之乡。笕桥过了,艮山门过了。灵秀的宝叔山,奇兀的北高峰,清泰门外贯流着的清浅的油油溪流,溪流上摇映着的萧疏的杨柳,野田中交叉的窄路,窄路上的行人,前朝的最大遗物,参差婉绕的城墙,都不能唤起我的兴致来。

## 六

车到了杭州城站,我只同死刑犯上刑场似的下了月台。一出站内,在青天皎白的底下,看看我儿时所习见的红墙舍,酒馆茶楼,和年轻气锐的生长在都中的妙年人士,我心里只是怦怦的乱跳,仰不起头来。这种幻灭的心理,若硬要把它写出来的时候,我只好用一个譬喻。譬如当青春年少,我遇着一位绝世佳人,她对我本是初恋,我对她也是第一次的破题儿。两人相携相挽,同睡同行,春花秋月的过了几十个良宵。后来我的金钱用尽,女人也另外有了心爱的人儿,她就学会了樊素(唐朝著名诗人白居易的家姬,与小蛮齐名。托白居易之名,闻名遐迩),同春去了。我只得和悲哀孤独、贫困恼羞结成伴侣。几年在各地流浪之余,我年纪也大了,身体也衰了,披了一身破褴的衣服,仍复回到当时我两人并肩携手的地方。山川草木,星月云霓,仍不改其美丽。我独坐湖滨,正在临流自吊的时候,忽在水面看见了那弃我而去的她的人影像。她容貌同几年前一样的华丽,项下挂着一串珍珠,比从前更加添了一层光彩,额上戴着的一圈

玛瑙，此时更红艳多了。且更有难堪者，回头来一看，看见了一位文秀闲雅的美少年，站在她的背后，用了两手在那里摸弄她的腰背。

啊啊！这一种譬喻，值得什么？我当时一下车站，对杭州的天地感得的那一种羞惭懊丧，若以言语可以形容的时候，我当时的夏布长衫，就不会被泪水湿透了，因为说得出譬喻得出的悲怀，还不是世上最伤心的事情呀。我慢慢俯了首，离开了刚下车的人群与争揽客人的车夫和旅馆的招待者，独行踽踽的进了一家旅馆，我的心里好像有千斤重的一块铅石坠在那里的样子。

开了一个单房间，洗了一个手脸，茶房拿了一张纸来，要我填写姓名年岁籍贯职业。我对他呆呆的看了一忽，他好像是疑我不曾出过门，不懂这规矩的样子，所以又仔仔细细的解说了一遍。啊啊，我那里是不懂规矩，我实在是没有写的勇气哟，我的无名的姓氏，我的故乡的籍贯，我的职业！啊啊！叫我写出什么来？

被他催迫不过，我就提起笔来写了一个假名，填上了"异乡人"的三字，在职业栏下写了一个"无"字。不知不觉我的眼泪竟噗嗒噗嗒的滴了两滴在那张纸上。茶房也看得奇怪，向纸上看了一看，又问我说："先生府上是那里，请你写上了罢，职业也要写的。"

我是没办法，就把异乡人三字圈了，写上"朝鲜"两字，在职业之下也圈了一圈，填了"浮浪"两字进去。茶房出去之这后，我就关上了房门，倒在床上尽情的暗泣起来了。

## 七

伏在床上暗泣了一阵，半日来旅行的疲倦，征服了我的心身。在朦胧半觉的中间，我听见了几声咯咯叩门声。糊糊

涂涂的起来开了门，我看见祖母，不言不语的站在门外。天色好像晚了，房里只是灰黑的辨不清方向。但是奇怪得很，在这灰黑的空气里，祖母面上的表情，我却看得清清楚楚。这表情不是悲哀，当然也不是愉乐。只有一种压人的庄严的沉默。我们默默的对坐了几分钟，她才移动了那绉纹很多的嘴说："达！你太难了，你何以要这样的孤洁呢！你看看窗外看！"

我向她指的方向一望，只见窗下街上黑暗嘈杂的人丛里有两个大火把在那里燃烧，再仔细一看，火把中间坐着一位木偶。但是奇极怪极，这木偶的面貌，竟完全与我的一个朋友面貌一样。依这情景来，大约是赛会了，我回头来正想和祖母说话，房内的电灯拍的响了一声，放起光来了，茶房站在我的床前，问我晚饭如何？我只呆呆的不答，因为祖母是今年二月里刚死的，我正在追想梦里的音容，那里还有心思回茶房的话哩？

遣茶房走了，我洗了一个面，就默默的走出旅馆来。夕阳的残照，在路旁的层楼屋脊上还看得出来。店头的灯火，也星星的上了。日暮的空气，带着微凉，拂上面来。我在羊市街头走了几转，穿过车站的庭前，踏上清泰门前的草地上去。沉静的这杭州故郡，自我去国以来，也受了不少的文明的侵害，各处的旧迹，一天一天被拆毁了。我走到清泰门前，就起了一种怀古之情，走上将拆而犹在的城楼上去。城外一带杨柳桑树上的鸣蝉，叫得可怜。它们的哀吟，一声声沁入了我的心脾，我如同海上的浮尸，把我的情感，全部付托了蝉声，尽做梦似的站在丛残的城堞上看那西北的浮云和暮天的急情，一种淡淡的悲哀，把我的全身溶化了。这时候若有几声古寺的钟声，当当的一下一下，或缓或徐的飞传过来，怕我就要不自觉的从城墙上跳下城濠，把我灵魂和入晚烟之中,去笼罩着这故都的城市。然而南屏还远,CURFEW今晚上不会鸣了。我独自一个冷冷清清的立了好久,看西天只剩了一线红云,把日暮的悲哀尝了个饱满,才慢慢地走下城来。这时候天已黑了,我下城来在路上的乱石上钩了几脚,心里倒起了一种莫名其妙的恐怖。我想想白天在火车上谋杀的心思和此时的恐怖心里一比,你的感情思想,原只是矛盾的连续呀!说什么理性?讲什么哲学?

走下了城,踏上清冷的长街,暮色已弥漫在市上了。各家的稀淡的灯光,比数刻前增加了一倍的势力。清泰门直街上行人的影子,一个一个从散射在街上的电灯光里闪过,现出一种日暮的情调来。天气虽还不曾大热,然而有几家却早把小桌子摆在门前,露天的在那里吃饭了。我真成了一个孤独的异乡人,光了两眼,尽在这日暮的长街上行行前进。

我在杭州并非没有朋友,但是他们或当科长,或任参谋,现在正是非常得意的时候,我若飘然去会,怕我自家的心里比他们见我之后憎嫌我的心思更要难受。我在沪上,半年来已经饱受了这种冷眼,到了现在,万一家里容我便可回家永住,万一情状不佳,便拟自决的时候,我再也犯不着讨这些没趣了。我一边默想,一边看看两旁的店家在电灯下围桌晚餐的景象,不知不觉两脚走入了石牌楼的某中学所在的地方。啊啊,桑田沧海的杭州,旗营改变了,湖滨添了些邪恶的中西人的别墅,但是这一条街,只有这一条街,依旧清清冷冷,和十几年前我初到杭州考中学的时候一样。物质文明的幸福,些微也享受不着,现代经济组织的流毒,却受得很多的我,到了这条黑暗的街上,好像是已经回到了故乡的样子,心里忽感到了一种安泰,大约是兴致来了,我就踏进了一家巷口的小酒店里买醉去。

## 八

在灰黑的电灯底下，面朝了街心，靠着一张粗黑桌子，坐下喝了几杯高粱酒，我终觉得醉不成功。我的头脑，愈喝酒愈加明晰，对于我现在的境遇反而愈加自觉起来。我放下酒杯，两手托着了头，呆呆的向灰暗的空中凝视了一会，忽而有一种沉郁的哀音夹在黑暗的空气里，渐渐的从远处传了过来。这哀音有使人一步一步在感情中沉没下去的魔力，这本也就是中国管弦乐的特色。过了几分钟，这哀音的发动者渐渐的走近我身边，我才辨出了一种胡琴与碰击磁器的谐音来。啊啊！你们原来是流浪的音乐家，在这半开化的杭州城里想卖艺糊口的可怜虫！

他们二三人的瘦长的清影，和后面跟着看的几个小孩，在酒馆前头掠过了。那一种凄楚的谐音，也一步一步的幽咽了，听不见了。我心里忽起了一种绝大的渴念，想追上他们，去饱尝一回哀音的美味。付清了酒账，我就走出店来，在黑暗中追赶上去。但是他们的几个人，不知走上了什么方向，我拼死的追赶，终究寻他们不着。唉，这昙花的一现，难道是我的幻觉么？难道是上帝显示给我的未来的预言么？但是那悠扬沉郁的弦音和磁盘碰击的声响，还缭绕在我的心中。我在行人稀少的黑暗的街上东奔西走的追寻了一会，没有办法，就从丰乐桥直街走到西湖的边上。

湖上没有月华，湖滨的几家茶楼酒馆，也只有几点清冷的电灯，在那里放淡薄的微光，宽阔的马路上，行人也是廖落得很。我横过了湖塍马路，在湖边上立了许久。湖的三面，只有沉沉的山影，山腰山脚的别庄里，有几点微明的灯光，要静看才看得出来。几颗淡淡的星光，倒映在湖里，微风吹来，湖里起了几声害害的浪声。四边静极了。我把一枝吸尽的烟头丢入湖里,啾的响了一声,纸烟的火就熄了。我被这一种静寂的空气压迫不过,就放大了喉咙,对湖心噢噢的发了一声长啸,我的胸中觉得舒畅了许多。沿湖向西走了一段,我忽在树荫下椅子上,发现一对青年男女。他和她的态度太无忌惮了,我心里忽起了一种不快之感,把刚才长啸后畅怀消尽了。

啊啊!青年的男女哟!享受青春,原是你们的特权,也是我平时的主张。但是,但是他们在不幸的孤独者前头,总应该谦逊一点,方能完全你们的爱情的美处。你们且牢记着罢!对了贫儿,切不要把你们的珍珠宝物显给他看,因为贫儿看了,愈要觉得他自家的贫困的呀!

我从人家睡尽的街上,走回城站附近的旅馆里来的时候,已经是深夜了。解衣上床,躺了一会,终觉得睡不着。我就点上一支烟,一边吸着,一边在看帐顶。在沉闷旅舍的空气里,我忽而听见一阵清脆女人的声音,和门外的茶房,在那里说话。

"来哉来哉!咦哟,等得(诺)半业(日)嗒哉!"
这是轻佻的茶房的声音。
"是那一位叫的?"
"仰(念)三号里!"
"你同我去呵!"
"噢哟,根(今)朝诺(你)个(的)面孔真白嗒!"
茶房领了她从我门口走过,开入到间壁念三号房里去。
"好哉,好哉!活菩萨来哉!"
茶房领到之后,就关上门走下楼去了。
"请坐。"
"不要客气!先生府上是那里?""阿拉(我)宁波。"
"是到杭州来耍子的么?"

"来宵（烧）香个。"

"一个人么？"

"阿拉邑个宁（人）。京（今）教（朝）体（天）气轧业（热），查拉（为什么）勿赤膊？"

"舍话语！"

"诺（你）勿脱，阿拉要不（替）诺脱哉。"

"不要动手，不要动手！"

"回（还）朴（怕）倒霉索啦？"

"不要动手，不要动手！我自家来解罢。"

"阿拉要摸一摸！"

吃吃的窃笑声，床壁的震动声。

啊啊！本来是神经衰弱的我，即在极安静的地方，尚且有时睡不着，那里还经得起这样淫荡的吵闹呢！北京的浙江大老诸君呀，听说杭州有人倡设公娼的时候，你们竭力的反对，你们难道还不晓得你们的子女姐妹在干这种营业，而在扰乱及贫苦的旅人的么？盘踞在当道，只知敲剥百姓的浙江的长官呀！你们只知聚敛，不知济贫，怕你们的妻妾，也要为快乐的原因，学他们的妙技了。唉唉！邑有流亡愧俸钱，你们曾听人说过这句诗否！

## 九

我睡在床上，被间壁的淫声挑拨得不能合眼，没有方法，只能起来上街去闲步。这时候大约是后半夜的一二点钟的样子，上海的夜车早已到着，羊市街福绿巷的旅店，都有已关门睡了。街上除了几乘散乱停住的人力车外，只有几个敞衣凶貌的罪恶的子孙在灰色的空气里阔步。我一边走一边想起了留学时代在异国的首都里每晚每晚的夜行，把当时的情状与这中国的死灭的都会里这样的流离的状态一比照，觉得我的青春，我的希望，我的生活，都已成了过去的云烟，现在的我和将来的我，只剩极微细的一些儿实味，我觉得自家实际上已经成了一个幽灵了。我用手向身上摸了一摸，觉得指头触着了一种痛苦。

"还好还好，我还活在这里，我还不是幽灵，我还有知觉哩！"

这样的一想，我立时把一刻前的思想打消，却好脚也正走到了拐角的一家饭馆前了。在四邻已经睡寂的这深更夜半，只有这一家店同睡相不好的人的嘴似的空空洞洞的还开在那里。我晚上不曾吃过什么，一见了这家店里的锅子炉灶，便觉得饥饿起来，所以就马上踏了进去。

喝了半斤黄酒，吃了一碗面，到付钱的时候，我又痛悔起来了。我从上海出发的时候，本来只有五元钱的两张钞票。坐二等车已经是不该的了，况又在车上大吃了一场。此时除付过了的酒钱外，只剩得一元几角余钱，明天付过旅宿费，付过早饭账，付过从城站到江干的黄包车钱，哪里还有钱购买轮船票呢？我急得没有方法，就在静寂黑暗的街巷里乱走了一阵，我的身体，不知不觉又被两脚搬到西湖边上。湖上的静默的空气，比前半夜，更增加了一层神秘的严肃。游戏场也已经散了，马路上除了拐角头上的没有看见车夫的几乘人力车外，生动的物事一个也没有。我走上环湖马路，在一家往时也曾投宿过的大旅馆的窗下立了许久。看看四边没有人影，我心里忽然来了一种恶魔的诱惑。

"破窗进去罢，去攫取几个钱来罢！"

我用了心里的手，把那扇半掩的窗门轻轻地推开，把窗外的铁杆，细心地拆去了二三枝，从墙上一踏，我就进了那间屋子。我的心眼，看见床前白帐子下摆着一双白花缎的女鞋，衣架上挂着一件纤巧的白华丝纱衫，和一条黑纱裙。我

把洗面台的抽斗轻轻抽开，里边在一个小小儿的粉盒特和一把白象牙骨摺扇的旁边，横躺着一个沿口有光亮的钻珠绽着的女人用的口袋。我向床上看了几次，便把那口袋拿了，走到窗前，心里起了一种怜惜羞悔的心思，又走回去，把口袋放归原处。站了一忽，看看那狭长的女鞋，心里忽又起了一种异想，就伏地去把一只鞋子拿在手里。我把这双女鞋闻了一回，玩了一回，最后又起了一种惨忍的决心，索性把口袋鞋子一齐拿了，跳出窗来。

我幻想到了这里，忽然回复了我的意识，面上就立时变得绯红，额上也钻出了许多珠汗。我眼睛眩晕了一阵，我就急急的跑回城站的旅馆来了。

十

奔回到旅馆里，打开了门，在床上静静的躺了一忽，我的兴奋，渐渐地镇静了下去。间壁的两位幸福者也好像各已倦了，只有几声短促的鼾声和时时从半睡状态里漏出来的一声二声的低幽的梦话，击动我的耳膜。我经了这一番心里的冒险，神经也已倦竭，不多一会，两只眼包皮就也沉沉的盖下来了。

一睡醒来，我没有下床，便放大喉咙，高叫茶房，问他是什么时候。

"十点钟，鲜散（先生）！"

啊啊！我记得接到我祖母的病电的时候，心里还没有听见这一句回话时的恼乱！即趁早班轮船回去，我的经济，已难应付，那里还禁得在杭州再留半日呢？况且下午二点钟开的轮船是快班，价钱比早班要贵一倍。我没有方法，把脚在床上蹬踢了一回，只悻悻的起来洗面。用了许多愤激之辞，对茶房发了一回脾气，我就付了宿费，出了旅馆从羊市街慢慢的走出城来。这时候我所有的财产全部,除了一个瘦黄的身体之外,就是一件半旧的夏布长衫,一套白洋纱的小衫裤,一双线袜,两只半破的白皮鞋和八角小洋。

　　太阳已经升上了中天,光线直射在我的背上。大约是因为我的身体不好,走不上半里路,全身的粘汗竟流得比平时更多一倍。我看看街上的行人,和两旁的住屋中的男女,觉得他们都很满足的在那里享乐他们的生活,好像不晓得忧愁是何物的样子。背后忽而起了一阵铃响,来了一乘包车,车夫向我骂了几句,跑过去了,我只看见了一个坐在车上穿白纱长衫的少年绅士的背形,和车夫的在那里跑的两只光脚。我慢慢的走了一段,背后又起了一阵车夫的威胁声,我让开了路,回头一看,看见了三部人力车,载着三个很纯朴的女学生,两脚中间各夹着些白皮箱铺盖之类,在那里向我冲过来。她们大约是放了暑假赶回家去的。我此时心里起了一种悲愤,把平时祝福善人的心地忘了,却用了憎恶的眼睛,狠狠的对那些威胁我的人力车夫看了几眼。啊啊,我外面的态度虽则如此凶恶,但一边心里我却在原谅你们的呀!

一九二三年

## 阅读指要

　　1923 年 10 月,泰东图书局出版郁达夫的小说散文集《茑萝集》,只有三篇作品——《血泪》《茑萝行》《还乡记》。

　　"零余者",是郁达夫早期创作中重要的主体形象。无论是写小说,还是散文,郁达夫都常常以"零余者"的身份抒写对周围世界的感受,表现自己的内心情状。所以,把握住"零余者"的心态特征,实在是理解郁达夫早期创作的关键环节。一直在郁达夫散文集中列在首篇、写作时间最早的《还乡记》,就正是一篇"零余者"的伤感记行,记述了作者从日本回国后在还乡途中的所见所闻所感,赤裸裸地刻画了羁旅途中的"零余者"伤感、彷徨的心境。全文共分十节,分阶段记叙了作者从上海到杭州的行旅。清新简练的文笔,让读者有如随他一同在还乡的列车上,随他于黑夜在街头游走,而那对自己留学归来却无以养家贫困潦倒的自责、痛苦、忧郁,让每一个有类似心境的读者都不免伤感。

　　于落魄之时还家,一路的所见所感都会有一种凄惨暗淡之色。看到熟悉的景色,听到亲切的乡音却不知自己是否还属于这里。故乡的亲切给他以依恋和慰藉,可他的心早已在那个有着他梦想的地方被摔得伤痕累累。那里的一切都在他心上产生了烙印,挥之不去。因为他知道还有渴望在灼热地燃烧,在他的胸膛,永不能变,永不能忘。他不知道自己到底属于哪里。

　　他没有亲人来送,没有爱人来陪,身上盘缠不多,孤苦伶仃,事业不成,可是在他自身问题都没有解决时,却看着路人生发出悲天悯人、忧国忧民的感慨。他的思绪一时间落在对自我的悲哀上,一时间落到对民众生活的思索上,一个诗人的愁肠百结叫人感动。他看到一对对幸福的男女,自身的孤单感更是无以言表。他一时间艳羡那些过着男耕女织、夫唱妇随的生活的人,一时间又单单只是为了想要感受女子的气息而愿去做一个拉车夫。

　　在旅店的黑暗里,他看见祖母沉默地望着他,给他以最深切的问询:"你何以要这样的孤洁呢!你看看窗外!"然而窗外只有夜色,只有平凡人幸福的生活。这些不能安慰他的心,只能更添他的悲伤。在车上,他想要自杀,死亡的恐怖怎会比他内心的痛苦更深重?

　　旅店的登记册上,他无法填出自己的籍贯、职业、姓氏。一事无成的他不能在故乡留下自己的落魄身影。"异乡人""浮浪"都是假名字。可这些又怎能掩盖住他内心的羞耻感,又怎能骗得了别人骗得了自己。一个在人生登记册上没有履历的人,在故乡面前不知是该委屈哭诉还是假装坚强?他就这样倒在床上暗暗抽泣。那一夜的灰暗是怎样的令人痛彻心扉。

街上有人弹奏着胡琴。他看到几个瘦长的清影和几个孩子。那凄楚的旋律，梦一般飘忽的身影让他忍不住要去追寻，可终于什么也寻不见。那是他内心的苦痛呐喊，还是关于他未来的预示？他寻不见出路和明天，就这样迷迷糊糊地来到湖上。

没有月光，只有一对恋人亲密相偎，让他说不出地感到自己可怜。回到旅馆，隔壁房间男女的声音令他无法入眠。重又走回街上，穷困的他竟生出入室偷窃的可笑想法。这一切感触，这些念头的升起和降落，深藏在他这样一个清高又自卑的人心中，两相抵触，两相融合，无法平静。

他对明天仍不曾失去希望，对于梦想、爱情他仍要追求。只是，在这落魄的还乡路上，这故乡的风景，那里面包含的他点点滴滴的过去的梦，又怎能不使他落泪？这孤单的旅程，窗外街上那一对对幸福的身影，怎能不使他倍感凄凉？

他那一颗自傲的心不甘于平凡，只不过需要一点点普通人的爱；他那无双的才华不会被风尘湮没，只不过还未寻得出路。然而，那时身在路上的他，又怎能看得清自己的未来？这尘世间的芸芸众生，谁又能看得清？都只不过在这条路上，感受着自我的悲哀，感受着自我的心跳，感受着孤单包围的痛苦，感受着梦想在胸口灼烧的狂热，然后在一个清冷的夜出走，去看看外面的世界，再一次对自己说："你是不平凡的，你不要这样的生活。"

# 小春天气

　　与笔砚疏远以后,好像是经过了不少时日的样子。我近来对于时间的观念,一点儿也没有了。总之案头堆着的从南边来的两三封问我何以老不写信的家信,可以作我久疏笔砚的明证。所以从头计算起来,大约从我发表的最后的一篇整个儿的文字到现在,总已有一年以上,而自我的右手五指,抛离纸笔以来,至少也得有两三个月的光景。以天地之悠悠,而来较量这一年或三个月的时间,大约总不过似骆驼身上的半截毫毛;但是由先天不足,天亏损——这是我们中国医生常说的话,我这样的用在这里,请大家不要笑话我——的我说来,渺焉一身,寄住在这北风凉冷的皇城人海中间,受尽了种种欺凌侮辱,竟能安然无事的经过这么长的一段时间,却是一种摩西以后的最大奇迹。

　　回想起来这一年的岁月,实在是悠长的很呀!绵绵钟鼓初长的秋夜,我当众人睡尽的中宵,一个人在六尺方的卧房里踏来踏去,想想我的女人,想想我的朋友,想想我的暗淡的前途,曾经熏烧了多少支的短长烟卷?睡不着的时候,我一个人拿了蜡烛,幽脚幽手的跑上厨房去烧些风鸡糟鸭来下酒的事情，也不止三次五次。而由现在回顾当时，那时候初到北京后的这种不安焦躁的神情，却只似儿时的一场恶梦，相去好像已经有十几年的样子，你说这一年的岁月对我是长也不长？

这分外的觉得岁月悠长的事情，不仅是意识上的问题，实际上这一年来我的肉体精神两方面，都印上了这人家以为很短而在我却是很长的时间的烙印。去年十月在黄浦江头送我上船的几位可怜的朋友，若在今年此刻，和我相遇于途中，大约他们看见了我，总只是轻轻的送我一瞥，必定会仍复不改常态地向前走去。（虽则我的心里在私心默祷，使我遇见了他们，不要也不认识他们！）这一年的中间，我的衰老的气象，实在是太急速的侵袭到了，急速的，真真是很急速的。"白发三千丈"一流的夸张的比喻，我们暂且不去用它，就减之又减的打一个折扣来说罢，我在这一年中间，至少也的的确确的长了十岁年纪。牙齿也掉了，记忆力也消退了，对镜子剃削胡髭的早晨，每天都要很惊异地往后看一看，以为镜子里反映出来的，是别一个站在我后面的没有到四十岁的半老人。腰间的皮带，尽是一个窟窿一个窟窿的往里缩，后来现成的孔儿不够，却不得不重用钻子来新开，现在已经开到第二个了。最使我伤心的是当人家欺凌我侮辱我的时节，往日很容易起来的那一种愤激之情，现在怎么也鼓动不起来。非但如此，当我觉得受了最大的侮辱的时候，不晓从何处来的一种滑稽的感想，老要使我作会心的微笑。不消说年青时候的种种妄想，早已消磨得干干净净，现在我连自家的女人小孩的生存，和家中老母的健否等问题都想不起来；有时候上街去雇得着车，坐在车上，只想车夫走往向阳的地方去——为我现在忽而怕起冷来了——慢一点儿走，好使我饱看些街上来往的行人，和组成现代的大同世界的形形

色色。看倦了，走倦了，跑回家来，只想弄一点美味的东西吃吃，并且一边吃，一边还要想出如何能够使这些美味的东西吃下去不会饱胀的方法来，因为我的牙齿不好，消化不良，美味的东西，老怕不能一天到晚不间断的吃过去。

现在我们这里所享有的，是一年中间最好不过的十月。江北江南，正是小春的时候。况且世界又是大同，东洋车，牛车，马车上，一闪一闪的在微风里飘荡的，都是些除五色旗外的世界各国的旗子，天色苍苍，又高又远，不但我们大家酣歌笑舞的声音，达不到天听，就是我们的哀号狂泣，也和耶和华的耳朵，隔着蓬山几千万叠。生逢这样的太平盛世，依理我也应该向长安的落日，遥进一杯祝颂南山的寿酒，但不晓怎么的，我自昨天以来，明镜似的心里，又忽而起了一层翳障。

仰起头来看看青天，空气澄清得怖人；各处散射在那里的阳光，又好像要对我说一句什么可怕的话，但是因为爱我怜我的缘故，不敢马上说出来的样子。脚底下铺着扫不尽的落叶，忽而索落索落的响了一声，待我低下头来，向发出声音来的地方望去，又看不出什么动静来了，这大约是我们庭后的那一棵槐树，又摆脱了一叶负担了罢。正是午前十点钟的光景，家里的人都出去了，我因为孤零丁一个人在屋里坐不住，所以才踱到院子里来的，然而在院子里站了一忽，也觉得没有什么意思，昨晚来的那一点小小的郁忧仍复笼罩在我的心上。

当半年前，每天只是忧郁的连续的时候，倒反而有一种余裕来享乐这一种忧郁，现在连快乐也享受不了的我的脆弱的身心，忽而沾染了这一层虽则是很淡很淡，但也好像是很深的隐忧，只觉得坐立都是不安。没有方法，我就把香烟连续地吸了好几支。是神明的摄理呢？还是我的星命的佳会，正在这无可奈何的时候,门铃儿响了。小朋友G君,背了水彩书具架进来说:"达夫,我想去郊外写生,你也同我去郊外走走吧!"

G君年纪不满二十,是一位很活泼的青年画家,因为我也很喜欢看画,所以他老上我这里来和我讲些关于作画的事情。据他说,"今天天气太好,坐在家里,太对大自然不起,还是出去走走的好。"我换了衣服,一边和他走出门来,一边告诉门房"中饭不来吃,叫大家不要等我"的时候,心里所感得的喜悦,怎么也形容不出来。

本来是没有一定目的地的我们,到了路上,自然而然地走向西去,出了平则门。阳光不问城里城外,一例的很丰富的洒在那里。城门附近的小摊儿上,在那里摊开花生米的小贩,大约是因为他穿着的那件宽大的夹袄的原因罢,觉得也反映着一味秋气。茶馆里的茶客,和路上来往的行人,在这样如煦的太阳光里,面上总脱不了一副贫陋的颜色;我看看这些人的样子,心里又有点不舒服起来,所以就叫G君避开城外的大街沿城折往北去。夏天常来的这城下长堤上,今天来往的大车特别的少。道旁的杨柳,颜色也变了,影子也疏了。城河里的浅水,依旧映着晴空,返射着日光,实际上和夏天并没有什么区别,但我觉得总有一种寂寥的感觉,浮在水面。抬头看看对岸,远近一排半凋的林木,纵横交错的列在空中。大地的颜色,也不似夏日的笼葱,地上的浅草都已枯尽,带起浅黄色来了。法国教堂的屋顶,也好像失了势力似的,在半凋的树林中孤立在那里。与夏天一样的,只有一排西山连瓦的峰峦。大约是今天空气格外澄鲜的缘故罢,这排明褐色的屏障,觉得是近得多了,的确比平时近得多了。此外弥漫在空际的,只有明蓝澄洁的空气,悠久广大的天空和饱满的阳光,和暖的阳光。隔岸堤上,忽而走出了两个着

灰色制服的兵来。他们拖了两个斜短的影子，默默地在向南的行走。我见了他们，想起了前几天平则门外的抢劫的事情，所以就对G君说："我看这里太辽阔，取不下景来，我们还是进城去吧！上小馆子去吃了午饭再说。"

G君踏来踏去的看了一会，对我笑着说："近来不晓怎么的，有一种莫名其妙的神秘的灵感，常常闪现在我的脑里。今天是不成了，没有带颜料和油画的家伙来，"他说着用手向远处教堂一指，同时又接着说："几时我想画画教堂里的宗教画看。""那好得很啊！"猫猫虎虎的这样回答了一句，我就转换方向，慢慢的走回到城里来了。落后了几步，他又背着画具，慢慢的跟我走来。

喝了两斤黄酒，吃得满满的一腹。我和G君坐洋车上，被拉往陶然亭去的时候，太阳已经打斜了。本来是有点醉意，又被午后的阳光一烘，我坐在车上，眼睛觉得渐渐的朦胧了起来。洋车走尽了粉房琉璃街，过了几处高低不平的新开地，走入南下洼旷野的时候，我向右边一望，只见几列鳞鳞的屋瓦，半隐半现的在两边一带的疏林里跳跃。天色依旧是苍苍无底，旷野里的杂粮也已割尽，四面望去，只是洪水似的午后的阳光，和远远躺在阳光里的矮小的坛殿城池。我张了一张睡眼，向周围望了一圈，忽笑向G君说："秋气满天地，胡为君远行。这两句唐诗真有意思，要是今天是你去法国的日子，我在这里饯你的行，那么再比这两句诗适当的句子怕是没有了，哈哈……"

只喝了半小杯酒，脸上已涨得潮红的G君也笑着对我说："唐诗不是这样的两句，你记错了吧！"

两人在车上笑说着，洋车已经走入了陶然亭近旁的芦花丛里，一片灰白的毫芒，无风也自己在那里作浪。西边天际有几点青山隐隐，好像在那里笑着对我们点头。下车的时候,我觉得支持不住了,就对G君说:"我想上陶然亭去睡一觉你在这里画吧!现在总不过两点多钟,我睡醒了再来找你。"

陶然亭的听差来摇我醒来的时候,西窗上已经射满了红色的残阳。我洗了洗手脸,喝了二碗清茶,从东面的台阶上下来,看见陶然亭的黑影,已经越过了东边的道路,遮满了一大块道路东面的芦花水地。往北走去,只见前后左右,尽是茫茫一片的白色芦花。西北抱冰堂一角,扩张着阴影,西侧面的高处,满挂了夕阳的最后的余光,在那里催促农民的息作。穿过了香冢鹦鹉冢的土堆的东面,在一条浅水和墓地的中间,我远远认出了G君的侧面朝着斜阳的影子。从芦花铺满的野路上将走近G君背后的时候,我忽而气也吐不出来,向西边的瞪目呆住。这样伟大的,这样迷人的落日的远景,我却从来没有看见过。太阳离山,大约不过盈尺的光景,点点的遥山,淡得比初春的嫩草,还要虚无缥渺。监狱里的一架高亭,突出在许多有谐调的树林的枝干高头。芦根的浅水,满浮着芦花的绒穗,也不像积绒,也不像银河。芦萍开处,忽映出一道细狭而金赤的阳光,高冲牛斗。同是在这返光里飞坠的几簇芦绒,半边是红,半边是白。我向西呆看了几分钟,又回头向东北三面环眺了几分钟,忽而把什么都忘掉了,连我自家的身体都忘掉了。

上前走了几步,在灰暗中我看见G君的两手,正在忙动,我叫了一声,G君头也不朝转来,很急促的对我说:"你来,你来,来看我的杰作!"

我走近前去一看,他画架上,悬在那里,正在上色的,并不是夕阳,也不是芦花,画的中间,向右斜曲的,却是一条颜色很沉滞的大道。道旁是一处阴森的墓地,墓地的背后,有许多灰黑凋残的古木,横叉在空间。枯木林中,半弯

下弦的残月,刚升起来,冷冷的月光,模糊隐约地照出了一只停在墓地树枝上的猫头鹰的半身。颜色虽则还没有上全,然而一道逼人的冷气,却从这幅未完的画面直向观者的脸上喷来,我簇紧了眉峰,对这画面静看了几分钟,抬起头来正想说话的时候,觉得太阳已经完全下山了,四面的薄暮的光景也比一刻前促迫了。尤其使我惊恐的,是我抬起头来的时候,在我们的西北的墓地里,也有一个很淡很淡的黑影,动了一动。我默默地停了一会,惊心定后,再朝转头来看东边天上的时候,却见了一痕初五六的新月悬挂在空中。又停了一会,把惊恐之心,按捺了下去,我才慢慢地对G君说:

"这一张小画,的确是你的杰作,未完的杰作。太晚了,快快起来,我们走罢!我觉得冷得很。"我话没有讲完,又对他那张画看了一眼,打了一个冷痉,忽而觉得毛发都辣竖了起来;同时自昨天来在我胸中盘踞着的那种莫名其妙的忧郁,又笼罩上我的心来了。

G君含了满足的微笑,尽在那里闭了一只眼睛——这是他的脾气——细看他那未完的杰作。我催了他好几次,他才起来收拾画具。我们二人慢慢地走回家来的时候,他也好像倦了,不愿意讲话,我也为那种忧郁所侵袭,不想开口。两人默默地走到灯火荧荧的民房很多的地方,G君方开口问我说:"这一张画的题目,我想叫《残秋的日暮》,你说好不好?"

"画上的表现,岂不是半夜的景象么?何以叫日暮呢?"

他听我这句话,又含了神秘的微笑说:

"这就是今天早晨我和你谈的神秘的灵感哟!我画的画,老喜欢依画画时候的情感节季来命题,画面和画题合不合,我是不管的。"

"那么,《残秋的日暮》也觉得太衰飒了,况且现在已经入了十月,十月小阳春,哪里是什么残秋呢?"

"那么我这张画就叫作《小春》吧!"

这时候我们已经走进了一条热闹的横街,两人各雇着洋车,分手回来的时候,上弦的新月,也已经起来得很高了。我一个人摇来摇去地被拉回家来,路上经过了许多无人来往的乌黑的僻巷。僻巷的空地道上,纵横倒在那里的,只是些房屋和电杆的黑影。从灯火辉煌的大街忽而转入这样僻静的地方的时候,谁也会发生一种奇怪的感觉出来,我在这初月微明的天盖下面苍茫四顾,也忽而好像是遇见了什么似的,心里的那一种莫名其妙的忧郁,更深起来了。

一九二四年十月初七日

## 阅读指要

本文原载于1924年11月11日、12日、14日《晨报副镌》。

比起不幸的个人故事、随笔式的言说,它似叙非叙,似议非议,更为直接地坦露深层的人生积淀。这种先"说"后"叙",使得《小春天气》的"叙"具有释怀的意义。由此,究竟是什么完成了"说"到"叙"如此大跨度的衔接?这还得从郁达夫的文艺思想着眼解答。

在《北国微音》中,郁达夫说:"人生的实际,既不外乎这'孤单'的感觉,那么表现人生的艺术,当然也不外乎此……我觉得艺术并没有十分可以推崇的地方,她和人生的一切也没有什么特异有区别的地方。努力于艺术,献身于艺术,也不须有特别的表现。牢牢抓住了这'孤单'的感觉,细细地玩味,由他写成诗歌小说也好,制成音乐美术品也好,或者不写在纸上,不画在布上壁上,不雕在白石上,不奏在乐器上,什么也不表现出来只教他能够细细的玩味这'孤单'的感觉,便是绝好的'创造'。""'孤单'的感觉",或者说是"凄切的孤单",在郁达夫认为是艺术的本质。在此,我们也理所应当地认为是它完成了如此大跨度的衔接,使《小春天气》前后由"内"到

"外",在整体上和谐统一。

　　"凄切的'孤单'"就是一种直觉。关于直觉,克罗齐说:"对实在事物所起的知觉和对可能事物所起的单纯形象,二者在不起分别的统一中,才是直觉。"(《二十世纪西方文论选》上卷74页,高等教育出版社出版)至于知觉和直觉的区别,他举例说:"我在里面写作的这间房子,摆在我前面的墨水瓶和纸,我用的笔,我所利用来做我的工具的种种事物,以及既在写作,所以是存在的我自身——这一切知觉品都是直觉品。但是我现在想起另一个我,在另一城市中另一房间里用另一种纸笔墨写作,这意象也还是一个直觉品。"这对理解"说"和"叙"很有启示:"说"在《小春天气》里表现为过去式的倾诉,是人生的一番感慨;"叙"则表现为进行时式的呈现,是紧接感慨之后的确确实实发生的事。心境是小春时节的心境,感触是小春时节的万事皆休式感触,领悟是返回小巷对那曾有的心境的细细品味。时间也由远及近,作品过渡非常自然。类似于"新亭潦倒一杯酒""小圆香径独徘徊"的人生迟暮之感,以自我感受为基础并忠实于自我感受,《小春天气》表现出的感受也极为独特:比如"去日苦多"的"朝成青丝暮入雪",人生易老的反复被咏叹的老调,作者却发出了岁月之长、秋夜难眠的新声,不能不让人叹为观止。

# 一个人在途上

在东车站的长廊下和女人分开以后,自家又剩了孤零丁的一个。频年飘泊惯的两口儿,这一回的离散,倒也算不得甚么特别,可是端午节那天,龙儿刚死,到这时候北京城里虽已起了秋风,但是计算起来,去儿子的死期,究竟还只有一百来天。在车座里,稍稍把意识恢复转来的时候,自家就想起了卢骚晚年的作品:"孤独散步者的梦想"的头上的几句话。

"自家除了己身以外,已经没有弟兄,没有邻人,没有朋友,没有社会了,自家在这世上,像这样的,已经成了一个孤独者了……"然而当年的卢骚还有弃养在孤儿院内的五个儿子,而我自己哩,连一个抚育到五岁的儿子还抓不住!

离家的远别。本来也只为想养活妻儿。去年在某大学的被逐,是万料不到的事情。其后兵乱迭起,交通阻绝,当寒冬的十月,会病倒在沪上也是谁也料想不到的。今年二月,好容易到得南方,归息了一年之半,谁知这刚养得出趣的龙儿,又会遭此凶疾呢?

龙儿的病报,本是广州得着,匆促北航,到了上海,接

连接了几个北京来的电报,换船到天津,已经是旧历的五月初十。到家之夜,一见了门上的白纸条儿,心里已经是跳得忙乱,从苍茫的暮色里赶到哥哥家中,见了衰病的她,因为在大众之前,勉强将感情压住,草草吃了夜饭,上床就寝,把电灯一灭,两人只有紧抱的痛哭,痛哭,痛哭,只是痛哭,气也换不过来,更哪里有说一句话的余裕?

受苦的时间,的确脱煞过去的太悠徐,今年的夏季,只是悲叹的连续。晚上上床,两口儿,哪敢提一句话?可怜这两个迷散的灵心,在电灯灭黑的黝暗里,所摸走的荒路,每凑集在一条线上,这路的交叉点里,只有一块小小的墓碑,墓碑上只有"龙儿之墓"的四个红字。

妻儿因为在浙江老家内不能和母亲同住,不得已而搬往北京当时我在寄食的哥哥家去,是去年的四月中旬,那时候龙儿正长得肥满可爱,一举一动,处处教人欢喜。到了五月初,从某地回京,觉得哥哥家太狭小,就在什刹海的北岸,租定了一间渺小的住宅。夫妻两个,日日和龙儿伴乐,闲时也常在北海的荷花深处,及门前的杨柳中带龙儿去走走。这一年的暑假,总算过得快乐,最闲适。

秋风吹叶落的时候,别了龙儿和女人,再上某地大学去为朋友帮忙,当时他们俩还往西车站去送我来哩!这是去年秋晚的事情,想起来还同昨日的情形一样。

过了一月,某地的学校里发生事情,又回京了一次,在什刹海小住了两星期,本来打算不再出京了,然碍于朋友的面子,又不得不于一天寒风刺骨的黄昏,上西车站去趁车。这时候因为怕龙儿要哭,自己和女人,吃过晚饭,便只说要往哥哥家里去,只许他送我们到门口。记得那一天晚上他一个人和老妈子立在门口,等我们俩去了好远,还"爸爸!爸爸!"的叫了几声。啊啊,这几声的呼唤,是我在这世上听到的他叫我的最后的声音。

出京之后,到某地住了一宵,就匆促往上海。接续便染了病,遇了强盗辈的争夺政权,其后赴南方暂住,一直到今年的五月,才返北京。

想起来,龙儿实在是一个填债的儿子,是当乱离困厄的这几年中间,特来安慰我和他娘的愁闷的使者!

自从他在安庆生落地以来,我自己没有一天脱离过苦闷,没有一处安住到五个月以上。我的女人,夜夜和我分担当着十字架的重负,只是东西南北的奔波飘泊。当然日夜难安,悲苦得不了的时候,只教他的笑脸一开,女人和我就可以把一切穷愁,丢在脑后。而今年五月初十待我赶到北京的时候,他的尸体,早已在妙光阁的广谊园地下躺着了。

他的病,说是脑膜炎。自从得病之日起,一直到旧历端午节的午时绝命的时候止,中间经过有一个多月的光景。平时被我们宠坏了的他,听说此番病里,却乖顺得非常。叫他吃药,他就大口的吃,叫他用冰枕,他就很柔顺的躺上。病后还能说话的时候,只问他的娘,"爸爸几时回来?""爸爸在上海为我定做的小皮鞋,已经做好了没有?"我的女人,于惑乱之余,每幽幽的问他:"龙!你晓得你这一场病,会不会死的?"他老是很不愿意的回答说:"哪儿会死的哩?"据女人含泪的告诉我说,他的谈吐,绝不似一个五岁的小儿。

未病之前一个月的时候,有一天午后他在门口玩耍,看见西面来了一乘马车,马车里坐着一个带灰白帽子的青年。他远远看见,就急忙丢下了伴侣,跑进屋里叫他娘出来,说"爸爸回来了,爸爸回来了!"因为我去年离京时所带的,是一样的一顶白灰呢帽。他娘跟他出来到门前,马车已经过去了。他就死劲的拉住了他娘,哭喊着说:"爸爸怎么不家来

吓？爸爸怎么不家来吓？"娘说慰了半天，他还尽是哭着，这也是他娘含泪和我说的。现在回想起来，自己实在不该抛弃了他们，一个人在外面流荡，致使那小小的灵心，常有望远思亲之痛。

去年六月，搬往什刹海之后，有一次我们在堤上散步，因为他看见了人家的汽车，硬是哭着要坐，被我痛打了一顿。又有一次，他是因为要穿洋服，受了我的毒打。这实在只能怪我做父亲的没有能力，不能做洋服给他穿，雇汽车给他坐。早知他要这样的早死，我就是典当强劫，也应该去弄一点钱来，满足他无邪的欲望，到现在追想起来，实在觉得对他不起，实在是我太无容人之量了。

我女人说，频死的前五天，在病院里，叫了几夜的爸爸。她问他："叫爸爸干什么？"他又不响了，停一会儿，就又再叫起来，到了旧历五月初三日，他已入了昏迷状态，医师替他抽骨髓，他只会直叫一声"干吗？"喉头的气管，咯咯在抽咽，眼睛只往上吊送，口头流些白沫，然而一口气总不肯断。他娘哭叫几声"龙！龙！"他的眼角上，就迸流下眼泪出来，后来他娘看他苦得难过，倒对他说：

"龙，你若是没有命的，就好好的去吧！你是不是想等爸爸回来，就是你爸爸回来，也不过是这样的替你医治罢了。龙！你有什么不了的心愿呢？龙！与其这样的抽咽受苦，你还不如快快的去吧！"他听了这段话，眼角上眼泪，更是涌流得厉害。到了旧历端午节的午时，他竟等不着我的回来，终于断气了。

丧葬之后，女人搬往哥哥家里，暂住了几天。我于五月十日晚上，下车赶到什刹海的寓宅，打门打了半天，没有应声。后来抬头一看，才见了一张告示邮差送信的白纸条。

自从龙儿生病以后连日连夜看护久已倦了的她，又哪里轻得起最后的这一个打击？自己当到京之后，见了她的衰容，见了她的眼泪，又哪里能够不痛哭呢？

在哥哥家里小住了两三天，我因为想追求龙儿生前的遗迹，一定要女人和我仍复搬回什刹海的住宅去住他一两个月。

搬回去那天，一进上屋的门，就见了一张被他玩破的今年正月里的花灯。听说这张花灯，是南城大姨妈送他的，因为他自家烧破了一个窟窿，他还哭过好几次来的。

其次，便是上房里砖上的几堆烧纸钱的痕迹！当他下殓时烧的。

院子有一架葡萄，两棵枣树，去年采取葡萄枣子的时候，他站在树下，兜起了大褂，仰头在看树上的我。我摘取一颗，丢入了他的大褂斗里，他的哄笑声，要继续到三五分钟，今年这两颗枣树结满了青青的枣子，风起的半夜里，老有熟极的枣子辞枝自落，女人和我，睡在床上，有时候且哭且谈，总要到更深人静，方能入睡。在这样的幽幽的谈话中间，最怕听的，就是滴答的坠枣之声。

到京的第二日，和女人去看他的坟墓。先在一家南纸铺里买了许多冥府的钞票，预备去烧送给他，直到到了妙光阁的广谊园茔地门前，她方从呜咽里清醒过来，说："这是钞票，他一个小孩如何用得呢？"就又回车转来，到琉璃厂去买了些有孔的纸钱。他在坟前哭了一阵，把纸钱钞烧化的时候，却叫着说：

"这一堆是钞票，你收在那里，待长大了的时候再用。要买什么，你先拿这一堆钱去用吧。"这一天他的坟上坐着，我们直到午后七点，太阳平西的时候，才回家来。临走的时候，他娘还哭叫着说：

"龙！龙！你一个人在这里不怕冷静的么？龙！龙！人家若来欺你，你晚上来告诉娘罢！你怎么不想回来了呢？你怎

么梦也不来托一个呢?"

箱子里,还有许多散放着的他的小衣服。今年北京的天气,到七月中旬,已经是很冷了。当微凉的早晚,我们俩都想换上几件夹衣,然而因为怕见他旧时的夹衣袍袜,我们俩却尽是一天一天的捱着,谁也不说出口来,说"要换上件夹衫。"

有一次和女人在那里睡午觉,她骤然从床上坐了起来,鞋也不拖,光着袜子,跑上了上房起坐室里,并且更掀帘跑上外面院子里去。我也莫名其妙跟着她跑到外面的时候,只见她在那里四面找寻什么。找寻不着,呆立了一会,他忽然放声哭了起来,并且抱住了我急急的追问说:"你听不听见?你听不听见?"哭完之后,她才告诉我说,在半醒半睡的中间,她听见"娘!娘!"的叫了几声,的确是龙的声音,她很坚硬的说:"的确是龙回来了。"

北京的朋友亲戚,为安慰我们起见,今年夏天常请我们俩去吃饭听戏,她老不愿意和我同去,因为去年的六月,我们无论上哪里去玩,龙儿是常和我们在一处的。

今年的一个暑假,就是这样的,在悲叹和幻梦的中间消逝了。

这一回南方来催我就道的信,过于匆促,出发之前,我觉得还有一件大事情没有做了。

中秋节前新搬了家,为修理房屋,部署杂事,就忙了一个星期,又因了种种琐事,不能抽出空来,再上龙儿的墓地去探望一回。女人上东车站来送我上车的时候,我心里尽是酸一阵痛一阵的在回念这一件恨事。有好几次想和她说出来,教她于两三日后再往妙光阁去探望一趟,但见了她的憔悴尽的颜色,和苦忍住的凄楚,又终于一句话也没有讲成。

现在去北京远了,去龙儿更远了,自家只一个人,只是孤零丁的一个人。在这里继续此生中大约是完不了的飘泊。

——九二六年在上海旅馆内

### 阅读指要

原载于 1926 年 7 月 1 日《创造月刊》第一卷第五期。

《一个人在途上》十分真切细腻地写出了郁达夫夫妇在而立之年失去幼子的苦楚，写出了一种真挚的亲子之爱、孤独漂泊之感，深刻地反映出死者的不幸和生者的艰辛。文中龙儿的夭逝，给忧郁的作家和自己的女人带来沉重的打击。郁达夫生活在积弱、贫穷、落后的中国，身遭颠沛流离之苦，多年来漂泊辗转，居无定所。在这样的时代背景下，龙儿的离去给他的后来人生蒙上了灰暗的阴影。散文里没有写惊天动地的事件，没有用矫饰华丽的语言，所写不过是龙儿生前的极普通极平常的事和话语，但质朴的语言传达出一位父亲对孩子的深沉的爱和孩子离去后无限的哀伤。一种哀婉、凄切的情感笼罩了全篇，它折射出一个时代的文人忧郁、悲哀的情怀。他把个人的际遇与时代的氛围糅合在一起，使得文中的情绪具有普遍的社会意义，自然能引起读者的共鸣。

散文流露出至情至爱、至痛至哀的情绪。作家用心血和泪水为我们营造了一个悲情境界，让读者受到一次崇高而神圣的心灵洗礼，品味到爱的真谛。

散文中的龙儿天真单纯可爱。他不幸生活在乱世中，五岁时生病离开了这个世界，还没有来得及品尝生活的甘苦，惨痛的是临死时父亲也不在眼前，连最后看一眼父亲的机会都没有。龙儿活泼可爱，乖顺，爱父母，爱生活，原本应该和父母一起享受幸福快乐的日子，可病魔却没有放过这么一个天真聪明、懂事听话的孩子，无情地夺走了一个鲜活可爱的生命，让人心碎，让人落泪。

散文以"现实——回忆——现实"为叙事抒情线索，写龙儿离去前后许多感人的细节，催人泪下。其中有五个细节最为感人：

细节一:"然而当年的卢骚还有弃养在孤儿院内的五个儿子,而我自己哩,连一个抚育到五岁的儿子还抓不住!"流露出对失去龙儿的悲痛和做父亲的无能的自责。

细节二:"从苍茫的暮色里赶到哥哥家中,见了衰病的她,因为在大众之前,勉强将感情压住,草草吃了夜饭,上床就寝,把电灯一灭,两人只有紧抱的痛哭,痛哭,痛哭,只是痛哭,气也换不过来,更哪里有说一句话的余裕?"年轻的夫妻怎能禁受这失子的痛楚和生活的无情!

细节三:"记得那一天晚上他一个人和老妈子立在门口,等我们俩去了好远,还'爸爸!爸爸!'的叫了几声。啊啊,这几声的呼唤,是我在这世上听到的他叫我的最后的声音。"音容宛在,而人已逝,肝肠欲断,留给自己的只是无边的黑暗和孤独无依的日子。

细节四:叫他吃药,他就大口的吃,叫他用冰枕,他就很柔顺的躺上。病后还能说话的时候,只问他的娘,'爸爸几时回来?''爸爸在上海为我定做的小皮鞋,已经做好了没有?'乖顺的孩儿,病中还惦记着为谋生在外飘荡的爸爸,多么懂事多情的孩儿。

细节五:"院子有一架葡萄,两颗枣树,去年采取葡萄枣子的时候,他站在树下,兜起了大襟,仰头在看树上的我。我摘取一颗,丢入了他的大襟斗里,他的哄笑声,要继续到三五分钟,今年这两棵枣树结满了青青的枣子,风起的半夜里,老有熟极的枣子辞枝自落,女人和我,睡在床上,有时候且哭且谈,总要到更深人静,方能入睡。在这样的幽幽的谈话中间,最怕听的,就是滴答的坠枣之声。"回想孩子天真的表情和欢快的笑声难以入眠,还有那坠枣之声不时地敲打着哀伤的心灵,文字中和着血和泪。

细节六:"我也莫名其妙跟着她跑到外面的时候,只见她在那里四面找寻什么。找寻不着,呆立了一会,他忽然放声哭了起来,并且抱住了我急急的追问说:'你听不听见?你听不听见?'哭完之后,她才告诉我说,在半醒半睡的中间,她听见'娘!娘!'的叫了几声,的确是龙的声音,她很坚硬的说:'的确是龙回来了。'"母亲思念孩儿,精神恍惚,备受折磨,难以平静悲痛的心情。

  郁达夫的散文以真情感人,有时代的印记和个性的气质。他把自己对社会的感受跟个人的际遇结合在一起,创作出一篇篇充满忧郁情怀的散文作品,具有很高的美学价值,对中国现代散文做出了巨大的贡献。

# 给一位文学青年的公开状

今天的风沙实在太大了,中午吃饭之后,我因为还要去教书,所以没有许多工夫和你谈天。我坐在车上,一路的向北走去,沙石飞进了我的眼睛,一直到午后四点钟止,我的眼睛四周的红圈,还没有退尽。恐怕同学们见了要笑我,所以于上课堂之先,我从高窗口在日光大风里把一双眼睛曝晒了许多时。我今天上你那公寓来看了你那一副样子,觉得什么话也说不出来。现在我想趁着这大家已经睡寂了的几点钟功夫,把我要说的话,写一点在纸上。

平素不认识的可怜的朋友,或是写信来,或是亲自上我这里来的,很多很多,我因为想报答两位也是我素不认识而对于我却有十二分的同情过的朋友的厚恩起见,总尽我的力量帮助他们。可是我的力量太薄弱了,可怜的朋友太多了,所以结果近来弄得我自家连一条棉裤也没有。这几天来天气变得很冷,我老想买一件外套,但始终没有买成。尤其是使我羞恼的,因为恰逢此刻,我和同学们所读的书里,正有一篇俄国果戈尔著的嘲弄像我们一类人的小说《外套》。现在我的经济状态比从前并没有什么宽裕,从数目上讲起来,反而比从前要少——因为现在我不能向家里去要钱花,每月的教书钱,额面上虽则有五十三加六十四合一百十七块,但实际上拿得到的只有三十三四块——而我的嗜好日深,每月光是烟酒的账,也要开销二十多块。我曾经立过几次对天的深誓,想把这一笔糜费节省下来,但愈是没有钱的时候,愈想喝酒吸烟。向你讲这一番苦话,并不是因为怕你要来问我借钱,而先事预防,我不过欲以我的身体来做一个证据,证明目下的中国社会的不合理,以大学校毕业的资格来糊口的你那种见解的错误罢了。

引诱你到北京来的,是一个国立大学毕业的头衔,你告诉我说你的心里,总想在国立大学弄到毕业,毕业以后至少生计问题总可以解决。现在学校都已考完,你一个国立大学也进不去,接济你的资金的人,又因为他自家的地位动摇,无钱寄你,你去投奔你同县而且带有亲属的大慈善家H,H又不纳,穷极无路,只好写封信给一个和你素不相识而你也明明知道和你一样穷的我,在这时候这样的状态之下你还要口口声声的说什么大学教育,"念书",我真佩服你的坚忍不拔的雄心。不过佩服虽可佩服,但是你的思想的简单愚直,也却是一样的可惊可异。现在你已经是变成了中性——半去势的文人了,有许多事情,譬如说高尚一点的,去当土匪,卑微一点的,去拉洋车等事情,你已经是干不了的了,难道你还嫌不足,还要想穿几年长袍,做几篇白话诗,短篇小说,达到你的全去势的目的么?大学毕业,以后就可以有饭吃,你这一种定理,是哪一本书上翻来的?

像你这样一个白脸长身,一无依靠的文学青年,即使将面包和泪吃,勤勤恳恳的在大学窗下住它五六年,难道你拿毕业文凭的那一天,天上就忽而会下起珍珠白米的雨来的么?

现在不要说中国全国，就是在北京的一区里头，你且去站在十字街头，看见穿长袍黑马褂或哔叽旧洋服的人，你且试对他们行一个礼，问他们一个人要一个名片来看看，我恐怕你不上半天，就可以积起一大堆的什么学士，什么博士来，你若再行一个礼，问一问他们的职业，我恐怕他们都要红红脸说，"兄弟是在这里找事情的。"他们是什么？他们都是大学毕业生吓，你能和他们一样的有钱读书么？你能和他们一样的有钱买长袍黑马褂哔叽洋服么？即使你也和他们一样的有了读书买衣服的钱，你能保得住你毕业的时候，事情会来找你么？

大学毕业生坐汽车，吸大烟，一攫千金的人原是有的。然而他们都是为新上台的大老经手减价卖职的人，都是有大力枪杆在后面援助的人，都是有几个什么长在他们父兄身上的人。再粗一点说，他们至少也都是会爬乌龟钻狗洞的人，你要有他们那么的后援，或他们那么的乌龟本领，狗本领，那么你就是大学不毕业，何尝不可以吃饭？

我说了这半天，不过想把你的求学读书，大学毕业的迷梦打破而已。现在为你计，最上的上策，是去找一点事情干干。然而土匪你是当不了的，洋车你也拉不了的，报馆的校对，图书馆的拿书者，家庭教师，男看护，门房，旅馆火车菜馆的伙计，因为没有人可以介绍，你也是当不了的——我当然是没有能力替你介绍——所以最上的上策，于你是不成功的了。其次你就去革命去罢，去制造炸弹去罢！但是革命不是同割枯草一样，用了你那裁纸的小刀，就可以革得成的呢？炸弹是不是可以用了你头发上的灰垢和半年不换的袜底里的污泥来调合的呢？这些事情，你去问上帝去罢！我也不知道。

比较上可以做得到，并且也不失为中策的，我看还是弄几个旅费,回到湖南你的故土,去找出四五年你不曾见过的老母和你的小妹妹来,第一天相持对哭一天。第二天因为哭了伤心,可以在床上你的草巢睡去一天,既可以休养,又可以省几粒米下来熬稀粥。第三天以后,你和你的母亲妹妹,若没有衣服穿,不妨三人紧紧的挤在一处,以体热互助的结果,同冬天雪夜的群羊一样;倒可以使你的老母不至冻伤,若没有米吃,你在日中天暖一点的时候,不妨把年老的母亲交付给你妹妹的身体烘着,你自己可以上村前村后去掘一点草根树根来煮汤吃。草根树根里也有淀粉,我的祖母未死的时候,常把洪杨乱日,她老人家尝过的这滋味说给我听,我所以知道。现在我既没有余钱可以赠你,就把这秘方相传,作个我们两位穷汉,在京华尘土里相遇的纪念罢!若说草根树根,也被你们的督军省长师长议员知事掘完,你无论走往何处再也找不出一块一截来的时候,那么你且咽着自家的口水,同唱戏似的把北京的豪富人家的蔬菜,有色有香的说给你的老母亲小妹妹听听,至少在未死前的一刻半刻中间,你们三个昏乱的脑子里,总可以大事铺张的享乐一回。

但是我听你说,你的故乡连年兵灾,房屋田产都已毁尽,老母弱妹也不知是生是死。五年来音信不通,并且现在回湖南的火车不开,就是有路费也回去不得,何况没有路费呢!

上策不行,次之中策也不行,现在我为你实在是没有什么法子好想了。不得已我就把两个下策来对你讲罢!

第一,现在听说天桥又在招兵,并且听说取得极宽,上自五十岁的老人起,下至十六七岁的少年止,一律都收,你若应募之后,马上开赴前敌,打死在租界以外的中国地界,虽然不能说是为国效忠,也可以算得是为招你的那个同胞效了命,岂不是比饿死冻死在你那公寓的斗室里,好得多么?况且万一不开往前敌,或虽开往前敌而不打死的时候,只教

你能保持你现在的这种纯洁的精神，只教你能有如现在想进大学读书一样的精神来宣传你的理想，难保你所属的一师一旅，不为你所感化。这是下策的第一个。

第二，这才是真正的下策了！你现在不是只愁没有地方住没有地方吃饭而又苦于没有勇气自杀么？你没有能力做土匪，没有能力拉洋车，是我今天早晨在你公寓里第一眼看见你的时候，已经晓得的。但是有一件事情，我想你还能胜任的，要干的时候一定是干得到的。这是什么事情呢？啊啊，我真不愿意说出来——我并不是怕人家对我提起诉讼，说我在嗾使你做贼，啊呀，不愿意说倒说出来了，做贼，做贼，不错，我所说的这件事情就是叫你去偷窃呀！

无论什么人的无论什么东西，只教你偷得着，尽管偷罢！偷到了，不被发觉，那么就可以把这你偷自他、他抢自第三人的，在现在社会里称为赃物，在将来进步了的社会里，当然是要分归你有的东西，拿到当铺——我虽然不能为你介绍职业，但是像这样的当铺却可以为你介绍几家——里去换钱用。万一发觉了呢？也没有什么。第一你坐坐监牢，房钱总可以不付了。第二监狱里的饭，虽然没有今天中午我请你的那家馆子里的那么好，但是饭钱可以不付的。第三或者什么什么司令，以军法从事，把你枭首示众的时候，那么你的无勇气的自杀，总算是他来代你执行了，也是你的一件快心的事情，因为这样的活在世上，实在是没有什么意思。

我写到这里，觉得没有话再可以和你说了，最后我且来告诉你一种实习的方法罢！

你若要实行上举的第二下策，最好是从亲近的熟人方面做起。譬如你那位同乡的亲戚老H家里，你可以先去试一试看。因为他的那些堆积在那里的财富，不过是方法手段不同罢了，实际上也是和你一样的偷来抢来的。你若再慑于他的

慈和的笑里的尖刀,不敢去向他先试,那么不妨上我这里来作个破题儿试试。我晚上卧房的门常是不关,进去很便。不过有一个缺点,就是我这里没有什么值钱的物事。但是我有几本旧书,却很可以卖几个钱。你若来时,最好是预先通知我一下,我好多服一剂催眠药,早些睡下,因为近来身体不好,晚上老要失眠,怕与你的行动不便。还有一句话——你若来时,心肠应该要练得硬一点,不要因为是我的书的原因,致使你没有偷成,就放声大哭起来——

一九二四年十一月十三日午前二时

### 阅读指要

本文原载于1924年11月16日《晨报副镌》。

《给一位文学青年的公开状》是郁达夫先生写给一位"潦倒青年"(沈从文)的信。这位青年从家乡湖南只身来到北京,想报考国立大学,以便能在毕业后找到一份好工作。但由于生不逢时,没有赶上考试。又因为家境贫穷,连吃饭穿衣都成问题,所以给这位在大学教书的不认识的先生写了一封求生存的信件。怀着博大爱心的郁达夫在给这位"陌生人"以无私帮助的同时,又满怀悲愤地写下这篇辛辣又辛酸的旷世雄文。

文学是什么?文学就是人学。文学的深邃就在于她能让我们在纷繁的人世间,于朦胧的夜色中,睁着一双清澈的明眸,清醒地感受人情的冷暖、人性的善恶、人际的咸淡、人生的悲喜、人事的曲直……从这层意义上说,《给一位文学青年的公开状》不仅是一篇脍炙人口的文学作品,还是一部发人深省的"社会报告",更是一件给人启迪的"人间指南";不仅是让文学青年顿悟的"镜子",也是令所有青年乃至所有人警醒的"银针"。

郁达夫作为一位"五四"时期的前沿作家,一生中充满了坎坷,充满了颠沛,充满了抑郁,充满了对明天的迷惘和对昨天的不堪回首。

在《给一位文学青年的公开状》中，他以沉重、厚重、凝重、浓重的笔触，独辟蹊径、入木三分地控诉了当时社会的不合理，于最深的夜里揭露出那个"乌云笼罩的天幕下"最黑暗的一面。而对在残酷现实面前屡屡碰得"头破血流"的文学青年表示出的极大的同情中，也流露出作者的一颗赤忱的爱国忧民之心，引起他所处时代千千万万读者乃至其后数代读者的强烈共鸣。

# 灯蛾埋葬之夜

神经衰弱症，大约是因无聊的闲日子过了太多而起的。

对于"生"的厌倦，确是促生这时髦病的一个病根；或者反过来说，如同发烧过后的人在嘴里所感味到的一种空淡，对人生的这一种空淡之感，就是神经衰弱的一种征候，也是一样。

总之，入夏以来，这症状似乎一天比一天加重；迁居之后，这病症当然也和我一道地搬了家。

虽然是说不上什么转地疗养，但新搬的这一间小屋，真也有一点田园的野趣。节季是交秋了，往后的这小屋的附近，这文明和蛮荒接界的区间，该是最有声色的时候了。声是秋声，色当然也是秋色。

先让我来说所以要搬到这里来的原委。

不晓在什么时候，被印上了"该隐的印号"之后，平时进出的社会里绝迹不敢去了。当然社会是有许多层的，但那"印号"的解释，似乎也有许多样。

最重要的解释，第一自然是叛逆，在做官是"一切"的国里，这"印号"的政治解释，本尽可以包括了其他种种。

但是也不尽然,最喜欢含糊的人类,有必要的时候,也最喜欢分清。

于是第二个解释来了,似乎是关于"时代"的,曰"落伍"。天南北的两极,只叫用得着,也不妨同时并用,这便是现代人的智慧。

来往于两极之间,新旧人同样的可以举用的,是第三个解释,就是所谓"悖德"。

但是向额上摩摸一下,这"该隐的印号",原也摩摸不出来,更不必说这种种的解释。或者行窃的人自己在心虚,自以为是犯了大罪,因而起这一种叫做被迫的 Complex,也说不定。天下泰平,本来是无事的,神经衰弱病者可总免不了自扰。所以断绝交游,抛撇亲串,和地狱底里的精灵一样,不敢现身露迹,只在一阵阴风里独来独往的这种行径,依小德谟克利多斯 Robert Burton 的分析,或者也许是忧郁病的最正确的症候。

因为背上负着的是这么一个十字架,所以一年之内,只学着行云,只学着流水,搬来搬去的尽在搬动。暮春三月底,偶尔在火车窗里,看见了些浅水平桥,垂杨古树,和几群飞不尽的乌鸦,忽面想起的,是这一个也不是城市,也不是乡村的界线地方。租定这间小屋,将几本丛残的旧籍迁移过来的,怕是在五月的初头。而现在却早又是初秋了。时间的飞逝,实在是快得很,真快得很。

小屋的前面左右,除一条斜穿东西的大道之外,全是斑驳的空地。一垄一垄的褐色土垄上,种着些秋茄豇豆之类,现在是一棵一棵的棉花也在半吐白蕊的时节了。而最好看的,要推向上包紧,颜色是白里带青,外面有一层毛茸似的白雾,菜茎柄上,也时时呈着紫色的一种外国人叫作 Lettuce 的大叶卷心菜;大约是因为地近上海的缘故罢,纯粹的中国田园也被外国人的嗜好所侵入了。这一种菜,我来的时候,原是很多的,现在却逐渐逐渐的少了下去。在这些空地中间,如突然想起似的,卑卑立着,散点在那里的,是一间两间的农夫的小屋,形状奇古的几株老柳榆槐,和看了令人不快的许多不落葬的棺材。此外同沟渠似的小河也有,以棺材旧板作成的桥梁也有;忽然一块小方地的中间,种着些颜色鲜艳的草花之类的卖花者的园地也有;简说一句,这里附近的地面,大约可以以江浙平地区中的田园百科大辞典来命名;而在这百科大辞典中,异乎寻常,以一张厚纸,来用淡墨铜版画印成的,要算在我们屋后矗立着的那块本来是由外国人经营的庞大的墓地。

这墓地的历史,我也不大明白,但以从门口起一直排着,直到中心的礼拜堂屋后为止的那两排齐云的洋梧桐树看来,少算算大约也总已有了六十几岁的年纪。

听土著的农人说来,这仿佛是上海开港以来,外国最先经营的墓地,现在是已经无人来过问了,而在三四十年前头,却也是洋冬至外国清明及礼拜日的沪上洋人的散步之所哩。因为此地离上海,火车不过三四十分钟,来往是极便的。

小屋的租金,每月八元。以这地段说起来,似乎略嫌贵些,但因这样的闲房出租的并不多,而屋前屋后,隙地也有几弓,可以由租户去莳花种菜,所以比较起来,也觉得是在理的价格。尤其是包围在屋的四周的寂静,同在坟墓里似的寂静,是在洋场近处,无论出多少钱也难买到的。

初搬过来的时候,只同久病初愈的患者一样,日日但伸展了四肢,躺在藤椅子上,书也懒得读,报也不愿看,除腹中饥饿的时候,稍微吸取一点简单的食物而外,破这平平的一日间的单调的,是向晚去田塍野路上行试的一回漫步。在这将落未落的残阳夕照之中,在那些青枝落叶的野菜畦边,

一个人背手走着，枯寂的脑里，有时却会汹涌起许多前后不接的断想来。头上的天色老是青青的，身边的暮色也老是沉沉的。

但在这些前后没有脉络的断想的中间，有时候也忽然大小脑会完全停止工作。呆呆地立在野田里，同一根枯树似的呆呆直立在那里之后，会什么思想，什么感觉都忘掉，身子也不能动了，血液也仿佛凝住不流似的；全身就如成了"所多马"城里的盐柱；不消说脑子是完全变作了无波纹无血管的一张扁平的白纸。

漫步回来，有时候也进一点晚餐，有时候简直茶也不喝一口，就爬进床去躺着。室内的设备简陋到了万分，电灯电扇等文明的器具是没有的。月明之夜，睡到夜半醒来的时候，床前的小泥窗口，若晒进了月亮的青练的光儿，那这一夜的睡眠，就不能继续下去了。

不单是有月亮的晚上，就是平常的睡眠，也极容易惊醒。眼睛微微的开着，鼾声是没有的，虽则睡在那里，但感觉却又不完全失去，暗室里的一声一响，虫鼠等的脚步声，以及屋外树上的夜鸟鸣声，都一一会闯进耳朵里来。若在日里陷入于这一种假睡的时候，则一边睡着，一边周围的行动事物，都会很明细的触进入意识的中间。若周围保住了绝对的安静，什么声响，什么行动都没有的时候，那在假寐的一刻中，十几年间的事情，就会很明细的，很快的，在一瞬间展开来。至于乱梦，那是更多了，多得连叙也叙述不清。

我自己也知道是染了神经衰弱症了。这原是七八年来到了夏季必发的老病。

于是就更想静养，更想懒散过去。

今年的夏季，实在并没有什么太热的天气，尤其是在我这一个离群的野寓里。

有一天晚上,天气特别的闷,晚餐后上床去躺了一忽,终觉得睡不着,就又起来,打开了窗户,和她两人坐在天井里候凉。

两人本来是没有什么话好谈,所以只是昂着头在看天上的飞云,和云堆里时时露现出来的一颗两颗的星宿。

一边慢摇着蒲扇,一边这样的默坐在那里,不晓得坐了多久了,室里桌上的一枝洋烛,忽而灭了它的芯光。

而人既不愿意动弹,也不愿意看见什么,所以灯光的有无,也毫没有关系,仍旧是默默的坐在黑暗里摇动扇子。

又坐了好久好久,天末似起了凉风,窗帘也动了,天上的云层,飞舞得特别的快。

打算去睡了,就问了一声:"现在不晓得是什么时候了?"她立了起来,慢慢走进了室内,走入里边房里去拿火柴去了。

停了一会,我在黑暗里看见了一丝火光和映在这火光周围的一团黑影,及黑影底下的半面她的苍白的脸。

第一枝火柴灭了,第二枝也灭了,直到了第三枝才点旺了洋烛。

洋烛点旺之后,她急急的走了出来,手里却拿着了那个大表,轻轻地说:"不晓是什么时候了,表上还只有六点多钟呢?"

接过表来,拿近耳边去一听,什么声响也没有。我连这表是在几日前头开过的记忆也想不起来了。

"表停了!"

轻轻地回答了一声,我也消失了睡意,想再在凉风里坐它一刻。但她又继续着说:"灯盘上有一只很美的灯蛾死在那里。"

跑进去一看,果然有一只身子淡红,翅翼绿色,比蝴蝶

小一点，但全身却肥硕得很的灯蛾横躺在那里。右翅上有一处焦影，触须是烧断了。默看了一分钟，用手指轻轻拨了它几拨，我双目仍旧盯视住这扑灯蛾的美丽的尸身，嘴里却不能自禁地说："可怜得很！我们把它去向天井里埋葬了罢！"

点了灯笼，用银针向黑泥松处掘了一个圆穴，把这美丽的尸身埋葬完时，天风加紧了起来，似乎要下大雨的样子。

拴上门户，上床躺下之后，一阵风来，接着如乱石似的雨点，便打上了屋檐。

一面听着雨声，一面我自语似的对她说："霞！明天是该凉快了，我想到上海去看病去。"

一九二八年作

## 阅读指要

本文原载于1928年7月20日《奔流》第一卷第四期。

郁达夫在《村居日记》1927年十二月廿二日里记："……正想出去，而叶某来了。就和他吵闹了一场，我把我对青年失望的伤心话都讲了。"这叶某即是叶灵凤。叶灵凤在回忆文里曾说郁达夫与王映霞恋爱时让他们很失望。叶们是小字辈，当并不能深知长他们许多的郁在爱情婚姻上的苦痛，只有像鲁迅这样身历旧式婚姻的人才能理解郁达夫的，所以鲁迅只是阻郁移杭而已。叶他们的失望，大约在郁王恋破坏了郁达夫在他们心中的斗士形象罢了，而鲁迅阻郁的缘由大约在鲁迅对独立文人地位的坚持，不想郁被杭州的庸乱社会氛围所吞噬，而鲁迅的这个预感是非常精准的，郁后来果家破身亡。写《灯蛾埋葬之夜》时的郁达夫，可能正是受不了当时社会朋友对他的攻讦，正有躲避一处做隐士的心。但那一方静寂的天地，终是太枯冷了，他依然想复返回到他逃离的那个世界去。

这篇文字的结尾，一只美丽的虫蛾扑火而毙，这似乎正是郁王之恋的一个象征、一个预言。

# 钓台的春昼

因为近在咫尺,以为什么时候要去就可以去,我们对于本乡本土的名区胜景,反而往往没有机会去玩,或不容易下一个决心去玩的。正唯其是如此,我对于富春江上的严陵,二十年来,心里虽每在记着,但脚却没有向这一方面走过。一九三一,岁在辛未,暮春三月,春服未成,而中央党帝,似乎又想玩一个秦始皇所玩过的把戏了,我接到了警告,就仓皇离去了寓居。先在江浙附近的穷乡里,游息了几天,偶尔看见了一家扫墓的行舟,乡愁一动,就定下了归计。绕了一个大弯,赶到故乡,却正好还在清明寒食的节前。和家人等去上了几处坟,与许久不曾见过面的亲戚朋友,来往热闹了几天,一种乡居的倦怠,忽而袭上心来了,于是乎我就决心上钓台访一访严子陵的幽居。

钓台去桐庐县城二十余里,桐庐去富阳县治九十里不足,自富阳溯江而上,坐小火轮三小时可达桐庐,再上则须坐帆船了。

我去的那一天,记得是阴晴欲雨的养花天,并且系坐晚班轮去的,船到桐庐,已经是灯火微明的黄昏时候了,不得

已就只得在码头近边的一家旅馆的楼上借了一宵宿。

桐庐县城，大约有三里路长，三千多烟灶，一二万居民，地在富春江西北岸，从前是皖浙交通的要道，现在杭江铁路一开，似乎没有一二十年前的繁华热闹了。尤其要使旅客感到萧条的，却是桐君山脚下的那一队花船的失去了踪影。说起桐君山，却是桐庐县的一个接近城市的灵山胜地，山虽不高，但因有仙，自然是灵了。以形势来论，这桐君山，也的确是可以产生出许多口音生硬，别具风韵的桐严嫂来的生龙活脉。地处在桐溪东岸，正当桐溪和富春江合流之所，依依一水，西岸便瞰视着桐庐县市的人家烟树。南面对江，便是十里长洲；唐诗人方干的故居，就在这十里桐洲九里花的花圈深处。向西越过桐庐县城，更遥遥对着一排高低不定的青峦，这就是富春山的山子山孙了。东北面山下，是一片桑麻沃地，有一条长蛇似的官道，隐而复现，出没盘曲在桃花杨柳洋槐榆树的中间，绕过一支小岭，便是富阳县的境界，大约去程明道的墓地程坟，总也不过一二十里地的间隔。我的去拜谒桐君，瞻仰道观，就在那一天到桐庐的晚上，是淡云微月，正在作雨的时候。

鱼梁渡头，因为夜渡无人，渡船停在东岸的桐君山下。我从旅馆踱了出来，先在离轮埠不远的渡口停立了几分钟。后来向一位来渡口洗夜饭米的年轻少妇，弓身请问了一回，才得到了渡江的秘诀。她说："你只须高喊两三声，船自会来的。"先谢了她教我的好意，然后以两手围成了播音的喇叭，"喂，喂，渡船请摇过来！"地纵声一喊，果然在半江的黑影当中，船身摇动了。渐摇渐近，五分钟后。我在渡口，却终于听出了咿呀柔橹的声音。时间似乎已经入了酉时的下刻，小市里的群动，这时候都已经静息，自从渡口的那位少妇，在微茫的夜色里，藏去了她那张白团团的面影之后,我独立在江边,不知不觉心里头却兀自感到了一种他乡日暮的悲哀。渡船到岸,船头上起了几声微微的水浪清音,又铜东的一响,我早已跳上了船,渡船也已经掉过头来了。坐在黑影沉沉的舱里,我起先只在静听着柔橹划水的声音,然后却在黑影里看出了一星船家在吸着的长烟管头上的烟火,最后因为被沉默压迫不过,我只好开口说话了:"船家!你这样的渡我过去,该给你几个船钱?"我问。"随你先生把几个就是。"船家的说话冗慢幽长,似乎已经带着些睡意了,我就向袋里摸出了两角钱来。"这两角钱,就算是我的渡船钱,请你候我一会,上山去烧一次夜香,我是依旧要渡过江来的。"船家的回答,只是恩恩乌乌,幽幽同牛叫似的一种鼻音,然而从继这鼻音而起的两三声轻快的咳声听来,他却似已经在感到满足了,因为我也知道,乡间的义渡,船钱最多也不过是两三枚铜子而已。

到了桐君山下,在山影和树影交掩着的崎岖道上,我上岸走不上几步,就被一块乱石绊倒,滑跌了一次。船家似乎也动了恻隐之心了,一句话也不发,跑将上来,他却突然交给了我一盒火柴。我于感谢了一番他的盛意之后,重整步武,再摸上山去,先是必须点一枝火柴走三五步路的,但到得半山,路既就了规律,而微云堆里的半规月色,也朦胧地现出一痕银线来了,所以手里还存着的半盒火柴,就被我藏入了袋里。路是从山的西北,盘曲而上,渐走渐高,半山一到,天也开朗了一点,桐庐县市上的灯火,也星星可数了。更纵目向江心望去,富春江两岸的船上和桐溪合流口停泊着的船尾船头,也看得出一点一点的火来。走过半山,桐君观里的晚祷钟鼓,似乎还没有息尽,耳朵里仿佛听见了几丝木鱼钲钹的残声。走上山顶,先在半途遇着了一道道观外围的女墙,这女墙的栅门,却已经掩上了。在栅门外徘徊了一

刻,觉得已经到了此门而不进去,终于是不能满足我这一次暗夜冒险的好奇怪僻的。所以细想了几次,还是决心进去,非进去不可,轻轻用手往里面一推,栅门却呀的一声,早已退向了后方开开了,这门原来是虚掩在那里的。进了栅门,踏着为淡月所映照的石砌平路,向东向南的前走了五六十步,居然走到了道观的大门之外,这两扇朱红漆的大门,不消说是紧闭在那里的。到了此地,我却不想再破门进去了,因为这大门是朝南向着大江开的,门外头是一条一丈来宽的石砌步道,步道的一旁是道观的墙,一旁便是山坡,靠山坡的一面,并且还有一道二尺来高的石墙筑在那里,大约是代替栏杆,防人倾跌下山去的用意,石墙之上,铺的是二三尺宽的青石,在这似石栏又似石凳的墙上,尽可以坐卧游息,饱看桐江和对岸的风景,就是在这里坐它一晚,也很可以,我又何必去打开门来,惊起那些老道的恶梦呢!

空旷的天空里,流涨着的只是些灰白的云,云层缺处,原也看得出半角的天,和一点两点的星,但看起来最饶风趣的,却仍是欲藏还露,将见仍无的那半规月影。这时候江面上似乎起了风,云脚的迁移,更来得迅速了。而低头向江心一看,几多散乱着的船里的灯光,也忽阴忽灭地变换了一变换位置。

这道观大门外的景色,真神奇极了。我当十几年前,在放浪的游程里,曾向瓜州京口一带,消磨过不少的时日。那时觉得果然名不虚传的,确是甘露寺外的江山,而现在到了桐庐,昏夜上这桐君山来一看,又觉得这江山之秀而且静,风景的整而不散,却非那天下第一江山的北固山所可与比拟的了。真也难怪得严子陵,难怪得戴征士,倘使我若能在这样的地方结屋读书,以养天年,那还要什么的高官厚禄,还要什么的浮名虚誉哩?一个人在这桐君观前的石凳上,看看

山。看看水,看看城中的灯火和天上的星云,更做做浩无边际的无聊的幻梦,我竟忘记了时刻,忘记了自身,直等到隔江的击声传来,向西一看,忽而觉得城中的灯影微茫地减了,才跑也似的走下了山来,渡江奔回了客舍。

第二日清晨,觉得昨天在桐君观前做过的残梦正还没有续完的时候,窗外面忽而传来了一阵吹角的声音。好梦虽被打破,但因这同吹筚篥似的商音哀咽,却很含着些荒凉的古意,并且晓风残月,杨柳岸边,也正好候船待发,上严陵去;所以心里虽怀着些儿怨恨,但脸上却只现出了一痕微笑,起来梳洗更衣,叫茶房去雇船去。雇好了一只双桨的渔舟,买就了些酒菜鱼米,就在旅馆前面的码头上上了船,轻轻向江心摇出去的时候,东方的云幕中间,已现出了几丝红晕,有八点多钟了。舟师急得利害,只在埋怨旅馆的茶房,为什么昨晚上不预先告诉,好早一点出发。因为此去就是七里滩头,无风七里,有风七十里,上钓台去玩一趟回来,路程虽则有限,但这几日风雨无常,说不定要走夜路,才回来得了的。

过了桐庐,江心狭窄,浅滩果然多起来了。路上遇着的来往的行舟,数目也是很少,因为早晨吹的角,就是往建德去的快班船的信号,快班船一开,来往于两岸之间的船就不十分多了。两岸全是青青的山,中间是一条清浅的水,有时候过一个沙洲,洲上的桃花菜花,还有许多不晓得名字的白色的花,正在喧闹着春暮,吸引着蜂蝶。我在船头上一口一口的喝着严东关的药酒,指东话西地问着船家,这是什么山,那是什么港,惊叹了半天,称颂了半天,人也觉得倦了,不晓得什么时候,身子却走上了一家水边的酒楼,在和数年不见的几位已经做了党官的朋友高谈阔论。谈论之余,还背诵了一首两三年前曾在同一的情形之下做成的歪诗:

不是尊前爱惜身,佯狂难免假成真。
曾因酒醉鞭名马,生怕情多累美人。
劫数东南天作孽,鸡鸣风雨海扬尘。
悲歌痛哭终何补,义士纷纷说帝秦。

直到盛筵将散,我酒也不想再喝了,和几位朋友闹得心里各自难堪,连对旁边坐着的两位陪酒的名花都不愿意开口。正在这上下不得的苦闷关头,船家却大声的叫了起来说:"先生,罗芷过了,钓台就在前面,你醒醒罢,好上山去烧饭吃去。"

擦擦眼睛,整了一整衣服,抬起头来一看,四面的水光山色又忽而变了样子了。清清的一条浅水,比前又窄了几分,四围的山包得格外的紧了,仿佛是前无去路的样子。并且山容峻削,看去觉得格外的瘦格外的高。向天上地下四围看看,只寂寂的看不见一个人类。双桨的摇响,到此似乎也不敢放肆了,钩的一声过后,要好半天才来一个幽幽的回响,静,静,静,身边水上,山下岩头,只沉浸着太古的静,死灭的静,山峡里连飞鸟的影子也看不见半只。前面的所谓钓台山上,只看得见两大个石垒,一间歪斜的亭子,许多纵横芜杂的草木。山腰里的那座祠堂,也只露着些废垣残瓦,屋上面连炊烟都没有一丝半缕,像是好久好久没有人住了的样子。并且天气又来得阴森,早晨曾经露一露脸过的太阳,这时候早已深藏在云堆里了,余下来的只是时有时无从侧面吹来的阴飕飕的半箭儿山风。船靠了山脚,跟着前面背着酒菜鱼米的船夫走上严先生祠堂的时候,我心里真有点害怕,怕在这荒山里要遇见一个干枯苍老得同丝瓜筋似的严先生的鬼魂。

在祠堂西院的客厅里坐定,和严先生的不知第几代的裔孙谈了几句关于年岁水旱的话后,我的心跳也渐渐儿的镇静下去了,嘱托了他以煮饭烧菜的杂务,我和船家就从断碑乱石中间爬上了钓台。

东西两石垒,高各有二三百尺,离江面约两里来远,东西台相去只有一二百步,但其间却夹着一条深谷。立在东台,可以看得出罗芷的人家,回头展望来路,风景似乎散漫一点,而一上谢氏的西台,向西望去,则幽谷里的情景,却绝对的不像是在人间了。我虽则没有到过瑞士,但到了西台,朝西一看,立时就想起了曾在照片上看见过的威廉退儿的祠堂。这四山的幽静,这江水的青蓝,简直同在画片上的珂罗版色彩,一色也没有两样,所不同的就是在这儿的变化更多一点,周围的环境更芜杂不整齐一点而已,但这却是好处,达正是足以代表东方民族性的颓废荒凉的美。

从钓台下来,回到严先生的祠堂——记得这是洪杨以后严州知府戴槃重建的祠堂——西院里饱啖了一顿酒肉,我觉得有点酩酊微醉了。手拿着以火柴柄制成的牙签,走到东面供着严先生神像的龛前,向四面的破壁上一看,翠墨淋漓,题在那里的,竟多是些俗而不雅的过路高官的手笔。最后到了南面的一块白墙头上,在离屋檐不远的一角高处,却看到了我们的一位新近去世的同乡夏灵峰先生的四句似邵尧夫而又略带感慨的诗句。夏灵峰先生虽则只知崇古,不善处今,但是五十年来,像他那样的顽固内容的亡清遗老,也的确是没有第二个人。比较起现在的那些官迷的南满尚书和东洋宦婢来,他的经术言行,姑且不必去论它,就是以骨头来称称,我想也要比什么罗三郎郑太郎辈,重到好几百倍。慕贤的心一动,熏人臭技自然是难熬了,堆起了几张桌椅,借得了一枝破笔,我也向高墙上在夏灵峰先生的脚后放上了一个

陈屁，就是在船舱的梦里，也曾微吟过的那一首歪诗。

从墙头上跳将下来，又向龛前天井去走了一圈，觉得酒后的干喉，有点渴痒了，所以就又走回到了西院，静坐着喝了两碗清茶。在这四大无声，只听见我自己的啾啾喝水的舌音冲击到那座破院的败壁上去的寂静中间，同惊雷似的一响，院后的竹园里却忽而飞出了一声闲长而又有节奏似的鸡啼的声来。同时在门外面歇着的船家，也走进了院门，高声的对我说：

"先生，我们回去罢，已经是吃点心的时候了，你不听见那只鸡在后山啼么？我们回去罢！"

一九三二年八月在上海写

### 阅读指要

《钓台的春昼》是郁达夫1932年创作的回忆旧游、感怀时政的游记散文。原载于1932年8月16日《论语》第一期。文章记述了作者1931年暮春三月从浙江富阳出发，经桐庐而游览严陵钓台的往事。文章以游踪为线索，用写意笔法，写富春江沿途的山光水色、沙洲繁花，写桐君山"微茫的月色灯光"幽谧清寂，与严子陵钓台的孤静荒颓。在文章开始处作者就交代了自己的处境：为避政界纷扰与官府的追捕，因此作者于寄情山水中一边力图沉醉于大自然的美景中，忘却尘世纷扰；一边又晴不自禁地流露出不满现实的牢骚和关心民众的情怀，字里行间流露出"三分天下二分之，四海何人吊国殇"的哀叹。这也正是这篇游记文章的艺术魅力所在：作者善于把自然景观和人文景观融为一体，把水山与历史化为一炉，把风景与人情合为一处，景中含情，情融于景。作品所展示的是一幅幅天下独绝的奇山异水。"因有仙，自然是灵"，"山虽不高"的桐君山融聚了人杰地灵之效。

# 迟桂花

××兄：

　　突然间接着我这一封信，你或者会惊异起来，或者你简直会想不出这发信的翁某是什么人。但仔细一想，你也不在做官，而你的境遇，也未见得比我的好几多倍，所以将我忘了的这一回事，或者是还不至于的。因为这除非是要贵人或境遇很好的人才做得出来的事情。前两礼拜为了采办结婚的衣服家具之类，才下山去。有好久不上城里去了，偶尔去城里一看，真是像丁令威的化鹤归来，触眼新奇，宛如隔世重生的人。在一家书铺门口走过，一抬头就看见了几册关于你的传记评论之类的书。再踏进去一问，才知道你的著作竟积成了八九册之多了。将所有的你的和关于你的书全买将回来一读，仿佛是又接见了十余年不见的你那副音容笑语的样子。我忍不住了，一遍两遍的尽在翻读，愈读愈想和你通一次信，见一次面。但因这许多年数的不看报，不识世，不亲笔砚的缘故，终于下了好几次决心。而仍不敢把这心愿来实现。现在好了，关于我的一切结婚的事情的准备，也已经料理到了十之七八，而我那年老的娘，又在打算着于明天一清早就进城去，早就上床去躺下了。我那可怜的寡妹，也因

为白天操劳过了度,这时候似乎也已经坠入了梦乡,所以我可以静静儿的来练这久未写作的笔,实现我这已经怀念了有半个多月的心愿了。

提笔写将下来,到了这里,我真不知将如何的从头写起。和你相别以后,不通闻问的年数,隔得这么的多,读了你的著作以后,心里头触起的感觉情绪,又这么的复杂;现在当这一刻的中间,汹涌盘旋在我脑里想和你谈谈的话,的确,不止像一部二十四史那么的繁而且乱,简直是同将要爆发的火山内层那么的热而且烈,急遽寻不出一个头来。

我们自从房州海岸别来,到现在总也约莫有十多年光景了吧!我还记得那一天晴冬的早晨,你一个人立在寒风里送我上车回东京去的情形。你那篇《南迁》的主人公,写的是不是我?我自从那一年后,竟为这胸腔的恶病所压倒,与你再见一次面和通一封信的机会也没有,就此回国了。学校当然是中途退了学,连生存的希望都没有了的时候,哪里还顾得将来的立身处世?哪里还顾得身外的学艺修能?到这时候为止的我的少年豪气,我的绝大雄心,是你所晓得的。同级同乡的同学,只有你和我往来得最亲密。在同一公寓里同住得最长久的,也只有你一个人;时常劝我少用些功,多保养身体,预备将来为国家为人类致大用的,也就是你。每于风和日朗的晴天,拉我上多摩川上井之头公园及武藏野等近郊去散步闲游的,除你以外,更没有别的人了。那几年高等学校时代的愉快的生活,我现在只教一闭上眼,还历历透视得出来。看了你的许多初期的作品,这记忆更加新鲜了。我的所以愈读你的作品,愈想和你通一次信者,原因也就在这些过去的往事的追怀。这些都是你和我两人所共有的过去,我写也没有写得你那么好,就是不写你总也还记得的,所以我不想再说。我打算详详细细向你来作一个报告的,就是从那年冬天回故乡以后的十几年光景的山居养病的生活情形。

那一年冬天咯了血，和你一道上房州去避寒，在不意之中，又遇见了那个肺病少女——是真砂子罢？连她的名字我都忘了——无端惹起了那一场害人害己的恋爱事件。你送我回东京之后，住了一个多礼拜，我就回国来了。我们的老家在离城市有二十来里地的翁家山上，你是晓得的。回家住下，我自己对我的病，倒也没什么惊奇骇异的地方，可是我痰里的血丝，脸上苍白的，和身体的瘦削，却把我那已经守了好几年寡的老母急坏了，因为我那短命的父亲，也是患这同样的病而死去的。于是她就四处的去求神拜佛，采药求医，急得连粗茶淡饭都无心食用，头上的白发，也似乎一天一天的加多起来了。我哩！恋爱已经失败了，学业也已辍了，对于此生，原已没有多大的野心，所以就落得去由她摆布，积极地虽尽不得孝，便消极地尽了我的顺。初回家的一年中间，我简直门外也不出一步，各色各样的奇形的草药和各色各样的异味的单方，差不多都尝了一个遍。但是怪得很，连我自己都满以为没有希望的这致命的病症，一到了回国后经过的第二个夏天，竟似乎有神助似的忽然减轻了，夜热也不再发，盗汗也居然止住，痰里的血丝早就没有了。我的娘的喜欢，当然是不必说，就是在家里替我煮药缝衣，代我操作一切的我那位妹妹，也同春天的天气一样，时时展开了她的愁眉，露出了她那副特有的真真是讨人欢喜的笑容。到了初夏，我药也已经不服，有兴致的时候，居然也能够和她们一道上山前山后去采采茶，摘摘菜，帮她们去服一点小小的劳役了。是在这一年的——回家后第三年的——秋天，在我们家里，同时候发生了两件似喜而又可悲，说悲却也可喜的悲喜剧。第一，就是我那妹妹的出嫁，第二，就是我定在城里的那家婚约的解除。妹妹那年十九岁了，男家是只隔一支山岭的一家乡下的富家。他们来说亲的时候，原是因为我们祖上是世代读书的，总算是来和诗礼人来攀婚的意思。定亲已经定过了四五年了，起初我娘却嫌妹年纪太小，不肯马上准他们来迎娶，后来就因为我的病，一搁就又搁起了两三年。到了这一回，我的病总算已经恢复，而妹妹却早到了该结婚的年龄了。男家来一说，我娘也就应允了他们。也算完了她自己的一件心事。至于我的这家亲事呢，却是我父亲在死的前一年为我定下的，女家是城里的一家相当有名的旧家。那时候我的年纪虽还很小，而我们家里的不动产却着实还有一点可观。并且我又是一个才子，将来家里要培植我读书处世是无疑的，所以那一家旧家居然也应允了我的婚事。以现在的眼光看来，这门亲事，当然是我们去竭力高攀的，因为杭州人家的习俗，是吃粥的人家的女儿，非要去嫁吃饭的人家不可的。还有乡下姑姑，嫁往城里，倒是常事，城里的千金小姐，却不大会下嫁到乡下来的，所以当时的这个婚约，起初在根本上就有点儿不对。后来经我父亲的一死，我们家里，丧葬费用，就用去不少。嗣后年复一年，母子三人，只吃着家里的死饭。亲族戚属，少不得又要对我们孤儿寡妇，时时加以一点剥削。母亲又忠厚无用，在出卖田地山场的时候，也不晓得市价的高低，大抵是任凭族人在勾搭。就因这种种关系的结果，到我考取了官费，上日本去留学的那一年，我们这一家世代读书的翁家山上的旧家，已经只剩得一点仅能维护衣食的住屋山场和几块荒田了。当我初次出国的时候，承蒙他们不弃，我那未来的亲家，还送了我些赆仪路费。后来由于寒假暑假回国的期间，也曾央原媒来催过完姻。可是接着就是我那致命的病症的发生，与我的学业的中辍，于是两三年中，他们和我们的中间，便自然而然的断绝了交往。到了这一年的晚秋，当我那妹妹嫁后不久的时候,女家忽而又央了原媒来对母亲说:"你们的大少爷,有病在身,婚娶的事情,当然是不大相宜的,而他家的小姐,也已经下了绝大的决心,立志终身不嫁了,所以这一个婚约,还是解除了的好。"说着就打开包裹,将我们传红时候交去的金玉如意,红绿帖子等,拿了出来,退还了母亲。我那忠厚老实的娘,人虽则无用,但面子却是死要的,一听了媒人的这一番说话,目瞪口僵,立时就滚下几颗眼泪来。幸亏我在旁边,做好做歹的对娘劝慰了好久,她才含着眼泪,将女家的回礼及八字全帖等检出,交还了原媒。媒人去后,她又上山后我父亲的坟边去大哭一场。直到傍晚,我和同族邻人等一道去拉她回来,她在路上,还流着满脸的眼泪鼻涕,在很伤心地呜咽。这一出赖婚的怪剧,在我只有高兴,本来是并没有什么大不了的,可是由头脑很旧的她看来,却似乎是翁家世代的颜面家声都被他们剥尽了。自此以后,一直下来,将近十年,我和她母子二人,就日日的寡言少笑,相对茕茕,直到前年的冬天,我那妹夫死去,寡妹回来为止,两人所过的,都是些在炼狱里似的沉闷的日子。

　　说起我那寡妹,她真也是前世不修。人虽则很长大,身体虽则很强壮,但她的天性,却永远是一个天真活泼的小孩子。嫁过去那一年,来回郎的时候,她还是笑嘻嘻地如同上城里去了一趟回来了的样子,但双满月之后,到年下边回来的时候,从来不晓得悲泣的她,竟对我母亲掉起眼泪来了。她们夫家的公公虽则还好,但婆婆的繁言啬啬,小姑的刻薄尖酸和男人的放荡凶暴,使她一天到晚不到一刻安闲自在的生活。工作操劳本系是她在家里的时候所惯习的,倒并不以为苦,所最难受的,却是多用一枝火柴,也要受婆婆责备的那一种俭约到不可思议的生活状态。还有两位小姑,左一句尖话,右一句毒语,仿佛从前我娘的不准他们早来迎娶,致

使她们的哥哥染上游荡的恶习，在外面养起了女人这一件事情，完全是妹妹的罪恶。结婚之后，新郎的恶习，仍旧改不过来，反而是在城里他那旧情人家里过的日子多，在新房里过的日子少。这一笔账，当然又要写在我妹妹的身上。婆婆说她不会侍奉男人，小姑们说她不会劝，不会骗。有时候公公看得难受，替她申辩一声，婆婆就尖着喉咙，要骂上公公的脸去；"你这老东西！脸要不要，脸要不要，你这扒灰老！"因为那妹夫，过的是这一种不自然的生活，所以前年夏天，就染了急病死掉了，于是我那妹妹又多了个克夫的罪名。妹妹年轻守寡，公公少不得总要对她客气一点，婆婆在这里就算抓住了扒灰的证据，三日一场吵，五日一场闹，还是小事，有几次在半夜里，两老夫妇还会大哭大骂的喧闹起来。我妹妹于有一回被骂被逼得特别厉害的争吵之后，就很坚决地搬回到了家里来住了。自从她回来之后，我的娘非但得到了一个很大的帮手，就是我们家里的沉闷的空气，也缓和了许多。

这就是和你别后，十几年来，我在家里所过的生活的大概。平时非但不上城里去走走，当风雪盈途的冬季，我和我娘简直有好几个月不出门外的时候。我妹妹回来之后，生活又约略变过了。多年不做的焙茶事业，去年也竟出产了一二百斤。我的身体，经了十几年的静养，似乎也有一点把握了。从今年起，我并且在山上的晏公祠里参加入了一个训蒙的小学，居然也做了一位小学教师。但人生是动不得的，稍稍一动，就如滚石下山，变化便要接连不断的簇生出来。我因为在教教书，而家里头又勉强地干起了一点事业，今年夏季居然又有人来同我议婚了。新娘是近邻乡村里的一位老处女，今年二十七岁，家里虽称不得富有，可也是小康之家。这位新娘，因为从小就读了些书，曾在城里进过学堂，相貌也还过得去——好几年前，我曾经在一处市场上看见过她一眼的——故而高不凑，低不就，等闲便度过了她的锦样的青春。我在教书的学校里的那位名誉校长——也是我们的同族——本来和她是旧亲，所以这位校长就在中间做了个传红线的冰人。我独居已经惯了，并且身体也不见得分外强健，若一结婚，难保得旧病的不会复发，故而对这门亲事，当初是断然拒绝了的。可是我那年老的母亲，却仍是雄心未死，还在想我结一头亲，生下几个玉树芝兰来，好重振重振我们的这已经坠落了很久的家声，于是这亲事又同当年生病的时候服草药一样，勉强地被压上我的身上来了。我哩，本来也已经入了中年了，百事原都看得很穿，又加以这十几年的疏散和无为，觉得在这世上任你什么也没甚大不了的事情，落得随随便便的过去，横竖是来日也无多了。只教我母亲喜欢的话，那就是我稍稍牺牲一点意见也使得。于是这婚议，就在很短的时间里，成熟得妥妥贴贴，现在连迎娶的日期也已经拣好了，是旧年九月十二。

是因为这一次的结婚，这才进城里去买东西，才发现了多年不见的你这老友的存在，所以结婚之日，我想请你来我这里吃喜酒，大家来谈谈过去的事情。你的生活，从你的日记和著作中看来，本来也是同云游的僧道一样的。让出一点工夫来，上这一区僻静的乡间来住几日，或者也是你所喜欢的事情。你来，你一定来，我们又可以回顾回顾一去而不复返的少年时代。

我娘的房间里，有起响动来了，大约天总就快亮了罢。这一封信，整整地费了我一夜的时间和心血，通宵不睡，是我回国以后十几年来不曾有过的经验，你单只看取了我的这一点热忱，我想你也不好意思不来。

啊，鸡在叫了，我不想再写下去了，还是让我们见面之

后再来谈罢!

一九三二年九月翁则生上

刚在北平住了个把月,重回到上海的翌日,和我进出的一家书铺里,就送了这一封挂号加邮托转交的厚信来。我接到了这信,捏在手里,起初还以为是一位我认识的作家,寄了稿子来托我代售的。但翻转信背一看,却是杭州翁家山的翁某某所发,我立时就想起了那位好学不倦,面容妩媚,多年不相闻问的旧同学老翁。他的名字叫翁矩,则生是他的小名。人生得矮小娟秀,皮色也很白净,因而看起来总觉得比他的实际年龄要小五六岁。在我们的一班里,算他的年纪最小,操体操的时候,总是他立在最后的,但实际上他也只不过比我小两岁。那一年寒假之后,和他同去房州避寒,他的左肺尖,已经被结核菌损蚀得很厉害了。住不上几天,一位也住在那边养肺病的日本少女,很热烈地和他要好了起来,结果是那位肺病少女的因兴奋而病剧,他也就同失了舵的野船似的迁回到了中国。以后一直十多年,我虽则在大学里毕了业,但关于他的消息,却一向还不曾听见有人说起过。拆开了这封长信,上书室去坐下,从头到尾细细读完之后,我呆视着远处,茫茫然如失了神的样子,脑子里也触起了许多感慨与回想。我远远的看出了他的那种柔和的笑容,听见了他的沉静而又清澈的声气。直到天将暗下去的时候,我一动也不动,还坐在那里呆想,而楼下的家人却来催吃晚饭了。在吃晚饭的中间,我就和家里的人谈起了这位老同学,将那封长信的内容约略说了一遍。家里的人,就劝我落得上杭州去旅行一趟,像这样的秋高气爽的时节,白白地消磨在煤烟灰土很深的上海,实在有点可惜,有此机会,落得去吃吃他的喜酒。

第二天仍旧是一天晴和爽朗的好天气，午后二点钟的时候，我已经到了杭州城站，在雇车上翁家山去了。但这一天，似乎是上海各洋行与机关的放假的日子，从上海来杭州旅行的人，特别的多。城站前面停在那里候客的黄包车，都被火车上下来的旅客雇走了，不得已，我就只好上一家附近的酒店去吃午饭。在吃酒的当中，问了问堂倌以去翁家山的路径，他便很详细地指示我说："你只教坐黄包车到旗下的陈列所，搭公共汽车到四眼井下来走上去好了。你又没有行李，天气又这么的好，坐黄包车直去是不上算的。"

得到了这一个指数，我就从容起来了，慢慢的喝完了半斤酒，吃了两大碗饭，从酒店出来，便坐车到了旗下。恰好是三点前后的光景，湖六段的汽车刚载满了客人，要开出去。我到了四眼井下车，从山下稻田中间的一条石板路走进满觉陇的时候，太阳已经平西到了三五十度斜角度的样子，是牛羊下山，行人归舍的时刻了。在满觉陇的狭路中间，果然遇见了许多中学校的远足归来的男女学生的队伍。上水乐洞口去坐下喝了一碗清茶，又拉住了一位农夫，问了声翁则生的名字，他就晓得得很详细似的告诉我说："是山上第二排的朝南的一家，他们那间楼房顶高，你一上去就可以看得见的。则生要讨新娘子了，这几天他们正在忙着收拾。这时候则生怕还在晏翁祠的学堂里哩。"

谢过了他的好意，付过了茶钱，我就顺着上烟霞洞去的石级，一步一步的走上了出去。渐走渐高，人声人影是没有了，在将暮的晴天之下，我只看见了许多树影。在半山亭里立住歇了一歇，回头向东南一望，看得见的，只有些青葱的山和如云的树，在这些绿树丛中又是些这儿几点，那儿一簇的屋瓦和白墙。

"啊啊，怪不得他的病会得好起来了，原来翁家山是在

这样的一个好地方。"

烟霞洞我儿时也曾来过的。但当这样晴爽的秋天,于这一个西下夕阳东上月的时刻,独立在山中的空亭里,来仔细赏玩景色的机会,却还不曾有过。我看见了东天的已经满过半弓的月亮,心里正在羡慕翁则生他们老家的处地的幽深,而从背后又吹来了一阵微风,里面竟含满着一种说不出的撩人的桂花香气。

"啊⋯⋯"

我又惊异了起来:"原来这儿到这时候还有桂花?我在以桂花著名的满觉陇里,倒不曾看到,反而在这一块冷僻的山里面来闻吸浓香,这可真也是奇事了。"

这样的一个人独自在心中惊异着,闻吸着,赏玩着,我不知在那空亭里立了多少时候。突然从脚下树丛深处,却幽幽的有晚钟声传过来了,东嗡,东嗡地这钟声实在真来得缓慢而凄清。我听得耐不住了,拔起脚跟,一口气就走上了山顶,走到了那个山下农夫曾经教过我的烟霞洞西面翁则生家的近旁。约莫离他家还有半箭路远时候,我一面喘着气,一面就放大了喉咙向门里面叫了起来:"喂,老翁!老翁!则生!翁则生!"

听见了我的呼声,从两扇关在那里的腰门里开出来答应的却不是被我所唤的翁则生自己,而是我从来也没有见过的,比翁则生略高三五分的样子,身体强健,两颊微红,看起来约莫有二十四五的一位女性。

她开出了门,一眼看见了我,就立住脚惊疑似的略呆了一呆。同时我看见她脸上却涨起了一层红晕,一双大眼睛眨了几眨,深深地吞了一口气。她似乎已经镇静下去了,便很腼腆地对我一笑。在这一脸柔和的笑容里,我立时就看到了翁则生的面相与神气,当然她是则生的妹妹无疑了,走上了一步，我就也笑着问她说："则生不在家么？你是他的妹妹不是？"

听了我这一句问话，她脸上又红了一红，柔和地笑着，半俯了头，她方才轻轻地回答我说："是的，大哥还没有回来，你大约是上海来的客人罢？吃中饭的时候，大哥还在说哩！"

这沉静清澈的声气，也和翁则生的一色而没有两样。

"是的，我是从上海来的。"

我接着说："我因为想使则生惊骇一下，所以电报也不打一个来通知，接到他的信后，马上就动身来了。不过你们大哥的好日也太逼近了，实在可也没有写一封信来通知的时间余裕。"

"你请进来罢，坐坐吃碗茶，我马上去叫了他来。怕他听到了你来，真要惊喜得像疯了一样哩。"

走上台阶，我还没有进门，从客堂后面的侧门里，却走出了一位头发雪白，面貌清癯，大约有六十内外的老太太来。她的柔和的笑容，也是和她的女儿的笑容一色一样的。似乎已经听见了我们在门口交换过的谈话了，她一开口就对我说："是郁先生么？为什么不写一封快信来通知？则生中上还在说，说你若要来，他打算进城上车站去接你的。请坐，请坐，晏公祠只有十几步路，让我去叫他来罢，怕他真要高兴得像什么似的哩。"说完了，她就朝向了女儿，吩咐她上厨下去烧碗茶来。她自己却踏着很平稳的脚步，走出大门，下台阶去通知则生去了。

"你们老太太倒还轻健得很。"

"是的，她老人家倒还好。你请坐罢，我马上沏了茶来。"

她上厨下去起茶的中间，我一个人，在客堂里倒得了一

个细细观察周围的机会。则生他们的住屋，是一间三开间而有后轩后厢房的楼房。前面阶沿外走落台阶，是一块可以造厅造厢楼的大空地。走过这块数丈见方的空地，再下两级台阶，便是村道了。越村道而下，再低数尺，又是一排人家的房子。但这一排房子，因为都是平屋，所以挡不杀翁则生他们家里的眺望。立在翁则生家的空地里，前山后山的山景，是依旧历历可见的。屋前屋后，一段一段的山坡上，都长着些不大知名的杂树，三株两株夹在这些杂树中间，树叶短狭，叶与细枝之间，满撒着锯末似的黄点的，却是木樨花树。前一刻在半山空亭里闻到的香气，源头原来系出在这一块地方的。太阳似乎已下山，澄明的光里，已经看不见日轮的金箭，而山脚下的树梢头，也早有一带晚烟笼上了。山上的空气，真静得可怜，老远老远的山脚下的村里，小儿在呼唤的声音，也清晰得地听得出来。我在空地里立了一会，背着手又踱回到了翁家的客厅，向四壁挂在那里的书画一看，却使我想起了翁则生信里所说的事实。琳琅满目，挂在那里的东西，果然是件件精致，不像是乡下人家的俗恶的客厅。尤其使我看得有趣的，是陈豪写的一堂《归去来辞》的屏条，墨色的鲜艳，字迹的秀腴，有点像董香光而更觉得柔媚。翁家的世代书香，只须上这客厅里来一看就可以知道了。我立在那里看字画还没有看得周全，忽而背后门外老远的就飞来了几声叫声："老郁！老郁！你来得真快！"

翁则生从小学校里跑回来了，平时总很沉静的他，这时候似乎也感到了一点兴奋。一走进客堂，他握住了我的两手，尽在喘气，有好几秒钟说不出话来。等落在后面的他娘走到的时候，三人才各放声大笑了起来。这时候他妹妹也已经将茶烧好，在一个朱漆盘里放着三碗搬出来摆上桌子来了。

"你看,则生这小孩,他一听见我说你到了,就同猴子似的跳回来了。"他娘笑着对我说。

"老翁!说你生病生病,我看你倒仍旧不见得衰老得怎么样,两人比较起来,怕还是我老得多哩?"

我笑说着,将脸朝向了他的妹妹,去征她的同意。她笑着不说话,只在守视着我们的欢喜笑乐的样子。则生把头一扭,向她娘指一指,就接着对我说:"因为我们的娘在这里,所以我不敢老下去吓。并且媳妇儿也还不曾娶到,一老就得做老光棍了,那还了得!"

经他这么一说,四个人重又大笑起来了,他娘的老眼里几乎笑出了眼泪。则生笑了一会,就重新想起了似的替他妹妹介绍:"这是我的妹妹,她的事情,你大约是晓得的罢?我在那信里是写得很详细的。"

"我们可不必你来介绍了,我上这儿来,头一个见到的就是她。"

"噢,你们倒是有缘啊!莲,你猜这位郁先生的年纪,比我大呢,还是比我小?"

他妹妹听了这一句话,面色又涨红了,正在嗫嚅困惑的中间,她娘却止住了笑,问我说:"郁先生,大约是和则生上下年纪罢?"

"哪里的话,我要比他大得多哩。"

"娘,你看还是我老呢,还是他老?"

则生又把这问题转向了他的母亲。他娘仔细看了我一眼,就对他笑骂般的说:"自然是郁先生来得老成稳重,谁更像你那样的不脱小孩脾气呢!"

说着,她就走近了桌边,举起茶碗来请我喝茶。我接过来喝了一口,在茶里又闻到了一种实在是令人欲醉的桂花香气。掀开了茶碗盖,我俯首向碗里一看,果然在绿莹莹的茶

水里散点着有一粒一粒的金黄的花瓣。则生以为我在看茶叶,自己拿起了一碗喝了一口,他就对我说:"这茶叶是我们自己制的,你说怎么样?"

"我并不在看茶叶,我只觉这触鼻的桂花香气,实在可爱得很。"

"桂花吗?这茶叶里的还是第一次开的早桂,现在在开的迟桂花,才有味哩!因为开得迟,所以日子也经得久。"

"是的是的,我一路上走来,在以桂花著名的满觉陇里,倒闻不着桂花的香气。看看两旁的树上,都只剩了一簇一簇的淡绿的桂花托子了,可是到了这里,却同做梦似的,所闻吸的尽是这种浓艳的气味。老翁,你大约是已经闻惯了,不觉得什么罢?我……我……"

说到了这里,我自家也忍不住笑了起来。则生尽管在追问我,"你怎么样?你怎么样?"到了最后,我也只好说了:"我,我闻了,似乎要起性欲冲动的样子。"

则生听了,马上就大笑了起来,他的娘和妹妹虽则并没有明确地了解我们的说话的内容,但也晓得我们是在说笑话,母女俩便含着微笑,上厨下去预备晚饭去了。

我们两人在客厅上谈谈笑笑,竟忘记了点灯,一道银样的月光,从门里洒进来了。则生看见了月亮,就站起来想去拿煤油灯,我却止住了他,说:"在月光底下清谈,岂不是很好么?你还记不记得起,那一年在井之头公园里的一夜游行?"

所谓那一年者,就是翁则生患肺病的那一年秋天。他因为用功过度,变成了神经衰弱症。有一天,他课也不去上,竟独自一个在公寓里发了一天的疯。到了傍晚,他饭也不吃,从公寓里跑出去了。我接到了公寓主人的注意,下学回来,就远远地在守视着他,看他走出了公寓,就也追踪着他，远远地跟他一道到了井之头公园。从东京到井之头公园去的高架电车，本来是有前后的两乘，所以在电车上，我和他并不遇着。直到下车出车站之后，我假装无意中和他冲见了似的同他招呼了。他红着双颊，问我这时候上这野外来干什么，我说是来看月亮的，记得那一晚正是和这天一样地有月亮的晚上。两人笑了一笑，就一道的在井之头公园的树林里走到了夜半方才回来。后来听他的自白，他是在那一天晚上想到井之头公园去自杀的，但因为遇见了我，谈了半夜，胸中的烦闷，有一半消散了，所以就同我一道又转了回来。"无限胸中烦闷事，一宵清话又成空！"他自白的时候，还念出了这两句诗来，借作解嘲。以后他就因伤风而发生肺炎，肺炎愈后，就一直的为结核菌所压倒了。

谈了许多怀旧谈后，话头一转，我就提到了他的这一回的喜事。

"这一回的喜事么？我在那信里也曾和你说过。"

谈话的内容，一从空想追怀转向了现实，他的声气就低下了去，又回复了他旧日的沉静的态度。

"在我是无可无不可的，对这事情最起劲的，倒是我的那位年老的娘，这一回的一切准备麻烦，都是她老人家在替我忙的。这半个月中间，她差不多日日跑城里。现在是已经弄得完完全全，什么都预备好了，明朝一日，就要来搭灯彩，下午是女家送嫁妆来，后天就是正日。可是老郁，有一件事情，我觉得很难受，就是莲儿——这是我妹妹的小名——近来，似乎是很不高兴的样子，她话虽则不说，但因为她是很天真的缘故，所以在态度上表情上处处我都看得出来。你是初同她见面，所以并不觉得什么，平时她着实要活泼哩，简直活泼得同现代的那些时髦女郎一样，不过她的活泼是天性的纯真，而那些现代女郎，却是学来的时髦。……

按说哩，这心绪的恶劣，也是应该的，她虽则是一个纯真的小孩子，但人非木石，究竟总有一点感情，看到了我们这里的婚事热闹，无论如何，总免不得要想起她自己的身世凄凉的。并且还有一个最重要的动机，仿佛是她觉得自己今后的寄身无处。这儿虽是娘家，但她却是已经出过嫁的女儿了，哥哥讨了嫂嫂，她还有什么权利再寄食在娘家呢？所以我当这婚事在谈起的当初，就一次两次的对她说过了，不管它怎样，她总是我的妹妹，除非她要再嫁，则没有话说，要是不然的话，那她是一辈子有和我同居，和我对分财产的权利的，请她千万不要自己感到难过。这一层意思，她原也明白，我的性情，她是晓得的，可是不晓得怎么，她近来似乎总有点不大安闲的样子。你来得正好，顺便也可以劝劝她。并且明天发嫁妆结灯彩之类的事情，怕她看了又要想到自己的身世，我想明朝一早就叫她陪你出去玩去，省得她在家里一个人在暗中受苦。"

"那好极了，我明天就陪她出去玩一天回来。"

"那可不对，假使是你陪她出去玩的话，那是形迹更露，愈加要使她难堪了。非要装作是你要她去作陪不行。仿佛是你想出去玩，但我却没有工夫陪你，所以只好勉强请她和你一道出去。要这样，她才安家逸。"

"好，好，就这么办，明天我要她陪我去逛五云山去。"

正谈到这里，他的那位老母从客室后面的那扇侧门里走出来了，看到了我们坐在微明灰暗的客室里谈天，她又笑了起来说："十几年不见的一段总帐，你们难道想在这几刻功夫里算它清来么？有什么话谈得那么起劲，连灯都忘了点一点？则生，你这孩子真像是疯了，快立起来，把那盏保险灯点上。"

说着她又跑回到了厨下，去拿也一盒火柴出来。则生爬上桌子,在点那盏悬在客室正中的保险灯的时候,她就问我吃晚饭之先,要不要喝酒。则生一边在点灯,一边就从肩背上叫他娘说:"娘,你以为他也是肺痨鬼么?郁先生是以喝酒出名的。"

"那么你快下来去开坛去罢,今天挑来的是那两坛酒,不晓得好不好,请郁先生尝尝看。"

他娘听了他的话后,就也昂起了头,一面在看他点灯,一则在催他下来去开酒去。

"幸而是酒,请郁先生先尝一尝新,倒还不要紧,要是新娘子,那可使不得。"

他笑说着从桌子上跳了下来,他娘眼睛望着了我,嘴唇却朝着了他啐了一声说:"你看这孩子,说话老是这样不正经的!"

"因为他要做新郎官了,所以在高兴。"

我也笑着对他娘说了一声,旋转身就一个踱出了门外,想看一看这翁家山的秋夜的月明,屋内且让他们母子俩去开酒去。

月光下的翁家山,又不相同了。从树枝里筛下来的千条万条银线,像电影里的白天的外景。不知躲在什么地方的许多秋虫的鸣唱,骤听之下,满以为在下急雨。白天的热度,日落之后,忽然收敛了,于是草木很多的这深山顶上,就也起了一层白茫茫的透明雾障。山上电灯线似乎还没有接上,远近一家一家看得见的几点煤油灯光,仿佛是大海湾里的渔灯野火。一种空山秋夜的沉默的感觉,处处在高压着人,使人肃然会起一种畏敬之思。我独立在庭前的月光亮里看不了几分钟,心里就有点寒竦竦的怕了起来,回身再走回客室,酒茶杯筷,都已热气蒸腾的摆好在那里候客了。

四个人当吃晚饭的中间,则生又说了许多笑话。因为在

前回听取一番他所告诉我的衷情之后,我于举酒杯的瞬间,偷眼向她妹妹望望,觉得在她的柔和的笑脸上,的确似乎是有一种说不出的悲寂的表情流露出那里的样子。这一餐晚饭,吃尽了许多时间,我因为白天走路走得不少,而谈话之后又感到了一点兴奋,肚子有点饿了,所以酒和菜,竟吃得比平时要多一倍。到了最后将快吃完的当儿,我就向则生提出说:"老翁,五云山我倒还没有去玩过,明天你可不可以陪我一道去玩一趟?"

则生仍复以他的那种滑稽的口吻回答我说:"到了结婚的前一日,新郎官哪里走得开呢,还是改天再去罢。等新娘子来了之后,让新郎新娘抬了你去烧香,也还不迟。"

我却仍复主张着说,明天非去不行。则生就说:"那么替你去叫一顶轿子来,你坐了轿子去,横竖是明天轿夫会来的。"

"不行不行,游山玩山,我是喜欢走的。"

"你认得路么?"

"你们这一种乡下的僻路,我哪里会认得呢?"

"那就怎么办呢?……"

则生抓着头皮,脸上露出了一脸为难的神气。停了一二分钟,他就举目向他的妹妹说:"莲,你怎么样!你是一位女豪杰,走路又能走,地理又熟悉,你替我陪了郁先生去怎么样?"

他妹妹也笑了起来,举起眼睛来向她娘看了一眼。接着她娘就说:"好的,莲,还是你陪了郁先生去罢,明天你大哥是走不开的。"

我一看她脸上的表情,似乎已经有了答应的意思了,所以又追问了她一声说:"五云山可着实不近哩,你走得动的么?回头走到半路,要我来背,那可办不到。"

她听了这话，就真同从心坎里笑出来的一样笑着说："别说五云山，就是老东岳，我们也一天要往返两次哩。"

从她的红红的双颊，挺突的胸脯，和肥圆的肩臂看来，这句话也决不是她夸的大口。吃完晚饭，又谈了一阵闲天，我们因为明天各有忙碌的操作在前，所以一早就分头到房里去睡了。

山中的清晓，又是一种特别的情景。我因为昨天夜里多喝了一点酒，上床去一睡，就同大石头掉下海里似的，一直就酣睡到了天明。窗外面吱吱唧唧的鸟声喧噪得厉害，我满以为还是夜半，月明将野鸟惊醒了，但睁开眼掀开帐子来一望，窗内窗外已饱浸着晴天爽朗的清晨光线，窗子上面的一角，却已经有一缕朝阳的红箭射到了。急忙滚出了被窝，穿起衣服，跑下楼去一看，他们母子三人，也已梳洗得妥妥服服，说是已经做了个把钟头的事情之后。平常他们总是于五点钟前后起床的。这一种日出而作，日入而息的山中住民的生活秩序，又使我对他们感到了无穷的敬意。四人一道吃过了早餐，我和则生的妹妹，就整了一整行装，预备出发。临行之际，他娘又叫我等一下子，她很迅速地跑上楼去取了一枝黑漆手杖下来，说，这是则生生病的时候用过的，走山路的时候，用它来撑扶撑扶，气力要省得多。我谢过了她的好意，就让则生的妹妹上前带路，走出了他们的大门。

早晨的空气，实在澄鲜得可爱。太阳已经升高了，但它的领域，还只限于屋檐，树梢，山顶等突出的地方。山路两旁的细草上，露水还没有干，而一味清凉触鼻的绿色草气，和入在桂花香味之中，闻了好像是宿梦也能摇醒的样子。起初还在翁家山村内走着，则生的妹妹，对村中的同性，三步一招呼，五步一立谈的应接得忙不暇给。走尽了这村子的最后一家，沿了入谷的一条石板路走上山面的时候，遇见的人

也没有了，前面眺望，也转换了一个样子。朝我们去的方向看去，原又是冈峦的起伏和别墅的纵横，但稍一住脚，掉头向东面一望，一片同呵了一口气的镜子似的湖光，却躺在眼下了。远远从两山之间的谷顶望去，并且还看得出一角城里的人家，隐约藏躲在尚未消尽的湖雾当中。

我们的路先朝西北，后又向西南，先下了山坡，后又上了山背，因为今天有一天的时间，可以供我们消磨，所以一离了村境，我就走得特别的慢。每这里看看，那里看看的看个不住。若看见了一件稍可注意的东西，那不管它是风景里的一点一堆，一山一水，或植物界的一草一木与动物界的一鸟一虫，我总要拉住了她。寻根究底的问得它仔仔细细。说也奇怪，小时候只在村里的小学校里念过四年书的她——这是她自己对我说——对于我所问的东西，却没有一样不晓得的。关于湖上的山水古迹，庙宇楼台哩，那还不要去管它，大约是生长在西湖附近的人，个个都能够说出一个大概来的，所以她的知道得那么详细，倒还在情理之中，但我觉得最奇怪的，却是她的关于这西湖附近的区域之内的种种动植物的知识。无论是如何小的一只鸟，一个虫，一株草，一棵树，她非但各能把它们的名字叫出来，并且连几时孵化，几时他迁，几时鸣叫，几时脱壳，或几时开花，几时结实，花的颜色如何，果的味道如何等，都说得非常有趣而详尽，使我觉得仿佛是在读一部活的桦候脱的《赛儿鹏自然史》（G. White's *Natural History and Antiquities of Selborne*）。而桦候脱的书，却决没有叙述得她那么朴质自然而富于刺激，因为听听她那种舒徐清澈的语气，看看她那一双天生成像饱使过耐吻胭脂般的红唇，更加上了以她所特有的那一脸微笑，在知识分子之外还不得不添一种情的成分上去，于书的趣味之上更要兼一层人的风韵在里头。我们慢慢的谈着天，走着路，不上一个钟头的光景，我竟恍恍惚惚，像又回复了青春时代似的完全为她迷倒了。

好的身体，也真发育得太完全，穿的虽是一件乡下裁缝做的不大合式的大绸夹袍，但在我的前面一步一步的走去，非但她的肥突的后部，紧密的腰部，和斜圆的胫部的曲线，看得要簇生异想，就是她的两只圆而且软的肩膊，多看一歇，也要使我贪鄙起来。立在她的前面和她讲话哩，则那一双水汪汪的大眼，那一个隆正的尖鼻，那一张红白相间的椭圆嫩脸，和因走路走得气急，一呼一吸涨落得特别快的那个高突的胸脯，又要使我恼杀。还有她那一头不曾剪去的黑发哩，梳的虽然是一个自在的懒髻，但一映到了她那个圆而且白的额上，和短而且腴的颈际，看起来，又格外的动人。总之，我在昨天晚上，不曾在她身上发见的康健和自然的美点，今天因这一加的游山，完全被我观察到了。此外我又在她的谈话之中，证实了翁则生也和我曾经讲到过的她的生性的活泼与天真。譬如我问她今年几岁了？她说，二十八岁。我说这真看不出，我起初还以为你只有二十三四岁，她说，女人不生产是不大会老的。我又问她，对于则生这一回的结婚，你有点什么感触？她说，另外也没有什么，不过以后长住在娘家，似乎有点对不起大哥和大嫂。像这一类的纯粹真率的谈话，我另外还听取了许多许多，她的朴素的天性，真真如翁则生之所说，是一个永久的小孩子的天性。

爬上了龙井狮子峰下的一处平坦的山顶，我于听了一段她所讲的如何栽培茶叶，如何摘取焙烘，与那时候的山家生活的如何紧张而有趣的故事之后，便在路旁的一块大岩石上坐下来了。遥对着在晴天下太阳光是躺着的杭州城市，和近水遥山，我的双眼只凝视着苍空的一角，有半晌不曾说话。一边在我的脑里，却只在回想着德国的一位名延生（Jenson）

的作家所著的一部小说《野紫薇立喀》（*Die Braune Erika*）。这小说后来又有一位英国的作家哈特生（Hodson）摹仿了，写了一部《绿阴》（*Green Mansions*）。两部小说里所描写的，都是一个极可爱的生长在原野里的天真的女性，而女主人公的结果，后来都是不太好的。我沉默着痴想了许久，她却从我背后用了她那只肥软的右手很自然地搭上了我的肩膀。

"你一声也不响的在那里想什么？"

我就伸上手去把她的那只肥手捏住了，一边就扭转了头微笑着看入了她的那双大眼，因为她是坐在我的背后的。我捏住了她的手又默默地对她注视了一分钟，但她的眼里脸上却丝毫也没有羞惧兴奋的痕迹出现，她的微笑，还依旧同平时一点儿也没有什么的笑容一样。看了我这一种奇怪的形状，她过了一歇，反又很自然的问我说："你究竟在那里想什么？"

倒是我被她问得难为情起来了，立时觉得两颊就潮热了起来。先放开了那只被我捏住在那儿的她的手，然后干咳了两声，最后我就鼓动了勇气，发了一声同被绞出来似的笑语："我……我在这儿想你！"

"是在想我的将来如何的和他们同住么？"

她的这句反问，又是非常的率真而自然，满以为我是在为她设想的样子。

我只好沉默着把头点了几点，而眼睛里却酸溜溜的觉得有点热起来了。

"啊，我自己倒并没有想得什么伤心，为什么，你，你却反而为我流起眼泪来了呢？"

她像吃了一惊似的立了起来问我，同时我也立起来了，且在将身体起立的行动当中，乘机拭去了我的眼泪。我的心地开朗了，欲情也净化了，重复向南慢慢走上岭去的时候，我就把刚才我所想的心事，尽情告诉了她。我将那两部小说的内容讲给了她听，我将我自己的邪心说出来，我对于我刚才所触动的那一种自己的心情，更下了一个严正的批判，末后，便这样的对她说："对于一个洁白得同白纸似的天真小孩，而加以玷污，是不可赦免的罪恶。我刚才的一念邪心，几乎要使我犯下这个大罪了。幸亏是你的那颗纯洁的心，那颗同高山上的深雪似的心，却救我出了这一个险。不过我虽则犯罪的形迹没有，但我的心，却是已经犯过罪的。所以你要罚我的话，就是处我以死刑，我也毫无悔恨。你若以为我是那样卑鄙，而将来永没有改善的希望的话，那今天晚上回去之后，向你大哥母亲，将我的这一种行为宣布了也可以。不过你若以为这是我的一时糊涂，将来是永也不会再犯的话，那请你相信我的誓言，以后请你当我作你大哥一样那么的看待，你若有急有难，有不了的事情，我总情愿以死来代替着你。"

当我在对她作这些忏悔的时候，两人起初是慢慢在走的，后来又在路旁坐下了。说到了最后的一节，倒是她反同小孩子似的发着抖，捏住了我的两手，倒入了我的怀里。呜呜咽咽的哭了起来。我等她哭了一阵之后，就拿出了一块手帕来替她揩干了眼泪，将我的嘴唇轻轻地搁到了她的头上。两人偎抱着沉默了好久，我又把头俯了下去，问她，我所说的这段话的意思，究竟明白了没有。她眼看着了地上，把头点了几点。我又追问了她一声："那么你承认我以后做你的哥哥了不是?"

她又俯视着把头点了几点，我撒开了双手，又伸出去把她的头捧了起来，使她的脸正对着了我。对我凝视了一会，她的那双泪珠还没有收尽的水汪汪的眼睛，却笑起来了。我乘势把她一拉，就同她挽着手并立了起来。

"好，我们是已经决定了，我们将永久地结作最亲爱最纯洁的兄妹。时候已经不早了，让我们快一点走，赶上五云山去吃午饭去。"

我这样说着，搀着她向前一走，她也恢复了早晨刚出发的时候的元气，和我并排着走向了前面。

两人沉默着向前走了几十步之后，我侧眼向她一看，同奇迹似的忽而在她的脸上看出了一层一点儿忧虑也没有的满含着未来的希望和信任的圣洁的光耀来。这一种光耀，却是我在这一刻以前的她的脸上从没有看见过的。我愈看愈觉得对她生起敬爱的心思来了，所以不知不觉，在走路的当中竟接连着看了她好几眼。本来只是笑嘻嘻地在注视着前面太阳光里的五云山的白墙头的她，因为我的脚步的迟乱，似乎也感觉到了我的注意力的分散了，将头一侧，她的双眼，却和我的视线接成了两条轨道。她又笑起来了，同时也放慢了脚步。再向我看了一眼，她才腼腆地开始问我说："那我以后叫你什么呢？"

"你叫则生叫什么，就叫我也叫什么好了。"

"那么——大哥！"

大哥的两字，是很急速的紧连着叫出来的，听到了我的一声高声的"啊！"的应声之后，她就涨了脸，撒开了手，大笑着跑上前面去了。一面跑，一面她又回转头来，"大哥！""大哥！"的接连叫了我好几声。等我一面叫她别跑，一面我自己也跑着追上了她背后的时候，我们的去路已经变成了一条很窄的石岭，而五云山的山顶，看过去也似乎是很近了。仍复了平时的脚步，两人分着前后，在那条窄岭上缓步的当中，我才觉得真真是成了她的哥哥的样子，满含着了慈爱，很正经地吩咐她说："走得小心，这一条岭多么险啊！"

走到了五云山的财神殿里，太阳刚当正午，庙里的人已经在那里吃晚饭了。我们因为在太阳底下的半天行路,口已经干渴得像旱天的树木一样,所以一进客堂去坐下,就教他们先起茶来,然后再开饭给我们吃。洗了一个手脸,喝了两三碗清茶,静坐了十几分钟,两人的疲劳兴奋,都已平复了过去,这时候饥饿却抬起头来了,于是就又催他们快点开饭。这一餐只我和她两人对食的五云山上的中餐,对于我正敌得过英国诗人所幻想着的亚力山大王的高宴。若讲到心境的满足,和谐,与食欲的高潮亢进,那恐怕亚力亚山大王还不及当时的我。

吃过午饭,管庙的和尚又领我们上前后左右去走了一圈。这五云山,实在是高,立在庙中阁上,开窗向东北一望,湖上的群山,都像青色的土堆了。本来西湖的山水的妙处,就在于它的比舞台上的布景又真实伟大一点,而比各处的名山大川又同盆景似的整齐渺小一点这地方。而五云山的气概,却又完全不同了。以其山之高与境的僻,一般脚力不健的游人是不会到的,就在这一点上,五云山已略备着名山的资格了,更何况前面远处,蜿蜒盘曲在青山绿野之间的,是一条历史上也着实有名的钱塘江水呢?所以若把西湖的山水,比作一只锁在铁笼子里的白熊来看,那这五云山峰与钱塘江水,便是一只深山的野鹿。笼里的白熊,是只能满足满足胆怯无力者的冒险雄心的;至于深山的野鹿,虽没有高原的狮虎那么雄壮,但一股自由奔放之情,却可以从它那里摄取得来。

我们在五云山的南面又看了一会钱塘江上的帆影与青山,就想动身上我们的归路了,可是举起头来一望,太阳还在中天,只西偏了没有几分。从此地回去,路上若没有耽搁,是不消两个钟头就能到翁家山上的;本来是打算出来把一天光阴消磨过去的我们,回去得这样的早,岂不是辜负了

这大好的时间了么？所以走到五云山西南角的一条狭路边上的时候，我就又立了下来，拉着了她的手亲亲热热地问了她一声："莲，你还走得动走不动？"

"起码三十里路总还可以走的。"

她说这句话的神气，是富有着自信和决断，一点也不带些夸张卖弄的风情，真真是自然到了极点，所以使我看了不得不伸上手去，向她的下巴底下拨一拨。她怕痒，缩着头颈笑起来了，我也笑开了大口，对她说："让我们索性上云栖去罢！这一条是去云栖的便道，大约走下去，总也没有多少路的，你若是走不动的话，我可以背你。"

两人笑着说着，似乎只转瞬之间，已经把那条狭窄的下山便道走尽了大半了。山下面尽是些绿玻璃似的翠竹，西斜的太阳晒到了这条坞里，一种又清新又寂静的淡绿色的光同清水一样，满浸在附近的空气里在流动。我们到了云栖寺里坐下，刚喝完了一碗茶，忽而前面的大殿上，有嘈杂的人声起来了，接着就走进了两位穿着分外宽大的黑布和尚衣的老僧来。知客僧便指着他们夸耀似的对我们说："这两位高僧，是我们方丈的师兄，年纪都快八十岁了，是从城里某公馆里回来的。"

城里的某巨公，的确是一位信佛的先锋，他的名字，我本系也听见过的，但我以为同和尚来谈这些俗天，也不大相称，所以就把话头扯了开去，问和尚大殿上的嘈杂的人声，是为什么而起的。知客僧轻鄙似的笑了一笑说："还不是城里的轿夫在敲酒钱，轿钱是公馆里付了来的，这些穷人心实心太凶。"

这一个伶俐世俗的知客僧的说话，我实在听得有点厌起来了，所以就要求他说："你领我们上寺前寺后去走走罢？"

我们看过了"御碑"及许多石刻之后，穿出大殿，那几个轿夫还在咕噜着没有起身。我一半也觉得走路走得太多了，一半也想给那个知客僧以一点颜色看看，所以就走了上去对轿夫说："我给你们两块钱一个人，你们抬我们两人回翁家山去好不好？"

轿夫们喜欢极了，同打过吗啡针后的鸦片嗜好者一样，立时将态度一变，变得有说有笑了。

知客僧又陪我们到了寺外的修竹丛中，我看了竹上的或刻或写在那里的名字诗句之类，心里倒有点奇怪起来，就问她这是什么意思。于是他也同轿夫他们一样，笑迷迷地对我说了一大串话。我听了他的解释，倒也觉得非常有趣，所以也就拿出了五圆纸币，递给了他，说："我们也来买两枝竹放放生罢！"

说着我就向立在我旁边的她看了眼，她却正同小孩子得到了新玩意儿还不敢去抚摸的一样，微笑着靠近了我的身边轻轻地问我："两枝竹上，写什么名字好？"

"当然是一枝上写你的，一枝上写我的。"

她笑着摇摇头说："不好，不好，写名字也不好，两个人分开了写也不好。"

"那么写什么呢？"

"只教把今天的事情写下去就对。"

我静立着想了一会，恰好那知客僧向寺里去拿的油墨和笔也已经拿到了。我拣取了两株并排着的大竹，提起笔来，就各写上了"郁翁兄妹放生之竹"的八个字。将年月日写完之后，我搁下了笔，回头来问她八个字怎么样，她真像是心花怒放似的笑着，不说话而尽在点头。在绿竹之下的这一种她的无邪的憨态，又使我深深地，深深地受到了一个感动。

坐上轿子，向西向南的在竹荫之下走了六七里坂道，出梵村，到闸口西首，从九溪口折入九溪十八涧的山坳，登杨

梅岭,到南高峰下的翁家山的时候,太阳已经悬在北高峰与天竺山的两峰之间了。他们的屋里,早已挂上了满堂的灯彩,上面的一对红灯,也已经点尽了一半的样子。嫁妆似乎已经在新房里摆好,客厅上看热闹的人,也早已散了。我们轿子一到,则生和他的娘,就笑着迎了出来,我付过轿钱,一跛进门槛,他娘就问我说:"早晨拿出去的那枝手杖呢?"

我被她一问,方才想起,便只笑着摇摇头对她慢声的说:"那一枝手杖么——做了我的祭礼了。"

"做了你的祭礼?什么祭礼?"则生惊疑似的问我。

"我们在狮子峰下,拜过天地,我已经和你妹妹结成了兄妹了。那一枝手杖,大约是忘记在那块大岩石的旁边的。"

正在这个时候,先下轿而上楼去换了衣服下来的他的妹妹,也嬉笑着,走到了我们的旁边。则生听了我的话后,就也笑着对他的妹妹说:"莲,你们真好!我们倒还没有拜堂,而你和老郁,却已经在狮子峰拜过天地了,并且还把我的一枝手杖忘掉,作了你们的祭礼。娘!你说这事情应怎么罚罚他们?"

经他这一说,说得大家都笑了起来,我也情愿自己认罚,就认定后日房,算作是一个人的东道。

这一晚翁家请了媒人,及四五个近族的人来吃酒,我的新郎官,在下面奉陪。做媒人的那位中老乡绅,身体虽则并不十分肥胖,但相貌态度,却也是很富裕的样子。我和他两人干杯,竟干满了十八九杯。因酒有点微醉,而日里的路,也走得很多,所以这一晚睡得比前一晚还要沉熟。

九月十二的那一天结婚正日,大家整整忙了一天。婚礼虽系新旧合参的仪式,但因两家都不喜欢铺张,所以百事也还比较简单。午后五时,新娘轿到,行过礼后,那位好好先生的媒人硬要拖我出来,代表来宾,说几句话。我推辞不得,就先把我和则生在日本念书时候的交情说了一说,末了我就想起了则生同我说的迟桂花的好处,因而就抄了他的一段来恭祝他们:"则生前天对我说,桂花开得愈迟愈好,因为开得迟,所以经得日子久。现在两位的结婚,比较起平常的结婚年龄来,似乎是觉得大一点了,但结婚结得迟,日子也一定经得久。明年迟桂花开的时候,我一定还要上翁家山来。我预先在这儿计算,大约明年来的时候,在这两株迟桂花的中间,总已经有一株早桂花发出来了。我们大家且等着,等到明年这个时候,再一同来吃他们的早桂的喜酒。"

说完之后,大家就坐拢来吃喜酒。猜猜拳,闹闹房,一直闹到了半夜,各人方才散去。当这一日的中间,我时时刻刻在注意偷看则生的妹妹的脸色,可是则生所说而我也曾看到过的那一种悲寂的表情,在这一日当中却终日没有在她的脸上流露过一丝痕迹。这一日,她笑的时候,真是乐得难耐似的完全是很自然的样子。因为她的这一种心情的反射的结果,我当然可以不必说,就是则生和他的母亲,在这一日里,也似乎是愉快到了极点。

因为两家都喜欢简单成事的缘故,所以三朝回郎等繁缛的礼节,都在十三那一天白天行完了,晚上房,总算是我的东道。则生虽则很希望我在他家多住几日,可以和他及他的妹妹谈谈笑笑,但我一则因为还有一篇稿子没有做成,想另外上一个更僻静点的地方去做文章,二则我觉得这一次吃喜酒的目的也已经达到了,所以在房的翌日,就离开翁家山去乘早上的特别快车赶回上海。

送我到车站的,是翁则生和他的妹妹两个人。等开车的信号钟将打,而火车的机头上在吐白烟的时候,我又从车窗里伸出了两手,一只捏着了则生,一只捏着了他的妹妹,很重很重的捏了一回,汽笛鸣后,火车微动了,他们兄妹又随

车前走了许多步,我也俯出了头,叫他们说:

"则生!莲!再见,再见!但愿得我们都是迟桂花!"

火车开出了老远老远,月台上送客的人都回去了,我还看见他们兄妹俩直立在东面月台蓬外的太阳光里,在向我挥手。

一九三二年十月杭州写

## 阅读指要

《迟桂花》是郁达夫后期较为成熟的作品,文章给我们的感觉就像桂花的香气一样清新、自然,香而不腻。郁达夫在《迟桂花》中仍然采用"自叙传"的叙述方式来抒发主人公的内心情感和感情脉络。《迟桂花》的男主人公翁则生是一个充满着"病态"的男子,但主人公的"病态"在这清秀、绮丽的山水之间居然得到了"治愈",没有沦为悲剧的命运。也许大自然真的可以净化人的心灵,陶冶人的情操,让人在物欲的追求中,放慢脚步,让人高度紧绷的神经松弛下来。

郁达夫用细腻的笔调对翁家山的景色进行了细致的刻画,营造出一种强烈的宁静之美。莲姑所展现的人格魅力,就像桂花散发出的香气一样,持久回味。莲姑本身是一个带有悲剧色彩的人物,在夫家受尽了屈辱与刁难,最终狼狈地回到了自己的家。在封建思想充斥在人们脑海里的年代,这种女人是要受到别人的异样眼光的。但莲姑并没有悲观绝望,在他的世界里依然是简单、乐观的,依旧像少女般纯洁无瑕。在莲姑身上,我们看到了一个人该具备的健全人性。

郁达夫在文中抒发了自己对大自然的热爱,他把莲姑比作"迟桂花",更是对像莲姑这样在大自然的滋润下而具有美好人性人们的赞美。

# 西溪的晴雨

西北风未起,蟹也不曾肥,我原晓得芦花总还没有白,前两星期,源宁来看了西湖,说他倒觉得有点失望,因为湖光山色,太整齐,太小巧,不够味儿。他开来的一张节目上,原有西溪的一项;恰巧第二天又下了微雨,秋原和我就主张微雨里下西溪,好教源宁去尝一尝这西湖近旁的野趣。

天色是阴阴漠漠的一层,湿风吹来,有点儿冷,也有点儿香,香的是野草花的气息。车过方井旁边,自然又下车来,去看了一下那座天主圣教修士们的古墓。从墓门望进去,只是黑沉沉,冷冰冰的一个大洞,什么也看不见,鼻子里却闻吸到了一种霉灰的阴气。

把鼻子掀了两掀,耸了一耸肩膀,大家都说,可惜忘记带了电筒,但在下意识里,自然也有一种恐怖、不安和畏缩的心意,在那里作恶,直到了花坞的溪旁,走进窗明几净的静莲庵堂去坐下,喝了两碗清茶,这一些鬼胎,方才洗涤了个空空脱脱。

游西溪,本来是以松木场下船,带了酒盒行厨,慢慢儿地向西摇去为正宗。像我们那么高坐了汽车,飞鸣而过古

荡、东岳，一个钟头要走百来里路的旅客，终于是难度的俗物。但是俗物也有俗益。你若坐在汽车座里，引颈而向西向北一望，直到湖州，只见一派空明，遥盖在淡绿成阴的斜平海上；这中间不见水，不见山，当然也不见人，只是渺渺茫茫，青青绿绿，远无岸，近亦无田园村落的一个大斜坡，过秦亭山后，一直到留下为止的那一条沿山大道上的景色，好处就在这里，尤其是当微雨朦胧，江南草长的春或秋的半中间。

从留下下船，回环曲折，一路向西向北，只在芦花浅水里打圈圈；圆桥茅舍，桑树蓼花，是本地的风光，还不足道；最古怪的，是剩在背后的一带湖上的青山，不知不觉，忽而又会得移上你的面前来，和你点一点头，又匆匆的别了。

摇船的少女，也总好算是西溪的一景；一个站在船尾把摇橹，一个坐在船头上使桨，身体一伸一俯，一往一来，和橹声的咿呀，水波的起落，凑合成一大又圆又曲的进行软调；游人到此，自然会想起瘦西湖边，竹西歌吹的闲情，而源宁昨天在漪园月下老人祠里求得的那枝灵签，仿佛是完全的应了。签诗的语文，是《庸风·桑中》章末后的三句，叫做"期我乎桑中，要我乎上宫，送我乎淇之上矣"。

此后便到了交芦庵，上了弹指楼，因为是在雨里，带水拖泥，终于也感不到什么的大趣，但这一天向晚回来，在湖滨酒楼上放谈之下，源宁却一本正经地说："今天的西溪，却比昨日的西湖，要好三倍。"

前天星期假日，日暖风和，并且在报上也曾看到了芦花怒放的消息；午后日斜，老龙夫妇，又来约去西溪，去的时候，太晚了一点，所以只在秋雪庵的弹指楼上，葫磨了半日之半。一片斜阳，反照在芦花浅渚的高头，花也并未怒放，树叶也不曾凋落,原不见秋,更不见雪,只是一味的晴明浩荡,飘飘然,浑浑然,洞贯了我们的肠腑。老僧无相,烧了面,泡了茶,更送来了酒,末后还拿出了纸和墨,我们看看日影下的北高峰,看看庵旁边的芦花荡,就问无相,花要几时才能全白?老僧操着缓慢的楚国口音,微笑着说:"总要到阴历十月的中间;若有月亮,更为出色。"说后,还提出了一个交换的条件,要我们到那时候,再去一玩,他当预备些精馔相待,聊当作润笔,可是今天的字,却非写不可。老龙写了"一剑横飞破六合,万家憔悴哭三吴"的十四个字,我也附和着抄了一副不知在哪里见过的联语:"春梦有时来枕畔,夕阳依旧上帘钩。"

喝得酒醉醺醺,走下楼来,小河里起了晚烟,船中间满载了黑暗,龙妇又逸兴遄飞,不知上哪里去摸出了一枝洞箫来吹着。"其声呜呜然,如怨如慕,如泣如诉,余音袅袅,不绝如缕",倒真有点像是七月既望,和东坡在赤壁的夜游。

一九三五年十月二十二日

### 阅读指要

本文原载于 1935 年 10 月 24 日《东南日报》。

郁达夫在《西溪的晴雨》中,以"微雨"为背景,通过自己的路上所闻,车里所见和船中所感,展现了西溪独特的野趣。

文章首先在微雨的背景下,营造了湿风吹冷、野草飘香的氛围,为全文奠定了朦胧素淡的基调。参观古墓,闻吸到的是"霉灰的阴气",给人以"恐怖、不安和畏缩的心意",而静莲庵堂的清茶洗涤了鬼气,这感情的跌宕之间,让人在氤氲的气息中感受了野趣。

作者在叙写乘车游览的乐趣时,先宕开一笔,说游西溪以游船为"正宗",乘车游览为"俗",接着笔锋一转,品谈"俗益"。因为有雨,遥望则"一派空明",斜平海上,"淡绿成阴",而江南草长,美景集

于沿山大道,更增添了微雨朦胧的意境。

乘船游赏西溪的野趣似乎更有灵性,更有情韵。写景,则山环水绕之中,风景向你"点头",又"匆匆"作别;记人,则"一伸一俯"之间,与橹声、水波相应和,合奏为"又圆又曲的进行软调"。至此,文人的雅兴与自然的野趣达到了和谐的统一。

# 故都的秋

秋天,无论在什么地方的秋天,总是好的。可是啊,北国的秋,却特别来得清,来得静,来得悲凉。我的不远千里,要从杭州赶上青岛,更要从青岛赶上北平来的理由,也不过想尝一尝这"秋",这故都的秋味。

江南,秋当然也是有的;但草木凋得慢,空气来得润,天的颜色显得淡,并且又时常多雨而少风。一个人夹在苏州上海杭州,或厦门香港广州的市民中间,混混沌沌地过去,只能感到一点点清凉。秋的味,秋的色,秋的意境与姿态,总是看不饱,尝不透,赏玩不到十足。秋并不是名花,也并不是美酒,那一种半开、半醉的状态,在领略秋的过程上,是不合适的。

不逢北国之秋,已将近十余年了。在南方每年到了秋天,总要想起陶然亭的芦花,钓鱼台的柳影,西山的虫唱,玉泉的夜月,潭柘寺的钟声。在北平即使不出门去罢,就是在皇城人海之中,租人家一椽破屋来住着。早晨起来,泡一碗浓茶,向院子一坐,你也能看得到很高很高的碧绿的天色,听得到青天下训鸽的飞声。从槐树叶底,朝东细数着一

丝一丝漏下来的日光，或在破壁腰中，静对着像喇叭似的牵牛花（朝荣）的蓝朵，自然而然地也能感觉到十分的秋意，说到了牵牛花，我以为以蓝色或白色者为佳，紫黑色次之，淡红色最下。最好，还要在牵牛花底，教长着几根疏疏落落的尖细且长的秋草，使作陪衬。

　　北国的槐树，也是一种能使人联想起秋来的点缀，像花而又不是花的那一种落蕊。早晨起来，会铺得满地。脚踏上去，声音也没有，气味也没有，只能感出一点点极微细极柔软的触觉。扫街的在树影下一阵扫后，灰土上留下来的一条条扫帚的丝纹，看起来既觉得细腻，又觉得清闲，潜意识下并且还觉得有点儿落寞。古人所说的梧桐一叶而天下知秋的遥想，大约也就在这些深沉的地方。

　　秋蝉的衰弱的残声，更是北国的特产。因为北平处处全长着树，屋子又低，所以无论在什么地方，都听得见它们的啼唱。在南方是非要上郊外或山上去才听得到的。这秋蝉的嘶叫，在北平可和蟋蟀耗子一样，简直像是家家户户都养在家里的家虫。

　　还有秋雨哩。北方的秋雨也似乎比南方的下得奇，下得有味，下得像样。

　　在灰沉沉的天底下，忽而来一阵凉风，便息列索落地下起雨来了。一层雨过，云渐渐地卷向了西去，天又晴了，太阳又露出脸来了。著着很厚的青布单衣或夹袄的都市闲人，咬着烟管，在雨后的斜桥影里，上桥头树底下去一立，遇见熟人，便会用了缓慢悠闲的声调，微叹着互答着的说：

　　"唉，天可真凉了——"（这了字念得很高，拖得很长。）

　　"可不是么？一层秋雨一层凉了！"

　　北方人念阵字，总老像是层字，平平仄仄起来，这念错的歧韵，倒来得正好。

北方人的果树,到秋来,也是一种奇景。第一是枣子树。屋角,墙头,茅房边上,灶房门口,它都会一株株地长大起来,像橄榄又像鸽蛋似的这枣子颗儿,在小椭圆的细叶中间,显出淡绿微黄的颜色的时候,正是秋的全盛时期;等枣树叶落,枣子红完,西北风就要来了,北方便是尘沙灰土的世界。只有这枣子、柿子、葡萄成熟到八九分的七八月之交,是北国的清秋的佳日,是一年之中最好也没有的 Golden Days。

有些批评家说,中国的文人学士,尤其是诗人,都带着很浓厚的颓废色彩,所以中国的诗文里,颂赞秋的文字特别的多。但外国的诗人,又何尝不然?我虽则外国诗文念得不多,也不想开出帐来,做一篇秋的诗歌散文钞,但你若去一翻英德法意等诗人的集子,或各国的诗文的 Anthology 来,总能够看到许多关于秋的歌颂与悲啼。各著名的大诗人的长篇田园诗或四季诗里,也总以关于秋的部分,写得最出色而最有味。足见有感觉的动物,有情趣的人类,对于秋,总是一样的能特别引起深沉,幽远,严厉,萧索的感触来的。不单是诗人,就是被关在牢狱里的囚犯,到了秋天,我想也一定会感到一种不能自已的深情。秋之于人,何尝有别,更何尝有人种阶级之分呢?不过在中国,文字里有一个"秋士"的成语,读本里又有着很普遍的欧阳子的秋声与苏东坡的赤壁赋等,就觉得中国的文人,与秋的关系特别深了,可是这秋的深味,尤其是中国的秋的深味,非要在北方,才感受得底。

南国之秋,当然是也有它的特异的地方的,比如廿四桥的明月,钱塘江的秋潮,普陀山的凉雾,荔枝湾的残荷等等,可是色彩不浓,回味不永。比起北国的秋来,正像是黄酒之与白干,稀饭之与馍馍,鲈鱼之与大蟹,黄犬之与

骆驼。

秋天,这北国的秋天,若留得住的话,我愿把寿命的三分之二者去换得一个三分之一的零头。

一九三四年八月,在北平

**阅读指要**

郁达夫的《故都的秋》用饱蘸情愫的柔毫,描画出一幅神韵清绝、典雅质朴、极具个性的北国秋色图。一切景语皆情语。郁达夫笔下故都之秋的独特色彩、音响、风姿……无一不是作者丰富细腻、富有个人特质的情感世界的折射。具体表现在以下四个方面:

**一、独特的故都情结**

开篇,作者就述说"不远千里"上北平,只是"想饱尝一尝""故都的秋味"。"饱尝"而不是浅尝辄止,可见作者对故都的秋情有独钟。为了表现这种深沉的向往、眷恋和赞美,作者运用了多种艺术手法。首先是对比烘托。"不逢北国之秋,已将近十余年了。在南方每年到了秋天,总要想起陶然亭的芦花,钓鱼台的柳影,西山的虫唱,玉泉的夜月,潭柘寺的钟声。"这是一种欲抑先扬、似扬此而实扬彼的烘托法。作者通过一系列秋色、秋声、秋景、秋物的排比,从宏观上展示过去故都秋色的美丽醉人。文章的首尾都将北国之秋和江南之秋做了对比,且运用了独特的语句形式来强化对比的效果。例如结尾处的对比:(南国之秋)"比起北国的秋来,正像是黄酒之与白干,稀饭之与馍馍,鲈鱼之与大蟹,黄犬之与骆驼。"作者运用排比、博喻辞格,精选四组在量与质上差别明显的事物,让读者品味到故都秋天淳厚、浓郁、鲜美的醉人特色,与作者那浓烈的挚爱产生共鸣。郁达夫一生短短的四十九年从未在北平久住,但他对北平总是一往情深,他在《北平的四季》中这样写道:"五六百年来文化所聚萃的北平,一年四季无一月不好的北平,我在遥忆,我也在深祝,祝她的平安进展,永久地为我们黄帝子孙所保有的旧都城!"由此可见,作者那么热忱地爱故都之秋，不只是单纯的恋秋情结，而是与爱"黄帝子孙"联系在一起的。

## 二、独特的平民意识

郁达夫落笔于"著着很厚的青布单衣或夹袄的都市闲人"，写他们雨过天晴时用"缓慢悠闲的声调"议论着秋雨秋意，作者此时的笔调是愉快轻松的，情感是亲切赞赏的（这"念错的歧韵，倒来得正好"嘛），表明作者很想像"都市闲人"那样过无所忧虑的生活。郁达夫把笔触定位在下层人民和他们的普通生活，于是，北平每座低矮的家屋内外，街道两旁的槐树前后，"像是家家户户"都养在家里的"秋蝉"，"茅房边上"的一株株枣树，都成了作者精心描绘的对象，这种与普通人的生活联系在一起的审美眼光，正是作者平民意识的艺术体现。

## 三、独特的"悲凉"心境

文章中故都之秋"悲凉"这一特征在作者心灵的投影是丰富而含蓄的。作者写牵牛花，"以为以蓝色或白色者为佳"，这不仅是在表达自己的色彩爱好，更是在物化一种淡泊清冷的心境；作者看到扫街后"灰土上留下来的一条条扫帚的丝纹"，竟会"觉得清闲，潜意识下并且还觉得有点儿落寞"。这些触景伤情、联想独特的文字，表现出一种孤寂、忧思的心绪。这里的景物完全情感化了。郁达夫在20世纪30年代的旧中国，颠沛流离，饱受人生愁苦与哀痛。所以此时的"悲凉"已是故都赏秋的心态与作者丰富的人生感悟的交融。我们不妨这样说，文章流露的"悲凉"——忧虑、孤独、落寞的心绪，正是特定的时代和社会风云在一位知识分子的心灵上投下的阴影——使读者品读时不免产生苦涩感的阴影。

## 四、独特的人文素养

文章的后半部分，插入了古今中外写秋诗文的说明和作者的议论。郁达夫是深受中国文化浸润的读书人，他把对故都之秋的独特感悟与中外名人诗文相沟通，纵横走笔，显示出深厚的人文素养和对秋文化的珍爱情感。郁达夫取文题《故都的秋》而不取《北平的秋》,就是因为"故都"较之"北平"更典雅,更有诗意,与"秋"结合,能暗含一种人文景观与自然景观相融合的境界。可以这样说,文题的这种珍爱秋文化的人文气息弥散在全文之中,值得我们细加品味。

# 立秋之夜

黝黑的天空里,明星如棋子似的散布在那里。比较狂猛的大风,在高处呜呜的响。马路上行人不多,但也不断。汽车过处,或天风落下来,阿斯法儿脱的路上,时时转起一阵黄沙。是穿着单衣觉得不热的时候。马路两旁永夜不息的电灯,比前半夜减了光辉,各家店门已关上了。

两人尽默默的在马路上走。后面的一个穿着一套半旧的夏布洋服,前面的穿着不流行的白纺绸长衫。他们两个原是朋友,穿洋服的是在访一个同乡的归途,穿长衫的是从一个将赴美国的同志那里回来,二人系在马路上偶然遇着的。二人都是失业者。

"你上哪里去?"

走了一段,穿洋服的问穿长衫的说。

穿长衫的没有回话,默默的走了一段,头也不朝转来,反问穿洋服的说。

"你上哪里去?"

穿洋服的也不回答,默默的尽沿了电车线路在那里走。二人正走到一处电车停留处,后面一乘回车库去的末次电车

来了。穿长衫的立下来停了一停,等后面的穿洋服的。穿洋服的慢慢走到穿长衫的身边的时候,停下的电车又开出去了。

"你为什么不乘了这电车回去?"

穿长衫的问穿洋服的说。穿洋服的不答,却脚也不停慢慢的向前走了,穿长衫的就在后面跟着。

二人走到一处三叉路口了。穿洋服的立下来停了一停。穿长衫的走近了穿洋服的身边,脚也不停下来,仍复慢慢的前进。穿洋服的一边跟着,一边问说:

"你为什么不进这叉路回去?"

二人默默的前去,他们的影子渐渐儿离三叉路口远了下去,小了下去。过了一忽,他们的影子就完全被夜气吞没了。三叉路口,落了天风,转起了一阵黄沙,比较狂猛的风,呜呜的在高处响着。一乘汽车来了,三叉路口又转起了一阵黄沙。这是立秋的晚上。

一九三六年八月八日夜十二时

### 阅读指要

本文选自《达夫散文集》,上海北新书局1936年版。

作者用简练的文字,抒发了当时年代下内外患并生时的惘然心态。穿洋服的是留学归来的学者,穿长衫的是中国传统的学者文人,但是,作为那个时代的精英都失业了,意味着时局动荡不安。

失业的两位朋友,徘徊在秋天开始的街头,偶然相遇,却默默无语。他们都没有了去处:"穿洋服的是在访一个同乡的归途,穿长衫的是从一个将赴美国的同志那里回来。"一个欲从同乡那里得到去处,一个欲到美国寻求去处。"你上哪里去?"不是简单地问去哪个具体的地方,也有人生方向的追问。他们谁也没有回答谁,因为他们都没有答案。其实作者也没有,也不能为他们寻到好的去处。这两个人的人生尴尬,其实就是当时许多知识分子的写照。

文末,作者通过写景,进一步抒发自己的惘然的心态:"过了一忽,他们的影子就完全被夜气吞没了。三叉路口,落了天风,转起了一阵黄沙,比较狂猛的风,呜呜的在高处响着……"

# 怀鲁迅

真是晴天的霹雳，在南台的宴会席上，忽而听到了鲁迅的死！

发出了几通电报，荟萃了一夜行李，第二天我就匆匆跳上了开往上海的轮船。

二十二日上午十时船靠了岸，到家洗了一个澡，吞了两口饭，跑到胶州路万国殡仪馆去，遇见的只是真诚的脸，热烈的脸，悲愤的脸，和千千万万将要破裂似的青年男女的心肺与紧捏的拳头。

这不是寻常的丧事，这也不是沉郁的悲哀，这正像是大地震要来，或黎时将到时充塞在天地之间的一瞬间的寂静。

生死，肉体，灵魂，眼泪，悲叹，这些问题与感觉，在此地似乎太渺小了，在鲁迅的死的彼岸，还照耀着一道更伟大，更猛烈的寂光。

没有伟大的人物出现的民族，是世界上最可怜的生物之群；有了伟大的人物，而不知拥护，爱戴，崇仰的国家，是没有希望的奴隶之邦。因鲁迅的一死，使人自觉出了民族的尚可以有为，也因鲁迅之一死，使人家看出了中国还是奴隶

性很浓厚的半绝望的国家。

　　鲁迅的灵柩，在夜阴里被埋入浅土中去了；西天角却出现了一片微红的新月。

　　　　　　　　　　　一九三六年十月二十四日在上海

　　本文原载于一九三六年十一月一日《文学》第七卷第五号。

　　郁达夫的《怀鲁迅》仅有四百字，却写得沉郁而厚重。在悼念鲁迅的文章中卓尔不凡。

　　"真是晴天霹雳，在南台的宴会席上，忽而听到了鲁迅的死。"作者以突起的笔法，先声夺人，给人以强烈的震撼。

　　作者从闽地日夜兼程匆匆赶赴上海，到殡仪馆看到的是什么呢？"真诚的脸，热烈的脸，悲愤的脸，和千千万万将要破裂似的青年男女的心肺与紧捏的拳头。"几个短语，择取典型表象，勾勒了殡仪馆中的场景，凸现了一种"出师未捷身先死，遍地英雄泪沾巾"的氛围。作者是站在民族的、历史的和未来的高度来看待鲁迅的价值和意义的。鲁迅只是一介文人，既无发号施令的丝毫权力，更无富可敌国的产业，甚至一生中都没有脱下那件旧长衫，有时还须四处逃亡。然而，鲁迅却成为民族魂，民族的极品，正因为如此，万国殡仪馆才洒下了如此多的泪水。

　　"这不是寻常的丧事，这也不是沉郁的悲哀，这正像是大地震要来，或黎明将到时充塞在天地之间的一瞬间的寂静。"这段蕴含寂寞感的文字，极适合写鲁迅。也极适合呈现于依旧寒凝大地的世界。这段文字，很容易使人联想到龚自珍的"九州生气恃风雷，万马齐喑究可哀"，或鲁迅的"万家墨面没蒿莱，敢有歌吟动地哀，心事浩茫连广宇，于无声处听惊雷"。笔墨沉郁、悲凉、激昂、慷慨，将作者所感受到的黑暗、悲愤、寂寥与希望融为一体。

　　在郁达夫看来，鲁迅是一不同凡俗的存在，因而，鲁迅的生命，

鲁迅的死，鲁迅的丧葬，绝非世俗的"生死，肉体，灵魂，眼泪，悲叹"可以命名的。"这些问题与感觉，在此地似乎太渺小了"，鲁迅已经成为一种超越时空、超越一切的存在，成为真理与正义、光明与希望的表征，"在鲁迅的死的彼岸，还照耀着一道更伟大、更猛烈的寂光。"

"夜阴"和"西天角却出现了一片微红的新月"该作何理解呢？郁达夫在南洋谈到自己和左联的关系时说过的话，做了很好的注脚："替穷人说话是我的宿愿。左联的很多作家和我都是至友，尤其是鲁迅，我们之间无话不谈。他和左联的关系，是由我做的媒介。我的个性不适合做那样的工作，所以左联成立一个月之内便宣告退出了。不管人怎么议论，我不辩解，而在暗中营救左联作家的事，做得并不少。自问比挂空名不做实事的人，心中踏实得多。我对共产党的长征是很关心的。鲁迅去世，我说过：'鲁迅的灵柩，在夜阴里被埋入浅土中去了；西天角却出现了一片微红的新月。''夜阴'和'新月'指的什么是很清楚的。"

# 江南的冬景

凡在北国过过冬天的人，总都道围炉煮茗，或吃涮羊肉，剥花生米，饮白干的滋味。而有地炉，暖炕等设备的人家，不管它门外面是雪深几尺，或风大若雷，而躲在屋里过活的两三个月的生活，却是一年之中最有劲的一段蛰居异境；老年人不必说，就是顶喜欢活动的小孩子们，总也是个个在怀恋的，因为当这中间，有的萝卜，雅儿梨等水果的闲食，还有大年夜，正月初一元宵等热闹的节期。

但在江南，可又不同；冬至过后，大江以南的树叶，也不至于脱尽。寒风——西北风——间或吹来，至多也不过冷了一日两日。到得灰云扫尽，落叶满街，晨霜白得像黑女脸上的脂粉似的清早，太阳一上屋檐，鸟雀便又在吱叫，泥地里便又放出水蒸气来，老翁小孩就又可以上门前的隙地里去坐着曝背谈天，营屋外的生涯了；这一种江南的冬景，岂不也可爱得很么？

我生长江南，儿时所受的江南冬日的印象，铭刻特深；虽则渐入中年，又爱上了晚秋，以为秋天正是读读书，写写字的人的最惠节季，但对于江南的冬景，总觉得是可以抵得

过北方夏夜的一种特殊情调，说得摩登些，便是一种明朗的情调。

我也曾到过闽粤，在那里过冬天，和暖原极和暖，有时候到了阴历的年边，说不定还不得不拿出纱衫来着；走过野人的篱落，更还看得见许多杂七杂八的秋花！一番阵雨雷鸣过后，凉冷一点；至多也只好换上一件夹衣，在闽粤之间，皮袍棉袄是绝对用不着的；这一种极南的气候异状，并不是我所说的江南的冬景，只能叫它作南国的长春，是春或秋的延长。

江南的地质丰腴而润泽，所以含得住热气，养得住植物；因而长江一带，芦花可以到冬至而不败，红时也有时候会保持得三个月以上的生命。像钱塘江两岸的乌桕树，则红叶落后，还有雪白的桕子着在枝头，一点一丛，用照相机照将出来，可以乱梅花之真。草色顶多成了赭色，根边总带点绿意，非但野火烧不尽，就是寒风也吹不倒的。若遇到风和日暖的午后，你一个人肯上冬郊去走走，则青天碧落之下，你不但感不到岁时的肃杀，并且还可以饱觉着一种莫名其妙的含蓄在那里的生气；"若是冬天来了，春天也总马上会来"的诗人的名句，只有在江南的山野里，最容易体会得出。

说起了寒郊的散步，实在是江南的冬日，所给与江南居住者的一种特异的恩惠；在北方的冰天雪地里生长的人，是终他的一生，也决不会有享受这一种清福的机会。我不知道德国的冬天，比起我们江浙来如何，但从许多作家的喜欢以 Spaziergang 一字来做他们的创造题目的一点看来，大约是德国南部地方，四季的变迁，总也和我们的江南差仿不多。譬如说十九世纪的那位乡土诗人洛在格（Peter Rosegger，1843—1918）罢，他用这一个"散步"做题目的文章尤其写得多,而所写的情形,却又是大半可以拿到中国江浙的山区地方来适用的。

江南河港交流,且又地滨大海,湖沼特多,故空气里时含水分;到得冬天,不时也会下着微雨,而这微雨寒村里的冬霖景象,又是一种说不出的悠闲境界。你试想想,秋收过后,河流边三五家人家会聚在一道的一个小村子里,门对长桥,窗临远阜,这中间又多是树枝桠丫的杂木树林;在这一幅冬日农村的图上,再洒上一层细得同粉也似的白雨,加上一层淡得几不成墨的背景,你说还够不够悠闲?若再要点景致进去,则门前可以泊一只乌篷小船,茅屋里可以添几个喧哗的酒客,天垂暮了,还可以加一味红黄,在茅屋窗中画上一圈暗示着灯光的月晕。人到了这一个境界,自然会得胸襟洒脱起来,终至于得失俱亡,死生不问了;我们总该还记得唐朝那位诗人做的"暮雨潇潇江上树"的一首绝句罢?诗人到此,连对绿林豪客都客气起来了,这不是江南冬景的迷人又是什么?

一提到雨,也就必然的要想到雪:"晚来天欲雪,能饮一杯无?"自然是江南日暮的雪景。"寒沙梅影路,微雪酒香村",则雪月梅的冬宵三友,会合在一道,在调戏酒姑娘了。"柴门村犬吠,风雪夜归人",是江南雪夜,更深人静后的景况。"前树深雪里,昨夜一枝开"又到了第二天的早晨,和狗一样喜欢弄雪的村童来报告村景了。诗人的诗句,也许不尽是在江南所写,而做这几句诗的诗人,也许不尽是江南人,但假了这几句诗来描写江南的雪景,岂不直截了当,比我这一枝愚劣的笔所写的散文更美丽得多?

有几年,在江南,在江南也许会没有雨没有雪的过一个冬,到了春间阴历的正月底或二月初再冷一冷下一点春雪的;去年(一九三四)的冬天是如此,今年的冬天恐怕也不

得不然,以节气推算起来,大约太冷的日子,将在一九三六年的二月尽头,最多也总不过是七八天的样子。像这样的冬天,乡下人叫作旱冬,对于麦的收成或者好些,但是人口却要受到损伤;旱得久了,白喉,流行性感冒等疾病自然容易上身,可是想恣意享受江南的冬景的人,在这一种冬天,倒只会得到快活一点,因为晴和的日子多了,上郊外去闲步逍遥的机会自然也多;日本人叫作 Hiking,德国人叫作 Spaziergang 狂者,所最欢迎的也就是这样的冬天。

窗外的天气晴朗得像晚秋一样;晴空的高爽,日光的洋溢,引诱得使你在房间里坐不住,空言不如实践,这一种无聊的杂文,我也不再想写下去了,还是拿起手杖,搁下纸笔,上湖上散散步罢!

一九三五年十二月一日

## 阅读指要

国画大师刘海粟曾说过:"青年画家不精读郁达夫的游记,画不了浙皖的山水;不看钱塘、富阳、新安,也读不通郁达夫的妙文。"这是对郁达夫写景散文的高度评价。《江南的冬景》一文比较明显地体现了郁达夫散文的美学特征:行文如行云流水,自然有致,笔随意转,舒卷自如,胸怀磊落,诚挚坦白,抒情性强。

从 1921 年 9 月至 1933 年 3 月郁达夫曾用相当大的精力参加"左翼"文化活动和进行创作。由于国民党白色恐怖的威胁等原因,郁达夫从 1933 年 4 月由上海迁居杭州,在杭州居住了近三年。本文创作于 1935 年,是郁达夫南迁杭州之后写下的散文名篇。

本文写了曝背谈天图、冬郊植被图、寒村微雨图、江南雪景图、冬日散步图,作者从不同角度,刻画了不同时间、不同场合、不同天气下的江南的冬景,午后的温暖,蕴藏生机的大地,雨中的迷蒙,雾中的情趣等等,表现了作者对江南冬景的钟爱。

江南的冬景：温润、晴暖、优美。北国与江南的冬天的比较，突出了江南冬天的晴暖温和，渲染北国冬天所不能提供的屋外曝背谈天的乐趣；江南冬天与秋天的比较，作者将江南的冬景比作北方的夏景，写那种"明朗的情调"；闽粤等地的冬天与作者所说的江南冬天的比较，作者将他所感受到的"江南的冬景"做了更明确的区域界定；德国与江南的寒郊散步的比较，这和后文提到的散步形成呼应。比较的着眼点各不相同，但都突出了作者所钟爱的江南冬景的主要特征。

# 下编
XIABIAN

# 还乡后记

风烟俱净，天山共色，从流飘荡，任意东西，自富阳至桐庐一百许里，奇山异水，天下独绝。水皆缥碧，千丈见底，游鱼细石，直视无碍，急湍甚箭，猛浪若奔，隔岸高山，皆生寒树，负势竞上，互相轩邈，争高直指，千百成群。泉水激石，泠泠作响，好鸟相鸣，嘤嘤成韵。蝉则千啭不穷，猿则百叫无绝，鸢飞戾天者，望峰息心，经纶世务者，窥谷忘反，横柯上蔽，在昼犹昏，疏条交映，有时见日。
　　　　　　　　　　　　　　——吴均

一

"比在家庭的怀抱里觉得更好的地方，是什么地方？"像这样的地方，当然是没有的，法国的这一句古歌，实在是把人情世态道尽了。

当微雨潇潇之夜，你若身眠古驿，看看萧条的四壁，看看一点欲尽的寒灯，倘不想起家庭的人，这人便是没有心肠者，任它草堆也好，破窑也好，你儿时放摇篮的地方，便是你死后最好的葬身之所呀！我们在客中卧病的时候，每每要

想及家乡,就是这事的明证。

我空拳只手的奔回家去。到了杭州,又把路费用尽,在赤日的底下,在车行的道上,我就不得不步行出城。缓步当车,说起来倒是好听,但是在二十世纪的堕落的文明里沉浸过的我,既贫贱而又多骄,最喜欢张张虚势,更何况平时是以享乐为主义的我,又哪里能够好好的安贫守分,和乡下人一样的蹀躞泥中呢!

这一天阴历的六月初三,天气倒好得很。但是炎炎的赤日,只能助长有钱有势的人的纳凉佳兴,与我这行路病者,却是丝毫无益的!我慢慢的出了凤山门,立在城河桥上,一边用了我那半旧的夏布长衫襟袖,揩拭汗水,一边回头来看看杭州的城市,与杭州城上盖着的青天和城墙界上的一排山岭,真有万千的感慨,横亘在胸中。预言者自古不为其故乡所容,我今朝却只能对了故里的丘山,来求最后的荫庇,五柳先生的心事,痛可知了。

啊啊!亲爱的诸君,请你们不要误会,我并非是以预言者自命的人,不过说我流离颠沛,却是与预言者的境遇相同,社会错把我作了天才待遇罢了。即使罗秀才能行破石飞鸡的奇迹,然而他的品格,岂不和飘泊在欧洲大陆,猖狂乞食的其泊西(GIPSY)一样么?

我勉强走到了江干,腹中饥饿得很了。回故乡去的早班轮船,当然已经开出,等下午的快船出发,还有三个钟头。我在杂乱窄狭的南星桥市上飘流了一会,在靠江的一条冷清的夹道里找出了一家坍败的饭馆来。

饭店的房屋的骨格,同我的胸腔一样,肋骨已经一条一条的数得出来了。幸亏还有左侧的一根木椽,从邻家墙上,横着支住在那里,否则怕去秋的潮汛,早好把它拉入了江心,作伍子胥的烧饭柴火去了。店里的几张板凳桌子,都积

满了灰尘油腻，好像是前世纪的遗物。账柜上坐着一个四十内外的女人，在那里做鞋子。灰色的店里，并没有什么生动的气象，只有在门口柱上贴着翅一张"安寓客商"的尘蒙的红纸，还有些微现世的感觉。我因为脚下的钱已快完，不能更向热闹的街心去寻辉煌的菜馆，所以就慢慢的踱了进去。

啊啊，物以类聚！你这短翼差池的饭馆，你若是二足的走兽，那我正好和你分庭抗礼结为兄弟哩。

## 二

假使天公下一阵微雨，把钱塘江两岸的风景，罩得烟雨模糊，把江边的泥路，浸得污浊难行，那么这时候江干的旅客，必要减去一半，那么我乘船归去，至少可以少遇见几个晓得我的身世的同乡；即使旅客不因之而减少，只教天上有暗淡的愁云蒙着，阶前屋外有几点雨滴的声音，那么围绕在我周围的空气和自然的景物，总要比现在更带有些阴惨的色彩，总要比现在和我的心境更加相符。若希望再奢一点，我此刻更想有一具黑漆棺木在我的旁边。最好是秋风凉冷的九十月之交，时落的林中，阴森的江上，不断地筛着渺蒙的秋雨。我在凋残的芦苇里，雇了一叶扁舟，当日暮的时候，在送灵柩归去。小船除舟子而外，不要有第二个人。棺里卧着的，若不是和我寝处追随的一个年少妇人，至少也须是一个我的至亲骨肉。我在灰暗微明的黄昏江上，雨声淅沥的芦苇丛中，赤了足，张了油纸雨伞，提了一张灯笼，摸上船头上去焚化纸帛。

我坐在靠江的一张被桌子上，等那柜上的妇人下来替我炒蛋炒饭的时候，看看西兴对岸的青山绿树，看看江上的浩荡波光，又看看在江边沙渚的晴天赤日下来往的帆樯肩舆和舟子牛车。心里忽起了一种怨恨天帝的心思。我怨恨了一阵,痴想了一阵,就把我的心愿,原原本本的排演了出来。我一边在那里焚化纸帛,一边却对棺里的人说:"JEANNE!我们要回去了,我们要开船了!怕有野鬼来麻烦,你就拿这一点纸帛送给他们罢!你可要饭吃?你可安稳?你可是伤心?你不要怕,我在这里,我什么地方也不去了,我只在你的边上……"

我幽幽的讲到最后的一句,咽喉就塞住了。我在座上拱了两手,把头伏了下去,两面额上,只感着了一道热气。我重新把我所欲爱的女人,一个一个想了出来,见她们闭着口眼,冰冷的直卧在我的前头。我觉得隐忍不住了,竟任情的放了一声哭声。那个在炉灶上的妇人,以为我在催她的饭,她就同哄小孩子似的用了柔和的声气说:"好了好了!就快好了,请再等一会儿!"

啊啊!我又想起来了,我又想起来了,年幼的时候,当我哭泣的时候,祖母母亲哄我的那一种声气!

"已故的老祖母,倚闾的老母亲!你们的不肖的儿孙,现在正落魄了在江干等回故里的船呀!"

我在自己制成的伤心的泪海里游泳了一会,那妇人捧了一碗汤,一碗炒饭,摆到了我的面前来。我仰起头来对她一看,她倒惊了一跳。对我呆看了一眼,她就去绞了一块手巾来递给我,叫我擦一擦面。我对了这半老妇人的殷勤,心里说不出的只在感谢。几日来因为睡眠不足,营养不良的缘故,已经是非常感觉衰弱,动着就要流泪的我,对她的这一种感谢,也变成了两行清泪,噗嗒的滴下了腮来,她看了这种情形,就问我说:"客人,你可是遇见了坏人?"

我摇了摇头,勉强的对她笑了一笑,什么话也不能回答。她呆呆的立了一回,看我不能讲话,也就留了一句:"饭不够吃,再好炒的。"安慰我的话,走向她的柜上去了。

## 三

我吃完了饭,付了她两角银角子,把找回来的八九个铜子,也送给了她,她却摇着头说:"客人,你是赶船的么?船上要用钱的地方多得很哩,这几个铜子你收着用罢!"

我以为她怪我吝啬,只给她几个铜子的小账,所以又摸了两角银角子出来给她。她却睁大了眼睛对我说:"尹尹!这算什么?这算什么?"

她硬不肯收,我才知道了她的真意,所以说:"但是无论如何,我总要给你几个小账的。"

她又接了一会,才收了三个铜子说:"小账已经有了。"

啊啊,我自回中国以来,遇见的都是些卑污贪暴的野心狼子,我万万想不到在浇薄的杭州城外,有这样的一个真诚的妇人的。妇人呀妇人,你的坍败的屋椽,你的凋零的店铺,大约就是你的真诚的结果,社会对你的报酬!啊啊,我真恨我没有黄金十万,为你建造一家华丽的酒楼。

"再会再会!"

"顺风顺风!船上要小心一点。"

"谢谢!"

我受妇人的怜惜,这可算是平生的第一次。

我出了饭馆,从太阳晒着的冷静的这条夹道,走上轮船公司的那条大街上去。大约是将近午饭的时候了,街上的行人,比曩时少了许多。我走到轮船公司门口,向窗里一看,见账房内有五六个男子围了桌子,赤了膊在那里说笑吃饭。卖票的窗前的屋里,在角头椅上,只坐着两个乡下人,在那里等候,从他们的衣服、态度上看来,他们必是临浦萧山一带的农民,也不知他们有什么心事,他们的眉毛却蹙得紧紧的。

我走近了他们，在他们旁边坐下之后，两人中间的一个看了我一眼，问我说：

"鲜散（先生）！到临浦严办（烟篷）几个脸（钱）？"

"我也不知道，大约是一二角角子罢。"

"喏（你）到啥地方起（去）咯？"

"我上富阳去的。"

"哎（我们）是为得打官司到杭州来咯。"

我并不问他，他却把这一回因为一个学堂里出身的先生告了他的状，不得不到杭州来的事情对我详细地诉说了：

"哎真勿要打官司啦！格煞（现在）田里已（又）忙，宁（人）也走勿开，真真苦煞哉啦！汉（那）个学堂里个（的）鲜散，心也脱凶哉，哎请啦宁刚（讲）过好两遍，情愿拿出八十块洋钿不（给）其（他），其（他）要哎百念块。喏（你）看，格煞五荒六月，教哎啥地方去变出一百念块洋钿来呢！"

他说着似乎是很伤心的样子。

"唉唉！你这老实的农民，我若有钱，我就给你一百二十块钱救你出险了。但是 Thou's met me in an evil hour；……To spare thee now is past my power,……"

我心里这样的一想，又重新起了一阵身世之悲。他看我默默的不语，便也住了口，仍复沉入悲愁的境里去了。

## 四

我坐在轮船公司的那只角上，默默地与那农民相对，耳里断断续续的听了些在账房里吃饭的人的笑语，只觉得一阵一阵的哀心隐痛，绝似临盆的孕妇，要产产不出来的样子。

杭州城外，自闸口至南星，统江干一带，本是我旧游之地，我记得没有去国之先，在岸边花艇里，金尊檀板，也曾

眠醉过几场。江上的明月，月下的青山，与越郡的鸡酒，佐酒的歌姬，当然依旧在那里助长人生的乐趣。但是我呢？我身上的变化呢？我的同干柴似的一双手里，只捏了三个两角的银角子，在这里等买船票！

过了一点多钟，轮船公司的那间屋里，挤满了旅人，我因为怕逢知我的同乡，只俯了首，默默的坐着不敢吐气。啊啊，窗外的被阳光晒着的长街，在街上手轻脚健快快活活来往的行人，请你们饶恕我的罪罢，这时候我心里真恨不得丢一个炸弹，与你们同归于尽呀。

跟了那两个农民，在窗口买了一张烟篷船票，我就走出公司，走上码头，走上跳板，走上驳船去。

原来钱塘江岸，浅滩颇多，码头下有一排很长的跳板，接在那里。我跟了众人，一步一步的从跳板上走到驳船里去的时候，却看见了一个我自家的影子，斜映在江水里，慢慢地在那里前进。等走到跳板尽处，将上驳船的时候，我心里忽而想起了一段我女人写给我的信上的话来：

我从来没有一个人单独出过门，那天晚上，我对你说的让我一个人回去的话，原是激于一时的意气而发，我实不知道抱着一个六个月的孩子的妇人的单独旅行，是如何的苦法的。那天午后，你送我上车，车开之后，我抱了龙儿，看看车里坐着的男女，觉得都比我快乐。我又探头出来，遥向你住着的上海一望，只见了几家工厂，和屋上排列在那里的一列烟囱。我对龙儿看了一眼，就不知不觉的涌出了两滴眼泪。龙儿看了我这样子，也好像有知识似的对我呆住了。他跳也不跳了，笑也不笑了，默默的尽对我呆看。我看了这种样子，更觉得伤心难耐，就把我的颜面俯上他的脸去，紧紧地吻了他一回。他呆了一会，就在我的怀里睡着了。

火车行行前进，我看看车窗外的野景，忽而想起去年你带我出来的时候的景象。啊啊！去岁的初秋，你我一路出来上 a 地去的快乐的旅行，和这一回惨败了回来的情状一比，当时的感慨如何，大约是你所能推想得出的罢！

在江干的旅馆里过了一夜，第二天的早晨，我差茶房送了一个信给住在江干的我的母舅，他就来了。

把我的行李送上轮船之后，买了票子，他又来陪我上船去。龙儿硬不要他抱，所以我只能抱着龙儿，跟在他后面，一步一步的走上那骇人的跳板去，等跳板走尽的时候，我想把龙儿交给母舅，纵身一跳，跳入钱塘江里去的。但是仔细一想，在昏夜的扬子江边还淹不死的我，在白日的这浅渚里，又哪里能达到我的目的？弄得半死不活，走回家去，反而要被人家笑话，还不如忍着罢。

我到家以后，这几天里，简直还没有取过饮食，所以也没有气力写信给你，请你谅我……

## 五

啊啊，贫贱夫妻百事哀！我的女人吓，我累你不少了。

我走上了驳船，在船篷下坐定之后，就把三个月前，在上海北站，送我女人回家的事情想了出来。忘记了我的周围坐着的同行者，忘记了在那里摇动的驳船，并且忘记了我自家的失意的情怀，我只见清瘦的我的女人抱了我们的营养不良的小孩在火车窗里，在对我流泪。火车随着蒸汽机关在那里前进，她的眼泪洒满的苍白的脸儿，也和车轮合着了拍子，一隐一现的在那里窥探我。我对她点一点头，她也对我点一点头。我对她手招一招，教她等我一忽，她也对我手招一招。我想使尽我的死力，跳上火车去和她坐一块儿，但是心里又怕跳不上去，要跌下来。我迟疑了许久，看她在窗里的愁容，渐渐的远下去，淡下去了，才抱定了决心，站起来

向前面伸出了一只手去。我攀着了一根铁干,听见了一声咚咚的冲击的声音,纵身向上一跳,觉得双脚踏在木板上了。忽有许多嘈杂的人声,逼上我的耳膜来,并且有几只强有力的手,突突的向我背后推打了几下。我回转头来一看,方知是驳船到了轮船身边,大家在争先的跳上轮船来,我刚才所攀着的铁干,并不是火车的回栏,我的两脚也并不是在火车中间,却踏在小轮船的舷上了。

我随了众人挤到后面的烟篷角上去占了一个位置,静坐了几分钟,把头脑休息了一下,方才从刚才的幻梦状态里醒了转来。

向窗外一望,我看见透明的淡蓝色的江水,在那里返射日光。更抬头起来,望到了对岸,我看见一条黄色的沙滩,一排苍翠的杂树,静静的躺在午后的阳光里吐气。

我弯了腰背孤伶仃的坐了一忽,轮船开了。在闸口停了一停,这一只同小孩子的玩具似的小轮船就仆独仆独的奔向西去。两岸的树林沙渚,旋转了好几次,江岸的草舍,农夫,和偶然出现的鸡犬小孩,都好像是和平的神话里的材料,在那里等赫西奥特(HESIOD)的吟咏似的。

经过了闻家堰,不多一忽,船就到了东江嘴,上临浦义桥的船客,是从此地换入更小的轮船,溯支江而去的。买票前和我坐在一起的那两个农民,被茶房拉来拉去的拉到了船边,将换入那只等在那里的小轮船去的时候,一个和我讲话过的人,忽而回转头来对我看了一眼,我也不知不觉的回了他一个目礼。啊啊!我真想跟了他们跳上那只小轮船去,因为一个钟头之后,我的轮船就要到富阳了,这回前去停船的第一个码头,就是富阳了,我有什么面目回家去见我的衰亲,见我的女人和小孩呢?

但是命运注定的最坏的事情,终究是避不掉的。轮船将近我故里的县城的时候，我的心脏的鼓动也和轮船的机器一样，仆独仆独的响了起来。等船一靠岸，我就杂在众人堆里，披了一身使人眩晕的斜阳，俯着首走上岸来。上岸之后，我却走向和回家的路径方向相反的一个冷街上的土地庙去坐了两点多钟。等太阳下山，人家都在吃晚饭的时候，我方才乘了夜阴，走上我们家里的后门边去。我侧耳一听，听见大家都在庭前吃晚饭，偶尔传过来的一声我女人和母亲的说话的声音，使我按不住的想奔上前去，和她们去说一句话，但我终究忍住了。乘后门边没有一个人在，我就放大了胆，轻轻推开了门，不声不响的摸上楼上我的女人的房里去睡了。

晚上我的女人到房里来睡的时候，如何的惊惶，我和她如何的对泣，我们如何的又想了许多谋自尽的方法，我在此地不记下来了，因为怕人家说我是为欲引起人家的同情的缘故，故意的在夸张我自家的苦处。

一九二三年八月十九日

（原载 1923 年 8 月 19 日《中华新报·创造日》第 24 期）

# 致王映霞的一封信

映霞：

　　这一封信，希望你保存着，可以作我们两人这一次交游的纪念。

　　两月以来，我把什么都忘掉。为了你，我情愿把家庭、名誉、地位，甚而生命，也可以丢弃，我的爱你，总算是切而且挚了。我几次对你说，我从没有这样的爱过人，我的爱是无条件的，是可以牺牲一切的，是如猛火电光，非烧尽己身不可的。内心既感到了这样热烈的爱，你试想想看外面可不可以和你同路人一样，长不相见的？因此我几次的要求你不要疑我的卑污，不要远避开我，不要于见我的时候要拉一个第三者在内。好容易你答应了我一次，前礼拜日，总算和你谈了半天。第二天一早起来，我又觉得非见你不可，所以又匆匆的跑到尚贤坊去，谁知事不凑巧，却遇到了孙夫人的骤病，和一位不相识的生客的到来，所以那一天我终于很懊恼地走了。那一夜回家，仍旧是没有睡着，早晨起来，就接到了你一封信，——在那一天早晨的前夜，我曾有一封信发出，约你今天到先施前面来会——你的信里依旧是说，我们两人在这一个期间内,还是少见面的好。你的苦衷,我未始不晓得。因为你还是一个无瑕的闺女,和男子来往交游,于名誉上有绝大的损失,并且我是一个已婚之人,尤其容易使人误会。所以你就用拒绝我见面的方法,来防止这一层。第二,你年纪还轻,将来总是要结婚的,所以你所希望于我的,就是赶快把我的身子弄得清清爽爽,可以正式的和你举行婚礼。由这两层原因看来,可以知道你所最重视的是名誉,其次是结婚,又其次才是两人中间的爱情。不消说这一次我看见到了你,是很热烈的爱你的。正因为我很热烈的爱你,所以一时一刻都不愿意离开你,又因为我很热烈的爱你,所以我可以丢生命,丢家庭,丢名誉,以及一切社会上的地位和金钱。所以由我讲来,现在我最重视的,是热烈的爱,是盲目的爱,是可以牺牲一切,朝不能待夕的爱。此外的一切,在爱的面前,都只有和尘沙一样的价值。真正的爱,是不容利害打算的念头存在于其间的。所以我觉得这一次我对你感到的,的确是很纯正,很热烈的爱情。这一种爱情的保持,是要日日见面,日日谈心,才可以使它长成,使它洁化,使它长存于天地之间。而你对我的要求,第一就是不要我和你见面。我起初还以为这是你慎重行事的美德,心里很感服你,然而以我这几天自己的心境来一推想,觉得真正的感到热烈的爱情的时候,两人的不见面,是绝对的不可能的。若两个人既感到了爱情,而还可以长久不见面的说话,那么结婚和同居的那些事情,简直可以不要。尤其是可以使我得到实证的,就是我自家的经验。我和我女人的订婚,是完全由父母作主,在我三岁的时候定下的。后来我长大了,有了知识,觉得两人中间,终不能发生出情爱来,所以几次想离婚,几次受到了家庭的责备,结果我的对抗方法,就是长年的避居在日本,无论如何,总不愿意回国。后

来因为祖母的病,我于暑假中回来了一次——那一年我已经有二十五岁了——殊不知母亲、祖母及女家的长者,硬的把我捉住,要我结婚。我逃得无可再逃,避得无可再避,就只好想了一个恶毒的法子出来刁难女家,就是不要行结婚礼,不要用花轿,不要种种仪式。我以为对于头脑很旧的人,这一个法子是很有效力的。哪里知道女家竟承认了我,还是要我结婚,到了七十二变变完的时候,我才走投无路,只能由他们摆布了,所以就糊里糊涂的结了婚。但我对于我的女人,终是没有热烈的爱情的,所以结婚之后,到如今将满六载,而我和她同住的时候,积起来还不上半年。因为我对我的女人,终是没有热烈爱情的,所以长年漂流在外,很久很久不见面,我也觉得一点儿也没什么。从我这自己的经验推想起来,我今天才得到了一个确实的结论,就是现在你对我所感到的情爱,等于我对于我自己的女人所感到的情爱一样。由你看来,和我长年不见,也是没有什么的。既然是如此,那么映霞,我真真对你不起了,因为我爱你的热度愈高,使你所受的困惑也愈深,而我现在爱你的热度,已将超过沸点,那么你现在所受的痛苦,也一定是达到了极点了。爱情本来要两人同等的感到,同样的表示,才能圆满的成立,才能好好的结果,才能使两方感到一样的愉快,像现在我们这样的爱情,我觉得只是我一面的庸人自扰,并不是真正合乎爱情的原则的。所以这一次因为我起了这盲目的热情之后,我自己倒还是自作自受,吃吃苦是应该的,目下且将连累及你也吃起苦来了。我若是有良心的人,我若不是一个利己者,那么第一我现在就要先解除你的痛苦。你的爱我,并不是真正的由你本心而发的,不过是我热情的反响。我这里燃烧得愈烈,你那里也痛苦的愈深,因为你一边本不在爱我,一边又不得不聊尽你的对人的礼节,勉强的与我来酬酢。我觉得这样的过去，我的苦楚倒还有限，你的苦楚，未免太大了。今天想了一个下午，晚上又想了半夜，我才达到了这一个结论，由这一个结论再演想开来，我又发现了几个原因。第一我们的年龄相差太远，相互的情感是当然不能发生的。第二我自己的丰采不扬——这是我平生最大的恨事——不能引起你内部的燃烧。第三我的羽翼不丰，没有千万的家财，没有盖世的声誉，所以不能使你五体投地受我的催眠暗示。

说到了这里，我怕你要骂我，骂我在说俏皮话讥讽你，或者你至少也要说我在无理取闹，无理生气，气你不肯和我相见，但是映霞，我很诚恳地对你说，这一种浅薄的心思，我是丝毫没有的。我从前虽则因为你不愿和我见面而曾经发过气，但到了现在——已经想前思后的想破了的现在，我是丝毫也没有怨你的心思，丝毫也没有讥骂你的心思了，我非但没有怨你讥笑你的心思，就是现在我也还在爱你。正因为爱你的原因，所以我想解除你现在的苦痛——心不由主，不得不勉强酬应的苦痛。我非但衷心还在爱你，我并且也非常的在感激你。因为我这一次见了你，才经验到了情爱的本质，才晓得热烈的想爱人的时候的心境是如何的紧张的。我此后想遵守你所望于我的话，我此后想永远地将你留置在我的心灵上膜拜。我这一回只觉得对你不起，因为我一个人的热爱而累及了你，累你也受了一个多月的苦。我对于自己所犯的这一点罪恶，认识得很清，所以今后我对于你的报答，你也仍旧是和从前一样，你要我怎么样，我就可以怎么样。

映霞，这一回我真觉得对你不起，我真累及了你了。

映霞，你这一回也算是受了一回骗，把我之致累于你的事情，想得轻一点，想得开一点吧！

我还希望你不要因此而断绝了我们的友谊，不要因此而

混骂一班具有爱人的资格的男人。

　　这一回的事情，完全是我不好，完全是我一个人自不量力瞎闯的结果。我这一封信，可以证明你的洁白，证明你的高尚，你不过是一个被难者，一个被疯狗咬了的人，你对我本来没有什么好恶之感，并没有什么男女的私情的。万一你要证明你的洁白，证明你的高尚，有将这一封信发表的必要的时候，我也没有什么反对的抗议。不过若没有这一种必要的事情发生的时候，我还是希望你保存着，保存到我的死后再发表。

　　最后我还要重说一句，你所希望我的，规劝我的话，我以后一定牢牢的记着。假使我将来若有一点成就的时候，那么我的这一点成就的荣耀，愿意全部归赠给你。

　　映霞，映霞，我写完了这一封信，眼泪就忍不住的往下掉了，我我……

达夫上<br/>一九二七年三月四日

　　（原载《达夫书简》，1982年5月天津人民出版社初版，据手迹编入）

# 志摩在回忆里

新诗传宇宙，竟尔乘风归去，同学同庚，老友如君先宿草。
华表托精灵，何当化鹤重来，一生一死，深闺有妇赋招魂。

这是我托杭州陈紫荷先生代作代写的一副挽志摩的挽联。陈先生当时问我和志摩的关系，我只说他是我自小的同学，又是同年，此外便是他这一回的很适合他身份的死。

做挽联我是不会做的，尤其是文言的对句。而陈先生也想了许多成句，如"高处不胜寒"，"犹是深闺梦里人"之类，但似乎都寻不出适当的上下对，所以只成了上举的一联。

这挽联的好坏如何，我也不晓得，不过我觉得文句做得太好，对仗对得太工，是不大适合于哀挽的本意的。悲哀的最大表示，是自然的目瞪口呆，僵若木鸡的那一种样子，这我在小曼夫人当初次接到志摩的凶耗的时候曾经亲眼见到过。其次是抚棺的一哭，这我在万国殡仪馆中，当日来吊的许多志摩的亲友之间曾经看到过。至于哀挽诗词的工与不工，那却是次而又次的问题了；我不想说志摩是如何如何的伟大，我不想说他是如何如何的可爱，我也不想说我因他之死而感到怎么怎么的悲哀，我只想把在记忆里的志摩来重描

一遍，因而再可以想见一次他那副凡见过他一面的人谁都不容易忘去的面貌与音容。

大约是在宣统二年（一九一〇）的春季，我离开故乡的小市，去转入当时的杭府中学读书，——上一期似乎是在嘉兴府中读的，终因路远之故而转入了杭府——那时候府中的监督，记得是邵伯炯先生，寄宿舍是大方伯的图书馆对面。

当时的我，是初出茅庐的一个十四岁未满的乡下少年，突然间闯入了省府的中心，周围万事看起来都觉得新异怕人。所以在宿舍里，在课堂上，我只是诚惶诚恐，战战兢兢，同蜗牛似的蜷伏着，连头都不敢伸一伸出壳来。但是同我的这一种畏缩态度正相反的，在同一级同一宿舍里，却有两位奇人在跳跃活动。

一个是身体生得很小，而脸面却是很长，头也生得特别大的小孩子。我当时自己当然总也还是一个小孩子，然而看见了他，心里却老是在想："这顽皮小孩，样子真生得奇怪"，仿佛我自己已经是一个大孩似的。还有一个日夜和他在一块，最爱做种种淘气的把戏，为同学中间的爱戴集中点的，是一个身材长得相当的高大，面上也已经满示着成年的男子的表情，由我那时候的心里猜来，仿佛是年纪总该在三十岁以上的大人，——其实呢，他也不过和我们上下年纪而已。

他们俩，无论在课堂上或在宿舍里，总在交头接耳的密谈着，高笑着，跳来跳去，和这个那个闹闹，结果却终于会出其不意地做出一件很轻快很可笑很奇特的事情来吸收大家的注意的。

而尤其使我惊异的，是那个头大尾巴小，戴着金边近视眼镜的顽皮小孩，平时那样的不用功，那样的爱看小说——他平时拿在手里的总是一卷有光纸上印着石印细字的小本子——而考起来或作起文来却总是分数得的最多的一个。

像这样的和他们同住了半年宿舍,除了有一次两次也上了他们一点小当之外,我和他们终究没有发生什么密切一点的关系;后来似乎我的宿舍也换了,除了在课堂上相聚在一块之外,见面的机会更加少了。年假之后第二年的春天,我不晓为了什么,突然离去了府中,改入了一个现在似乎也还没有关门的教会学校。从此之后,一别十余年,我和这两位奇人——一个小孩,一个大人——终于没有遇到的机会。虽则在异乡飘泊的途中,也时常想起当日的旧事,但是终因为周围环境的迁移激变,对这微风似的少年时候的回忆,也没有多大的留恋。

民国十三四年——一九二三、四年——之交,我混迹在北京的软红尘里;有一天风定日斜的午后,我忽而在石虎胡同的松坡图书馆里遇见了志摩。仔细一看,他的头,他的脸,还是同中学时候一样发育得分外的大,而那矮小的身材却不同了,非常之长大了,和他并立起来,简直要比我高一二寸的样子。

他的那种轻快磊落的态度,还是和孩时一样,不过因为历尽了欧美的游程之故,无形中已经锻练成了一个长于社交的人了。笑起来的时候,可还是同十几年前的那个顽皮小孩一色无二。

从这年后,和他就时时往来,差不多每礼拜要见好几次面。他的善于座谈,敏于交际,长于吟诗的种种美德,自然而然地使他成了一个社交的中心。当时的文人学者,达官丽妹,以及中学时候的倒霉同学,不论长幼,不分贵贱,都在他的客座上可以看得到。

不管你是如何心神不快的时候,只教经他用了他那种浊中带清的洪亮的声音,"喂,老×,今天怎么样?什么什么怎么样了?"的一问,你就自然会把一切的心事丢开,被他

的那种快乐的光耀同化了过去。

正在这前后,和他一次谈起了中学时候的事情,他却突然的呆了一呆,张大了眼睛惊问我说:"老李你还记得起记不起?他是死了哩!"

这所谓老李者,就是我在头上写过的那位顽皮大人,和他一道进中学的他的表哥哥。

其后他又去欧洲,去印度,交游之广,从中国的社交中心扩大而成为国际的。于是美丽宏博的诗句和清新绝俗的散文,也一年年的积多了起来。一九二七年的革命之后,北京变了北平,当时的许多中间阶级者就四散成了秋后的落叶。有些飞上了天去,成了要人,再也没有见到的机会了,有些也竟安然地在牖下到了黄泉;更有些,不死不生,仍复在歧路上徘徊着,苦闷着,而终于寻不到出路。是在这一种状态之下,有一天在上海的街头,我又忽而遇见志摩,"喂,这几年来你躲在什么地方?"

兜头的一喝,听起来仍旧是他那一种洪亮快活的声气。在路上略谈了片刻,一同到了他的寓里坐了一会,他就拉我一道到了大赉公司的轮船码头。因为午前他刚接到了无线电报,诗人太果尔回印度的船系定在午后五时左右靠岸,他是要上船去看看这老诗人的病状的。

当船还没有靠岸,岸上的人和船上的人还不能够交谈的时候,他在码头上的寒风里立着——这时候似乎已经是秋季了——静静地呆呆地对我说:"诗人老去,又遭了新时代的摈斥,他老人家的悲哀,正是孔子的悲哀。"

因为太果尔这一回是新从美国日本去讲演回来,在日本在美国都受了一部分新人的排斥,所以心里是不十分快活的;并且又因年老之故,在路上更染了一场重病。志摩对我说这几句话的时候,双眼呆看着远处,脸色变得青灰,声音

也特别的低。我和志摩来往了这许多年，在他脸上看出悲哀的表情来的事情，这实在是最初也便是最后的一次。

从这一回之后，两人又同在北京的时候一样，时时来往了。可是一则因为我的疏懒无聊，二则因为他跑来跑去的教书忙，这一两年间，和他聚谈时候也并不多。今年的暑假后，他于去北平之先曾大宴了三日客。头一天喝酒的时候，我和董任坚先生都在那里。

董先生也是当时杭府中学的旧同学之一，席间我们也曾谈到了当时的杭州。在他遇难之前，从北平飞回来的第二天晚上，我也偶然的，真真是偶然的，闯到了他的寓里。

那一天晚上，因为有许多朋友会聚在那里的缘故，谈谈说说，竟说到了十二点过。

临走的时候，还约好了第二天晚上的后会才兹分散。但第二天我没有去，于是就永久失去了见他的机会了，因为他的灵柩到上海的时候是已经验好了来的。

男人之中，有两种人最可以羡慕。一种是像高尔基一样，活到了六七十岁，而能写许多有声有色的回忆文的老寿星，其他的一种是如叶赛宁一样的光芒还没有吐尽的天才夭折者。前者可以写许多文学史上所不载的文坛起伏的经历，他个人就是一部纵的文学史。

后者则可以要求每个同时代的文人都写一篇吊他哀他或评他骂他的文字，而成一部横的放大的文苑传。

现在志摩是死了，但是他的诗文是不死的，他的音容状貌可也是不死的，除非要等到认识他的人老老少少一个个都死完的时候为止。

一九三一年十二月十一日

【附记】上面的一篇回忆写完之后，我想想，想想，又

在陈先生代做的挽联里加入了一点事实,缀成了下面的四十二字:

  三卷新诗,廿年旧友,与君同是天涯,只为佳人难再得。

  一声河满,九点齐烟,化鹤重归华表,应愁高处不胜寒。

一九三一年十二月十九日

(原载1932年1月1日《新月》第4卷第1期)

# 北国的微音

　　北国的寒宵，实在是沉闷得很，尤其是像我这样的不眠症者，更觉得春夜之长。似水的流年，过去真快，自从海船上别后，匆匆又换了年头。以岁月计算，虽则不过隔了五个足月，然而回想起来，我同你们在上海的历史，好像是隔世的生涯，去今已有几百年的样子。河畔冰开，江南草长，虫鱼鸟兽，各有阳春发动之心，而自称为动物中之灵长，自信为人类中的有思想者的我，依旧是奄奄待毙，没有方法消度今天，更没有雄心欢迎来日。几日前头，有一位日本的新闻记者，来访我的贫居。他问我"为什么要消沉到这个地步？"我问他"你何以不消沉，要从东城跑许多路特来访我？"他说"是为了职务。"我又问他："你的职务，是对谁的？"他说"我的职务，是对国家，对社会的。"我说"那么你就应该知道我的消沉也是对国家，对社会的。现在世上的国家是什么？社会是什么？尤其是我们中国？"他的来访的目的，本来是为问我对于日本对华文化事业的意见如何，中国将来的教育方针如何的，——他之所以来访者，一则因为我在某校里教书，二则因为我在日本住过十多年，或者对于某种事

项，略有心得的缘故——后来听了我这一段诡辩，他也把职务丢开，谈了许多无关紧要的闲话走了。他走之后，我一个人衔了纸烟想想，觉得人类社会的许多事情，毕竟是庸人自扰。什么国富兵强，什么和平共乐，都是一班野兽，于饱食之余，在暖梦里织出来的回文锦字。像我这样的生性，在我这样的境遇下的闲人，更有什么可想，什么可做呢？写到这里我又想起T君批评我的话来了，他说"某书的作者，嘲世骂俗，却落得一个牢骚派的美名"。实在我想T君的话，一点儿也不错。人若把我们的那些浅薄无聊的"徒然草"合在一处，加上一个牢骚派的名目，思欲抹杀而厌鄙之，倒反便宜了我们。因为我们的那些东西，本来是同身上的积垢，口中的吐气一样，不期然而然的发生表现出来的，哪里配称作牢骚，更哪里配称作派呢？我读到《歧路》，沫若，觉得你对于自家的艺术的虚视——这虚视两字，我也不知道妥当不妥当，或者用怀疑两字比较得的切吧——也和我一样。不错不错，我这封信，是从友人宴会席上回来，读了《歧路》之后，拿起笔来写的。我写这一封信的动机，原是想和你们谈谈我对于《歧路》的感想的呀！

沫若！我觉得人生一切都是虚幻，真真实在的，只有你说的"凄切的孤单"，倒是我们人类从生到死味觉得到的唯一的一道实味。就是京沪报章上，为了金钱或者想建筑自家的名誉的缘故，在那里含了敌意，做文章攻击你的人，我仔细替他们一想，觉得他们也在感着这凄切的孤独。唯其感到孤独，所以他们只好做些文章来卖一点金钱，或者竟牺牲了你来博一点小小的名誉，毕竟他们还是人，还是我们的同类，这"孤单"的感觉，终究是逃不了的，所以他们的文章里最含恶意，攻击你最甚的处所，便是他们的孤独感表现得最切的地方。名利的争夺，欲牺牲他人而建立自己的恶心，

——简单点说,就说生存竞争吧——依我看来,都是由这"孤单"的感觉催发出来的。人生的实际,既不外乎这"孤单"的感觉,那么表现人生的艺术,当然也不外乎此,因此我近来对于艺术的意见和评价,都和从前不同了。我觉得艺术并没有十分可以推崇的地方,她和人生的一切,也没有什么特异有区别的地方。努力于艺术,献身于艺术,也不须有特别的表现。牢牢捉住了这"孤单"的感觉,细细地玩味,由他写成诗歌小说也好,制成音乐美术品也好,或者竟不写在纸上,不画在布上壁上,不雕在白石上,不奏在乐器上,什么也不表现出来,只教他能够细细的玩味这"孤单"的感觉,便是绝好的"创造"。

仿吾!这一段无聊的废话,你看对不对?我在写这封信之先,刚从一位朋友处的宴会回来,席上遇见了许多在日本和你同科的自然科学家。他们都已经成了富者,现在是资本家了。我夹在这些衣狐裘者的老同学中间,当然觉得十分的孤独,然而看看他们挟了皮箧,奔走不宁的行动,好像他们也有些在觉得人生的孤寂的样子。我前边不是说过了么?唯其感到孤寂,所以要席不遑暖的去追求名利。然而究竟我不是他们,所以我这主观的推测,也许是错了的。

我现在因为抱有这一种感想,所以什么东西也写不下来,什么东西也不愿意拿来阅读。有时候要想玩味这"凄切的孤单",在日斜的午后,老跑出城外去独步。这里城外多是黄沙的田野,有几处也有清溪断壁,绝似日本郊外未开辟之先的代代木新宿等处。不过这里一堆一堆的黄土小冢,和有钱的人家的白杨松树的坟茔很多,感视少微与日本不同一点。今晚在宴会的席上,在许多鸿儒谈笑的中间,我胸中的感觉,同在这样的白杨衰草的坟地里漫步时一样。不过有一点我觉得比从前进步了;从前我和境遇比我美满的朋友——

实际上除你们几个人之外,哪一个境遇比我不美满?——相处,老要起一种感伤,有时竟会滴下泪来。现在非但眼泪不会滴下来,并且也能如他们一样的举起箸来取菜,提起杯来喝酒。不过从前的那一种喜欢谈话的冲动,现在没有了。他们入座,我也就坐,他们吃菜,我也吃菜。劝我喝酒,我就喝,干杯就干杯。席散了,我就回来。雇车雇不着,就慢慢的在黄昏的街道上走。同席者的汽车马车,从我身边过去的时候,他们从车中和我点头,我也回点一头。他们不点头,我也让他们的车子过去,横竖是在后头跟走几步,他们的车子就可以老远的上我前头去的。所以无避入叉路上去的必要。还有一点和从前不同的地方,就是我默默的坐在那里,他们来要求我猜拳的时候,我总笑笑,摇摇头,举起杯来喝一杯酒,教他们去要求坐在我下面的一个人猜。近来喝酒也喝不大醉,醉了也不过默默的走回家来坐坐,吸吸烟,倒点茶喝喝。今晚的宴会,散得很早,我回家来吸吸烟喝喝茶,觉得还睡不着,所以又拿出了周报的《歧路》来看。沫若!大卫生的诗,实在是做得不坏,不过你的几行诗,我也很喜欢念。你的小孩的那个两脚没有的洋囡,我说还是包包好,寄到日本去吧!回头他们去买一个新的时候,怕又要破费几角钱哩。

昨天一个朋友来说他读到《歧路》,真的眼泪出了。我劝他小心些,这句话不要说出来教人家听见,恐怕有人要说他的眼泪不值钱。他说近来他也感染了一种感伤病,不晓得怎么的,感情好像回返小孩子时代去了。说到这里,他忽而眼圈又红了起来,叫了我一声:"达夫!我可惜没有钱。"我也对他呆看了半晌,后来他一句话也不说,立起身来就走,我也默默的送他出门去了。(这样的朋友,上我这里来的很多。他们近来知道了我的脾气,来的时候,艺术也不谈了，我的几篇无聊的作品和周报季刊的事情也不提起了。有几次我们真有主客两人相对，默默而过半点钟的时候。像这样的 pause 的中间，我觉得我的精神上最感得满足。因为有客人在前头，我一时可以不被那一种独坐时常想出来的无聊的空虚思想所侵蚀，而一边这来客又不在言语，我的听取对话和预备回答的那些麻烦注意可以省去。）不过，沫若！我说你那一篇《歧路》写得很可惜，你若不写出来，你至少可以在那一种浓厚的孤独感里浸润好几天。现在写出了之后，我怕你的那一种"凄切的孤单"之感，要减少了吧？

仿吾！我说你还是保守着独身主义，不要想结婚的好！恐怕你若结了婚，一时要失掉你的这孤独之感。而这孤独之感，依我说来，便是艺术的酵素，或者竟可以说是艺术的本身。所以你若结了婚，怕一时要与艺术违离。讲到这里我怕你要反问我"那么你们呢？你和沫若呢？"是的，我和沫若是一时与艺术离异过的，不过现在我们已经恢复了原来的孤独罢了。

嗳！嗳！不知不觉，已经写到午前三点钟了。

仿吾！沫若！要想写的话，是写不完的，我迟早还是弄几个车钱到上海来一次吧！大约我在北京打算只住到六月，暑假以后，我怎么也要设法回浙江去实行我的乡居的宿愿。若良最近的时期中弄不到车钱，不能够到上海来，那么我们等六月里再见吧！

一九三二年三月七日午前三时

（原载《达夫散文集》，上海北新书局1936年版）

# 半日的游程

去年有一天秋晴的午后，我因为天气实在好不过，所以就搁下了当时正在赶着写的一篇短篇的笔，从湖上坐汽车驰上了江干。在儿时习熟的海月桥、花牌楼等处闲走了一阵，看看青天，看看江岸，觉得一个人有点寂寞起来了，索性就朝西的直上，一口气便走到了二十几年前曾在那里度过半年学生生活的之江大学的山中。二十年的时间的印迹，居然处处都显示了面形：从前的一片荒山，几条泥路，与夫乱石幽溪，草房藩溷，现在都看不见了。尤其要使人感觉到我老何堪的，是在山道两旁的那一排青青的不凋冬树；当时只同豆苗似的几根小小的树秧，现在竟长成了可以遮蔽风雨，可以掩障烈日的长林。不消说，山腰的平处，这里那里，一所所的轻巧而经济的住宅，也添造了许多；像在画里似的附近山川的大致，虽仍依阳，但校址的周围，变化却竟簇生了不少。第一，从前在大礼堂前的那一丝空地，本来是下临绝谷的半边山道，现在却已将面前的深谷填平，变成了一大球场。大礼堂西北的略高之处，本来足有几枝被朔风摧折得弯腰屈背的老树孤立在那里的，现在却建筑起了三层的图书文库了。二十年的岁月！三千六百日的两倍的七千二百的日子！以这一短短的时节，来比起天地的悠长来，原不过是像白驹的过隙，但是时间的威力，究竟是绝对的暴君，曾日月之几何，我这一个本在这些荒山野径里驰骋过的毛头小子，现在也竟垂垂老了。

一路上走着看着，又微微地叹着，自山的脚下，走上中腰，我竟费去了三十来分钟的时刻。半山里是一排教员的住宅，我的此来，原因为在湖上在江干孤独得怕了，想来找一位既是同乡，又是同学，而自美国回来之后就在这母校里服务的胡君，和他来谈谈过去，赏赏清秋，并且也可以由他这里来探到一点故乡的消息的。

两个人本来是上下年纪的小学校的同学，虽然在这二十几年中见面的机会不多，但或当暑假，或在异乡，偶尔通着的时候，却也有一段不能自已的柔情，油然会生起在各个的胸中。我的这一回的突然的袭击，原也不过是想使他惊骇一下，用以加增加增亲热的效力的企图；升堂一见，他果然是被我骇倒了。

"哦！真难得！你是几时上杭州来的？"他惊笑着问我。

"来了已经多日了，我因为想静静儿的写一点东西，所以朋友们都还没有去看过。今天实在天气太好了，在家里坐不住，因而一口气就跑到了这里。"

"好极！好极！我也正在打算出去走走，就同你一道上溪口去吃茶去罢，沿钱塘江到溪口去的一路的风景，实在是不错！"

沿溪入谷，在风和日暖，山近天高的田塍道上，二人慢慢地走着，谈着，走到九溪十八涧的口上的时候，太阳已经斜到了去山不过丈来高的地位了。在溪房的石条上坐落，等茶庄里的老翁去起茶煮水的中间，向青翠还像初春似的四山一看，我的心坎里不知怎么，竟充满了一股说不出的飒爽的

清气。两人在路上,说话原已经说得很多了,所以一到茶庄,都不想再说下去,只瞪目坐着,在看四周的山和脚下的水,忽而嘘朔朔朔的一声,在半天里,晴空中一只飞鹰,像霹雳似的叫过了,两山的回音,更缭绕地震动了许多时。我们两人头也不仰起来,只竖起耳朵,在静听着这鹰声的响过。回响过后,两人不期而遇的将视线凑集了拢来,更同时破颜发了一脸微笑,也同时不谋而合的叫了出来说:"真静啊!"

"真静啊!"

等老翁将一壶茶搬来,也在我们边上的石条上坐下,和我们攀谈了几句之后,我才开始问他说:"久住在这样寂静的山中,山前山后,一个人也没有得看见,你们倒也不觉得怕的么?"

"怕啥东西?我们又没有龙连(钱),强盗绑匪,难道肯到孤老院里来讨饭吃的么?并且春三二月,我国清明,这里的游客,一天也有好几千。冷清的,就只不过这几个月。"

我们一面喝着清茶,一面只在贪味着这阴森得同太古似的山中的寂静,不知不觉,竟把摆在桌上的四碟糕点都吃完了,老翁看了我们的食欲的旺盛,就又推荐着他们自造的西湖藕粉和桂花糖说:"我们的出品,非但在本省口碑载道,就是外省,也常有信来邮购的,两位先生冲一碗尝尝看如何?"

大约是山中的清气,和十几里路的步行的结果罢,那一碗看起来似鼻涕,吃起来似泥沙的藕粉,竟使我们嚼出了一种意外的鲜味。等那壶龙井芽茶,冲得已无茶味,而我身边带着的一封绞盘牌也只剩了两枝的时节,觉得今天足行得特别快的那轮秋日,早就在西面的峰旁躲去了。谷里虽掩下了一天阴影,而对面东首的山头,还映得金黄浅碧,似乎是山灵在预备去赴夜宴而铺陈着浓装的样子。我昂起了头,正在赏玩着这一幅以青天为背景的夕照的秋山,忽所见耳旁的老翁以富有抑扬的杭州土音计算着账说:"一茶,四碟,二粉,五千文!"

我真觉得这一串话是有诗意极了,就回头来叫了一声说:"老先生!你是在对课呢?还是在做诗?"

他倒惊了起来,张圆了两眼呆视着问我:"先生你说啥话语?"

"我说,你不是在对课么?三竺六桥,九溪十八涧,你不是对上了'一茶四碟,二粉五千文'了么?"

说到了这里,他才摇动着胡子,哈哈的大笑了起来,我们也一道笑了。付账起身,向右走上了去理安寺的那条石砌小路,我们俩在山嘴将转弯的时候,三人的呵呵呵呵的大笑的余音,似乎还在那寂静的山腰,寂静的溪口,作不绝如缕的回响。

一九三三年五月二十一日

(原载 1933 年 6 月《良友图画》第 77 期)

# 方岩纪静

　　方岩在永康县东北五十里。自金华至永康的百余里,有公共汽车可坐,从永康至方岩就非坐轿或步行不可;我们去的那天,因为天阴欲雨,所以在永康下公共汽车后就都坐了轿子,向东前进。十五里过金山村,又十五里到芝英是一大镇,居民约有千户,多应姓者;停轿少息,雨越下越大了,就买了些油纸之类,作防雨具。再行十余里,两旁就有起山来了,峰岩奇特,老树纵横,在微雨里望去,形状不一,轿夫一一指示说:"这里是公婆岩,那是老虎岩……老鼠梯"等等,说了一大串,又数里,就到了岩下街,已经是在方岩的脚下了。

　　凡到过金华的人。总该有这样的一个经验,在旅馆里住下后,每会有些着青布长衫,文质彬彬的乡下先生,来盘问你:"是否去方岩烧香的?这是第几次来进香了?从前住过哪一家?"你若回答他说是第一次去方岩,那他就会拿出一张名片来,请你上方岩去后,到这一家去住宿。这些都是岩下街的房头,像旅店又略异的接客者。远在数百里外,就有这些派出代理人来兜揽生意,一则也可以想见一年到头方岩

香市之盛,一则也可以推想岩下街四五百家人家,竞争的激烈。

岩下街的所谓房头,经营旅店业而专靠胡公庙吃饭者,总有三五千人,大半系程应二姓,文风极盛,财产也各可观,房子都系三层楼。大抵的情形,下层系建筑在谷里,中层沿街,上层为楼,房间一家总有三五十间,香火盛的时候,听说每家都患人满。香客之自绍兴处州杭州及近县来者,为数固已不少,最远者,且有自福建来的。

从岩下街起,曲折再行三五里,就上山;山上的石级是数不清的,密而且峻,盘旋环绕,要过一个钟头,才走得到胡公庙的峰门。

胡公名则,字子正,永康人,宋兵部侍郎,尝奏免衢婺二州民丁钱,所以百姓感德,立庙祀之。胡公少时曾在方岩读过书,故而庙在方岩者为老牌真货。且时显灵异,最著的,有下列数则:

宋徽宗时,寇略永康,乡民避寇于方岩,岩有千人坑,大藤悬挂,寇至缘藤而上,忽见赤蛇啮藤断,寇都坠死。

盗起清溪,盘踞方岩,首魁夜梦神饮马于岩之池,平明池涸,其徒惊溃。

洪阳事起,近乡近村多遭劫,独方岩得无恙。

民国三年,嵊县民乡,慕胡公之灵异,造庙祀之,乘昏夜来方岩盗胡公头去,欲以之造像,公梦示知事及近乡农民,嘱捉盗神像者,盗尽就逮。是年冬间嵊县一乡大火,凡预闻盗公头者皆烧失。翌年八月该乡民又有二人来进香,各毙于路上。

类似这样的奇迹灵异,还数不胜数,所以一年四季,方

岩香火不觉，而尤以春秋为盛，朝山进香者，络绎于四方数百里的途上。金华人之远旅他乡者，各就其地建胡公庙以祀之，虽然说是迷信，但感化威力的广大，实在也出乎我们的意料之外，这是就方岩的盛名所以能远播各地的一近因而说的话，至于我们的不远万里，必欲至方岩一看的原因，却在它的山水的幽静灵秀，完全与别种山峰不同的地方。

方岩附近的山，都是绝壁陡起，高二三百丈，面积周围三五里至六七里不等。而峰顶与峰脚，面积无大差异，形状或方或圆，绝似硕大的撑天圆柱。峰岩顶上，又都是平地，林木丛丛，蔟生如发。峰的腰际，只是一层一层的沙石岩壁，可望而不可登。间有瀑布奔流，奇树突现，自朝至暮，因日光风雨之移易，形状景象，也千变万化，捉摸不定。山之伟观，到此大约是可以说得已臻极顶了吧？

从前看中国画里的奇岩绝壁，皴法皱叠，苍劲雄伟到不可思议的地步，现在到了方岩，向各山略一举目，才知道南宗北派的画山点石，都还有未到之处。在学校里初学英文的时候，读到那一位美国清教作家何桑的《大石面》一篇短篇，颇生异想，身到方岩，方知年幼时少见多怪，像那篇小说里所写的大石面，在这附近真不知有多多少少。我不曾到过埃及，不知沙漠中的 Sphinx 比起这些岩石来，又该是谁兄谁弟。尤其是天造地设，清幽岑寂到令人毛发悚然的一区境界是方岩北面相去约二三里地的寿山下五峰书院所在的地方。

北面数峰，远近环拱，至西面而南偏，绝壁千丈，成了一条上突下缩的倒覆危墙。危墙脚下，离地约二三丈的地方，墙角忽而不见，形成大洞，似巨怪之张口，口腔上下，都是石壁，五峰书院，丽泽池，学易斋，就建筑在这巨口的上下腭之间，不施椽瓦，面风雨莫及，冬暖夏凉，而红尘不到。更奇峭者，就是这绝壁的忽而向东南的一折，递进而突起了巨厚,瀑布,桃花,覆釜,鸡鸣的五个奇峰,峰峰都高大似方岩,而形状颜色,各不相同。立在五峰书院的楼上,只听得见四周飞瀑的清音,仰视天小,鸟飞不渡,对视五峰,青紫无言,向东展望,略见白云远树,浮漾在楔形阔处的空中。一种幽静,清新,伟大的感觉,自然而然地袭向人来;朱晦翁,吕东莱,陈龙川诸道学先生的必择此地来讲学,以及一般宋儒的每喜利用山洞或风景幽丽的地方作讲堂,推其本意,大约总也在想借了自然的威力来压制人欲的缘故;不看金华的山水,这种宋儒的苦心是猜不出来的。

初到方岩的一天,就在微雨里游尽了这五峰书院的周围,与胡公庙的全部。庙在岩顶,规模颇大,前前后后,也有两条街,许多房头,在蒙胡公的福荫;一人成佛,鸡犬都仙,原是中国的旧例。胡公神像,是一位赤面长须的柔和长者,前殿后殿,各有一尊,相貌装饰,两都一样,大约一尊是预备着于出会时用的。我们去的那日,大约刚逢着了废历的十月出一,庙中前殿戏台上在演社戏敬神。台前簇拥着许多老幼男女,各流着些被感动了的随喜之泪,而戏中的情节说辞,我们竟一点也不懂;问问立在我们身旁的一位像本地出生,能说普通话的中老绅士,方知戏班是本地班,所演的为《杀狗劝妻》一类的孝义杂剧。

从胡公庙下山,回到了宿处的程××店中,则客堂上早已经点起了两大支红烛,摆上了许多大肉大鸡的酒菜,在候我们吃晚饭了;菜蔬丰盛到了极点,但无鱼少海味,所以味也不甚适口。

第二天破晓起来,仍坐原轿绕灵岩的福善寺回永康,路上的风景,也很清异。

第一,灵岩也系同方岩一样的一枝突起的奇峰,峰的半空,有一穿心大洞,长约二三十丈,广可五六丈左右,所谓

福善寺者,就系建筑在这大山洞里的。我们由东首上山进洞的后面,通过一条从洞里隔出来的长巷,出南面洞口而至寺内,居然也有天王殿,韦驮殿,观音堂等设置,山洞的大,也可想见了。南面四山环抱,红叶青枝,照耀得可爱之至;因为天晴了,所以空气澄鲜,一道下山去的曲折石级,自上面瞭望下去,更觉得幽深到不能见底。

下灵岩后,向西北的绕道回去,一路上尽是些低昂的山岭与旋绕的清溪,经过园内有两株数百年古柏的周氏祠庙,将至俗名耳朵岭的五木岭口的中间,一段溪光山影,景色真像是在画里;西南处州各地的远山,呼之欲来,回头四望,清人肺腑。

过五木岭,就是一大平原,北山隐隐,已经看得见横空的一线,十五里到永康,坐公共汽车回金华,还是午后三四点钟的光景。

(原载《浙东景物记》1933年12月版)

# 冰川纪秀

　　冰川是玉山东南门外环城的一条大溪，我们上玉山到这溪边的时候，因为杭江铁路车尚未通，是由江山坐汽车绕广丰，直驱二三百里的长路，好容易才走到的。到了冰溪的南岸来一看，在衢州见了颜色两样的城墙时所感到的那种异样的紧张的空气，更是迫切了。走下汽车，对手执大，在浮桥边检查行人的兵士们偷抛了几眼斜视。我们就只好决定不进城去，但在冰川旁边走走，马上再坐原车回去江山。

　　玉山城外是由一条天生的城河冰溪抱在那里的。东南半角却有着好几处雁翅似的浮桥。浮桥的脚上，手捧着明晃晃的大刀，肩负着黄苍苍的马枪，在那里检查入城证、良民证的兵士，看起来相貌都觉得很可怕。

　　从冰川第一楼下绕过，沿堤向东南，一块大空地，一个大森林，就是郭家洲了。武安山障在南边，普宁寺、鹤岭寺（观）接在东首。单就这一角风景来说，有山有水，还有水库、磨房、渔梁、石勘水闸、长堤，凡中国画或水彩画里所用得着的各种点景的品物，都已经齐备了。这在江浙的两地，也是很不多见的。而尤其是出乎我们意料之外的，是郭

家洲这一个三角洲上的那些树林的疏散的逸韵。

郭家洲，从前大约也是冰溪的流水所经过的地方，但时移势易，沧海现在竟变作了桑田了；那一排疏疏落落的杂树林，同外国古官旧堡的画上所有的那样的那排大树，少算算，大约也已经有了数百岁的年纪。这一次在漫游浙东的途中，看见的山也真不少了，但每次总有点美中不足的，是树木的稀少；不意一跨入了这江西的境界，就近在县城的旁边，居然能够看到了这一自然形成的像公园似的大杂树林！

城里既然进不去，爬山恐怕没时间，并且离县城向西向北十来里地的境界，去走就有点危险，万不得已，自然只好横过郭家洲，上鹤岭寺（观）山上的一个北面的空亭，去遥望玉山的城市了。

玉山城里的人家，实在整洁得很，沿城河的一排住宅，窗明几净，倒影溪中，远看好像是"威尼斯"市里的通衢。太阳斜了，城里头起了炊烟，水上的微波，也渐渐地带上红影；西北的高山一带，有一个尖峰突起，活像倒插的笔尖，大约是怀玉山罢？

这一回沿杭江铁路西南直下，千里的游程，到玉山城外终止了。"冰为溪水玉为山！"坐上了向原路回来的汽车，我念着戴叔伦的这一句现成的诗句，觉得这一次旅行的煞尾，倒很有点像德国浪漫派诗人的小说。

（原载《浙东景物记》1933年12月版）

# 记耀春之殇

只教是一个动物,既然生了下来,不过迟早几年或几十年,死总免不了的。中国人的俗语,很彻底的在说,先注死后注生。英文中的一个不能免于死亡的形容词,大家在当作人字解,叫 Mortal。这一种谛观,这一种死的哲学的解识,当然谁也明白,我也晓得;但是对于死之伤痛,尤其是对于一个与己身有关的肉亲的死之伤痛,可终也不能学作太上的无情。从前的圣贤,为悼爱子之丧,尚且哭至失明,我生原不肖,我又哪得不哭?

幼子耀春,生下来刚只两整年;是我们逃出上海,迁住杭州之后的那一年旧历五月十八日生的。搬家的时候,霞就有点害怕,怕于忙乱之中,要先期早产。用了种种的苦心,费了种种的周折,总算把家搬定了,胎也安下了,我们在灯下闲谈,就说及这一个未来的生命的命名。长子飞,次子云,是从岳家军里抄来的名字;同时《三国志》里,也有飞、云的两位健将。那时候我们只希望有一位乖巧的女孩儿来娱老境,所以我首先就提议,生下来若是女孩,当叫她作银瓶,藉以凑成大小眼将军一门忠孝节义的全套。而霞又说

若是男孩呢，可以叫他作亮；有了猛将，自然也少不得谋臣，历史上的智谋奇略之士，我只钦服那位鞠躬尽瘁，死而后已的诸葛武侯。

他的生日，是一般民间所崇奉的元帅菩萨的生日，元帅菩萨的前身，当然是唐时的张睢阳巡。现在桐庐的桐君山上，还有一尊张睢阳的塑像塑在那里，百姓祀之唯谨，说这一位菩萨，有绝大的灵感。生下来之后，我也曾想到了那个巡字，但后来却终于被霞说服了，就叫他作亮；小名的耀春，系由阳春，殿春二位哥哥的名字而来的称谓；既名曰亮，自然有光，故而称耀，写作曜字，亦自可通。

他的先天是很足的；生下来时的肥硕，虽没有过过磅，可是据产妇说来，在杭州城里产儿的身体，肥得这样的，却很少见。三朝之后，就为雇乳母的事情，闹成了满城的风雨。照因是为了他的食量之大，应雇而来的将近百数个的乳母，每人都不够他的一天之食。好容易上诸暨去找了一个人来，奶总算够吃；但吃满周岁，她的奶也终于干涸，结果就促生了他去年夏季的奶疳之病。

去年年天热，我和霞和飞，都去青岛住了月余；后来由青岛而之北平，由北平而去北戴河，一住再住，有两个多月不在家里。后来航空信来了，电报来了，部说耀春的病重，催我们马上回家，我们在赶回来的路上，一夕数惊，每从睡梦里骇醒过来，以为这一个末子终于无更生之望了，但后经同学钱医生的几次诊治，他的疳病竟霍然若失，到了秋天，又回复了平时肥白的状态。

经过了这一次的大病，大家总以为他是该有命的，以后总是很好养了。殊不知今年春天，又出了慢性中耳炎的恶疾，这一回又因伤风而成肺炎，最后才变成了结核性脑膜炎的绝症，卧病不上半月，竟在五月二十日（阴历四月十八，

去年有闰月,距他生日,刚满四个月)的晚上去世了。

他的这一回的生病,异常的乖,不哭不闹,终于只是昏昏地睡。经钱医生验了血液,抽了脊髓以后,决定了他的万无生望,我们才借了一辆车,送他回了富阳的原籍。

墓碑葬具以及坟地等预备好之后,将他移入到东门外的一家卉院中的早展,他的久已干枯的眼角上才开始滴了几滴眼泪。这是从他害病之日起,第一次见到的眼泪。他人虽则小,灵性想来足也有的。人之将死,总有一番痛苦与哀愁,可怜他说话都还不曾学会,而这死的痛苦,死的哀愁,却同大人一样地深深尝透了;彼凡人之相亲,小离别而怀恋,况中殇之爱子,乃千秋而不见!我的衷情,当然也比他自己临死时的伤痛不会得略有减处。十年前龙儿死在北平,我没有见到他的尸身,也没有见到他的棺殓,百日之后,离开北平,还觉得泪流不止。现在他的坟土未干,我的病失眠的疲倦未复,每日闲坐在书斋看看中天的白日,惘惘然似乎只觉着缺少了一件东西;再切实一点的说来,似乎自己的一个头;一个中藏着脑髓,司思想运动的头颅不见了。

十年之中,两丧继体,床帷依旧,痛感人亡;一想到他的明眸丰颊,玉色和声,当然是不能学东门吴子之无情。情之所钟,正在我辈,一到深宵人静,仰视列星,我只有一双终夜长开的眼睛而已;潘岳思子之诗,庾信伤心之赋,我做也做不出,就是做了也觉得是无益的!

一九三五年五月廿二日

(原载《达夫散文集》,上海北新书局1936年版)

# 雨

周作人先生名其书斋曰"苦雨",恰正与东坡的喜雨亭名相反。其实,北方的雨,却都可喜,因其难得之故。像今年那么大的水灾,也并不是雨多的必然结果;我们应该责备治河的人,不事先预防,只晓得糊涂搪塞,虚糜国帑,一旦有事,就互相推诿,但救目前。人生万事,总得有个变换,方觉有趣;生之于死,喜之于悲,都是如此,推及天时,又何尝不然?无雨哪能见晴之可爱,没有夜也将看不出昼之光明。

我生长江南,按理是应该不喜欢雨的;但春日暝蒙,花枝枯竭的时候,得几点微雨,又是一件多么可爱的事情!"小楼一夜听春雨","杏花春雨江南","天街细雨润如酥",从前的诗人,早就先我说过了。夏天的雨,可以杀暑,可以润禾,它的价值的大,更可以不必再说。而秋雨的霏微凄冷,又是别一种境地,昔人所谓"雨到深秋易作霖,萧萧难会此时心"的诗句,就在说秋雨的耐人寻味。至于秋女士的"秋雨秋风愁煞人"的一声长叹,乃别有怀抱者的托辞,人自愁耳,何关雨事。三冬的寒雨,爱的人恐怕不多。但

"江关雁声来渺渺,灯昏宫漏听沉沉"的妙处,若非身历其境者决领悟不到。记得曾宾谷曾以《诗品》中语名诗,叫作《赏雨茅屋斋诗集》。他的诗境如何,我不晓得,但"赏雨茅屋"这四个字,真是多么的有趣!尤其是到了冬初秋晚,正当"苍山寒气深,高林霜叶稀"的时节。

(原载1935年10月27日《立报·言林》)

# 闽游滴沥之一

今年是一个闰年——闰三月——我老早就晓得在阳历二月尽头,要大冷几天;年纪大了一点,怕寒怕暑,比年轻时厉害得多了,所以当旧历的年底,就在打算上什么地方过一个冬尾和春头。

从前在一篇关于住所的话里,也曾提起过住家的适地。我以为北平住家,是最好也没有的地方,其次便想到了国民政府没有定鼎以前的南京,与偏处海滨,同时得享受海洋、大陆两种和谐气候的福州。自从这一篇不关大体,猥杂无聊的浅短文字,在《文学》的散文栏里发表以来,竟出乎我的意料之外,接连着就来两个反响,致使我直到现在也不能够逃出它们的圈子。

反响的第一个,是一位有志者的愿意借给我以造屋的金钱;结果,于杭州住房之旁,一间避风雨的茅庐,就在去年年底,修盖起来了;到了现在,还是油漆未干,画龙之后,终于未曾点睛。反响的第二个,是这一回应了朋友之招,于阴历正月的初头,匆匆出走,附船南下的这一次的七闽之行。

上车的头一天晚上,杭州还是北风雨雪,寒冷得像在河北的旧都里一样。并且因为要决定出行与否的缘故,和内人还起了场无谓的争执,闹闹吵吵,一直坐到了天亮,等太阳出来了的时候为止。上小面馆去吃了一碗鳝鱼面后,头脑虽说清醒了点,但将头深缩着在大氅的领里,看看天色,终于还不想马上就去上泊的长途。因此捱迟了一刻,又捱迟了一点,终于捱到了八点三十几分,离杭宁特快列车开车前只有二十分钟的时候。霞拼命的催我,早就把一包被包,和一只手提箱送上等在门口的黄包车去了,我临时还忘记了一串锁钥。

在阳光眩目的城站月台上立定,侧目西看看凤凰山上的朝霞,一阵西风,忽而又吹上我的头发,于是就想起了那顶新买的黑呢软帽还没有带来。霞着了急,马上去打电话;我倒还是随随便便的,今人趁这晴和的天气,再上孤山灵峰去走它一天,也不很好么?只叫有钱,路总不会得卖完,到得明天,车总也自然会再开的。但是不多一忽,车子也从南星桥开来了,同时帽子也由佣人赶送到了站上;这么一来,迟疑的口实,都已经没有,不得已只好慢吞吞走上了车座。到上海是下午一点半的样子,在靖安轮船的舱里把身体横放倒的时候,看见太阳已经有点西斜,大约总在未来申初的几刻钟里了吧?不多一忽,船就开了。

吴淞的进出口,以及南行的海上风光,在这二十多年里,是不知道已经经过了多少次数的,所以也懒得上甲板上去吃西北风。和同舱的那位张涤如先生,一一通问了姓名籍贯,知道彼此还是杭州许多亲戚朋友的 Mutual Friend,所以我们喝着酒,谈着闲天,计算着船进马尾港口,横靠南台的时日与钟点,倒也忘记了离乡背井的悲哀。只上静默下来,心里头总觉得有点儿隐痛难熬,先还浑浑然不晓得究竟是为了什么?随后方想起了昨天晚上和霞的一场争吵,与今天开车她那张专立在铁栅外的苍白的脸,就是这一点心痛的病源。

"有办法,有办法,让我来打一个无线电回去安慰她吧!"

可是叫了船舱侍役来一问,却又说,船上原也有无线电机的设备,但是船客是不可以借此打电报的;因此我这一点心痛,终于苦受了两天两夜,直等船到了福州,在南台青年会偏下,一个电报送出之后,方才稍稍淡薄了下去。

船进马尾港之先的一段渔村小岛的情景,以及大小五虎山、金刚腿、南北龟、瞿心庙、缺嘴将军等名胜故垒的眺望,想是到过福州的人,都看见过,听到过的事迹,我一时辨也辨不清,此地只能暂且不表;——记得在八九年前初到福州的时候,也曾经稍稍写过一点了——只有一点,见了青山绿水的南国的海港,以及海港外孤立着的灯塔与洋楼,我心里倒想起了波兰显克微支的那一篇写守灯塔者的小说,与挪威伊孛生的那出有名戏本《海洋夫人》里的人物与剧情。同时并且也想起了少年时候,一样的在这一种海港里进出时的心境。血潮一涨,老态也因而渐除,居然自己也跑上前跑落后地上甲板去和那些年少的同轮船者夹混了好半天。

三北公司闽行线的轮船靖安的唯一迷人处,是在直驶南台靠岸的六个大字:因为她的船身宽,船底平,乘着潮头,可以开进马尾,倒溯闽江而直上南台的新筑码头边上去靠岸;但是这一次,不晓得是我的运气呢还是晦气,终于受了她的一次骗。上海出口的时候,人家都说后天早晨船可以到马尾,第三天的中午,就可以到南台市上去买醉听歌了,所以船上的人,都非常之快活,仿佛是踏上了靖安的舱板,就等于已经踏上了南台的沙岸似的。并且天气也晴和,晚上还有了元宵节前的大半规上弦的月亮;风平浪静,在过最险恶的温州洋时,也同在长江里行船一样,船身一摇晃也不曾摇晃。可是到了该进马尾港的第三天的早晨,船只如同蚂蚁爬地球似的在口外的丛岛中徘徊,似乎对口外的白水青山,有点恋恋不舍的样子。船后面水波不兴,清风徐来,——用这两句古人的妙句来形容那一日船后面的情景,或者有人会感到诗意,但实际则推动机失去了作用,连船后面所必拖的一条水纹也激不起来,不消说当高速度前进时所振动起的那一股对面风,也终于没有,比到苏东坡在赤壁放舟时的那种舒徐态度,我想只会得超过几分。因而等潮落之后,过了中午,我们才入了马尾,在江中间抛下了锚。幸亏赖张涤如君及几位在建设厅车务处任职的同船者的尽力,我才能于下午三点多点,在光天化日之下的惊涛骇浪里爬上了小火轮,驶到了马尾的江边;否则,我想就是做了水鬼,也将问不到到阎王那里的路程,因为苦竹钩辅,那些苦力船家搬运男女在那里讲的,不是中国话,也不是外国话,却是实实在在的马尾土话的缘故。

福州的情形大不同了:从前是只能从马尾坐小火轮去南台的一段,现在竟沿闽江东岸筑起了一条坦坦的汽车大道,大道上还有前面装置着一辆脚踏车,五六年前在上海的法界以及郊外也还看得见的三轮人力车在飞跑;汽车驶过鼓山的西麓,正当协和学院直下的里把路上,更有好几群穿着得极摩登的少年男女,在那里唱歌、散步,手挽着手手享乐浓春;汽车过后,那几位少女并且还擎摇着白雪似的手帕,微露着细磁似的牙齿,在向我招呼,欢笑,像在哀怜我的孤独,慰抚我的衰老似的。

到了南台,样子更不同了;从前的那些坍败的木头房屋,都变成了钢骨水泥的高楼;马路纵横,白牌子黑牌子的汽车也穿梭似的在鸣警笛。那一条架在闽江江上的长桥——万寿桥——拆去了环洞,改成了平面,仓前山上住着的中外豪绅,都可以从门口直登汽车,直上城里去了;十年的岁月,在这里总算也留下了成绩,和我自身的十年之前初到这

里时的那一种勇气勃勃的壮年期来一比，只觉得福州是打了一针返老还童的强壮针，而我却生了一场死里逃生的大病，两个面目，完全相背而驰了十年，各不能认识各的固有形容了；到了这里，我才深深地，深深地加倍感到了树犹如此，我老何堪的古人的叹息。

南台岛本来是从前的福州的商业中枢，因而乐户连云，烟花遍地，晚上是闹得离人不能够安枕的，但现在似乎也受了世界经济衰落的影响，那一批游荡的商人，数目却减少了。大桥的南面是中洲，中洲的南面是仓前山，这两处地方，原系福州附廓的佳丽住宅区，若接亦离，若离也接，等于鼓浪屿之与厦门一样，虽则典丽华贵，依旧是不减当年，但远看过去，似乎红墙上的夕照，也少了一层光辉，这大约是我自己的心理作用吧？否则，想总是十年来的尘土，飞上了那些山上的洋楼，把它们的鲜艳味暗化了的缘故。

在南台的高楼上往下的第一晚，推窗一看，就看见了那一轮将次圆满的元宵前的皓月，流照在碎银子似的闽江细浪的高头。天气暖极，在夜空气里着实感到了一种春意，在这一个南国里的春宵，想该是虫声新透绿窗纱的时候了。看不多时，果然铜铜盘铜铜盘地来了几班踏高跷、跳龙灯的庆祝元宵者的行列，从大桥上经过，在走向仓前山去；于是每逢佳节思亲的感触，自然也就从这几列灯火的光芒上，传染到我的心里，又想起闺中的小儿女来了；没有办法，我只好撤下了窗前的美景，灭去了灯，关上了门，睡下去寻还乡的美梦，虽然有没有梦做，原也是说不定的。

一九三六年二月二十八日写

（原载 1936 年 3 月 16 日《宇宙风》半月刊等 13 期）

# 闽游滴沥之二

　　曾经到过福州的一位朋友写信来，说福建留在他脑子里的印象，依次序来排列，当为：第一山水，第二少女，第三饮食，第四气候。福建的山水，实在也真美丽；北峙仙霞，西耸武夷，蜿蜒东南直下，便分成无数的山区。地气温暖，微雨时行，以故山间草木，一年中无枯萎的时候。最奇怪的，是梅花开日，桃李也同时怒放；相思树，荔枝树，榕树，杜松之属，到处青葱欲滴，即在寒冬，亦像是首夏的样子。

　　闽江发源浦城县北渔梁山下，亦称建溪，又叫剑江，更有一个西江的别号；大抵随地易名，到处收纳清溪小水，曲折而达福州，更从南台折而向东向南，以入于海。水色的清，水流的急，以及湾处江面的宽，总之江上的景色，一切都可以做一种江水的秀逸的代表；扬子江没有她的绿，富春江不及她的曲，珠江比不上她的静。人家在把她譬作中国的莱茵，我想这譬喻总只有过之，决不会得不及。

　　你试想想，福建既有了那么些个山，又有了这么大的一条水，盘旋环绕，终岁绿成一片，自然的风景，哪里还会得

比别处更差一点儿？然而"逢人都问武夷山"，仿佛是福建的景致，只限在闽西崇安的一角，除了九曲的清溪，三十六峰的崇山峻岭而外，别的就不足道似的，这又是什么缘故？想来想去，我想最大的原因，总还是在古代交通的不便。因为交通不便之故，所以外省的人士，很少有得到福建来的；一二个驰骋中原的闽中骚客，懒得把乌龟山，蛇山，老虎山，狮子山等小山浅水一一的列举出来，就只言其大者著者的武夷山来包括一切；于是外面的人，只晓得福建仅有武夷的三三六六，而返射过来，福建人也只知道唯有武夷山是值得向人夸说的了。其实呢，在闽江的两岸，以及从闽东直下，一直至诏安和广东接壤的海滨一带，都是无山不秀，无水不奇的地方；要取景致，非但是十景八景，可以随手而得，就是千景万景，也不难给取出很风雅很好听的名字来，如我们故乡西湖上的平湖秋月，苏堤春晓之类。

说虽则如此的说，但因尘事的劳人，闽南闽北，直到今日，我终还没有去过，所以详细的记叙，只好等诸异日；现在只能先从实地见过到过的地方说起，还是来记一点福州以及附廓的山川大略罢。

周亮工的《闽小记》，我到此刻为止，也还不曾读过；但正在托人搜访，不知他所记的究竟是些什么。以我所见到的闽中册籍，以及近人的诗文集子看来，则福州附廓的最大名山，似乎是去东门外一二十里地远的鼓山。闽都地势，三面环山，中流一水，形状绝像是一把后有靠背左右有扶手的太师椅子。若把前面的照山，也取在内，则这一把椅子，又像是面前有一横档，给一二岁的小孩坐着玩的高椅了。两条扶手的脊岭，西面一条，是从延平东下，直到闽侯结脉的旗山；这山隔着江水，当夕阳照得通明，你站上省城高处，障手向西望去，原也看得浓紫氤氲；可是究竟路隔得远了一点，可望而不可即，去游的人，自然不多。东面的一条扶手，本由闽侯北面的莲花山分脉而来，一支直驱省城，落北而为屏山，就成了上面的一座镇海楼镇着的省城座峰；一支分而东下，高至二千七八百尺，直达海滨，离城最远处，也不过五六十里，就是到过福州的人，无不去登，没有到过福州的人，也无不闻名的鼓山了。鼓山自北而东而南，绵亘数十里，襟闽江而带东海，且又去城尺五，城里的人，朝夕偶一抬头，在无论什么地方，都看得见这座头上老有云封，腰间白墙点点的瑰奇屏障。所以到福州不久，就有友人，陪我上山去玩；玩之不足，第二次并且还去宿了一宵。

鼓山的成分，当然也和别的海边高山一样，不外乎是些岩石泥沙树木泉水之属；可是它的特异处，却又奇怪得很，似乎有一位同神话里老出来的艺术巨人，把这些大石块，大泥沙，以及树木泉流，都按照了多样合致的原理，细心堆叠起来的样子。

坐汽车而出东城，三十分钟就可以到鼓山脚下的白云廨门口；过闽山第一亭，涉利见桥，拾级盘旋而上，穿过几个亭子，就到半山亭了；说是半山，实在只是到山腰涌泉寺的道路的一半，到最高峰的岇崩——俗称卓顶——大约总还有四分之三的路程。走过半山亭后，路也渐平，地也渐高，回眸四望，已经看得见闽江的一线横流，城里的人家春树，与夫马尾口外，海面上的浩荡的烟岚。路旁山下，有一座伟大的新坟，深藏在小山的怀里，是前主席杨树壮的永眠之地；过更衣亭，放生池后，涌泉寺的头山门牌坊，就远远在望了，这就是五代时闽王所创建的闽中第一名刹，有时候也叫作鼓山白云峰涌泉院的选佛大道场。涌泉寺的建筑布置，原也同其他的佛地丛林一样，有头山门，二山门，钟鼓楼，天王殿，大雄宝殿，后大殿，藏经楼，方丈室，僧寮客舍，戒

堂，香积厨等等，但与别的大寺院不同的，却有三个地方。第一，是大殿右手厢房上的那一株龙爪松；据说未有寺之先，就有了这一株树，那么这棵老树精，应该是五代以前的遗物了，这当然是只好姑妄听之的一种神话；可是松枝盘曲，苍翠盖十余丈周围，月白风清之夜，有没有白鹤飞来，我可不能保，总之以躯干来论它的年纪，大约总许有二三百岁的样子。第二，里面的一尊韦驮菩萨，系跷起了一只脚，坐在那里的。关于这镇坐韦驮的传说，也是一个很有趣味的故事，现在只能含混的重述一下，作未曾到过鼓山的人的笑谈，因为和尚讲给我听的话，实际上我也听不到十分之二三，究竟对与不对，还须去问老住鼓山的人才行。

从前，一直在从前，记不清是哪一朝的哪一年了，福建省闹了水荒呢也不知旱荒；有一位素有根器的小法师，在这涌泉寺里出了家，年龄当然还只有十一二岁的光景。在这一个食指众多的大寺院里，小和尚当然是要给人家虐待，奚落，受欺侮的。荒年之后，寺院里的斋米完了，本来就待这小和尚不好的各年长师兄们，因为心里着了急，自然更要虐待虐待这小师弟，以出出他们的气。有一天风雨雷鸣的晚上，小和尚于吞声饮泣之余，双眼合上，已经朦胧睡着了，忽而一道红光，照射斗室，在他的面前，却出现了那位金身执杵的韦驮神。他微笑着对小和尚说："被虐待者是有福的，你明天起来，告诉那些虐待你的众僧侣罢，叫他们下山去接收谷米去；明天几时几刻，是有一个人会送上几千几百担的米来的。"第二天天明，小和尚醒了，将这一个梦告诉了大家；大家只加添了些对他的揶揄，哪里能够相信？但到了时候，小和尚真的绝叫着下山去了，年纪大一点的众僧侣也当作玩耍似的嘲弄着他而跟下了山。但是，看呀！前面起的灰尘，不是运米来的车子么？到得山下，果然是那位城里

的最大米商人送米来施舍了。一见小和尚合掌在候,他就下车来拜,嘴里还喃喃的说,活菩萨,活菩萨,南无阿弥陀佛,救了我的命,还救了我的财。原来这一位大米商,因鉴于饥馑的袭来,特去海外贩了数万斛的米,由海船运回到福建来的。但昨天晚上,将要进口的时候,忽而狂风大雨,几乎把海船要全部的掀翻。他在舱里跪下去热心祈祷,只希望老天爷救救他的老命。过了一会,霹雳一声,桅杆上出现了两盏红灯,红灯下更出现了那一位金身执杵的韦驮大天君。怒目而视,高声而叱,他对米商人说:"你这一个剥削穷民,私贩外米的奸商,今天本应该绝命的;但念你祈祷的诚心,姑且饶你。明朝某时某刻,你要把这几船米的全部,送到鼓山寺去。山下有一位小法师合掌在等的,是某某菩萨的化身,你把米全交给他罢!"说完不见了韦驮,也不见了风云雷雨,青天一抹,西边还现出了一规残夜明时的月亮。

众僧侣欢天喜地,各把米搬上了山,放入了仓;而小和尚走回殿来,正想向韦驮神顶礼的时候,却看见菩萨的额上,流满了辛苦的汗,袍甲上也洒满了雨滴与浪花。于是小和尚就跪下去说:"菩萨,你太辛苦了,你且坐下去息息罢!"本来是立着的韦驮神,就突然地跷起了脚,坐下去休息了——

涌泉寺的第三个特异之处,真的值得一说的,却是寺里宝藏着的一部经典。这一部经文,前两年日本曾有一位专门研究佛经的学者,来住寺影印,据说在寺里寄住工作了两整年,方才完工,现在正在东京整理。若这影印本整理完后,发表出来,佛学史上,将要因此而起一个惊天动地的波浪,因为这一部经,是天上天下,独一无二的宝藏,就是在梵文国的印度,也早已绝迹了的缘故。此外还有一部血写的《金刚经》,和几叶菩提叶画成的藏佛,以及一瓶舍利子,也算

是这涌泉寺的寺宝,但比起那一部绝无仅有的佛典来,却谈不上了。我本是一个无缘的众生,对佛学全没有研究,所以到了寺里,只喜欢看那些由和尚尼姑合拜的万佛胜会,寺门内新在建筑的回龙阁,以及大雄宝殿外面广庭里的那两枝由海军制造厂奉献的铁铸灯台之类,经典终于不曾去拜观。可是庙貌的庄严伟大,山中空气的幽静神奇,真是别一个境界,别一所天地;凡在深山大寺,如广东的鼎湖山,浙江的天目山,天台山等处所感得到的一种绝尘超世,缥缈凌云之感,在这里都感得到,名刹的成名,当然也不是一件偶然的事情。

一九三六年三月在福州

(原载1936年4月1日《宇宙风》半月刊第14期)

# 闽游滴沥之三

《福建通志》的山经里，说鼓山延袤有数十里长，所以鼓山的山景，决不至只有几处；而游览的人，也决不是一个人在山上住几天就逛得了。不过涌泉寺是全山的一个中心，若以涌泉寺为出发点而谈鼓山，则东面离寺只有里把路远的灵源洞、喝水岩，以及更上一层的朱子读书台，却像是女子脸上的脂粉花饰，当能说是一山的精华荟萃的地方。

到灵源洞的山路，是要从回龙阁的后面经过，延山腰的一条石砌小道，曲折而向东去的。路的一面，就是靠小顶峰的一面，是铁壁似的石岩；在这一排石岩里，当然还有些花草树木，丛生在那里，倒覆下来，成了一条甬道。另一面，是一落千丈的山下绝壑了；但因为在这绝壑里，也有千年老的树木生长在那里，这些树顶有时候高得和路一样平，有时候还要高出路面一二丈长，所以人在这一条路上走路，倒还不觉得会发什么寒栗，仿佛即使掉了下去，也有树顶树枝，会把你接受了去，支住你的身体似的。不过一种清幽、静的感觉，却自然而然的在这些大树、绝壁、深壑里蒸发出来，在威胁着你，使你不敢高声地说一句话。

山径尽处，是一扇小小的门；穿门东望出去，只是一片渺渺茫茫的天与海，几点树梢，或一角山岩，随你看的人所立的角度方位的变移，或有会显现一下，随即隐去，到了这狭狭的门外，山路就没有了。没有路，便怎么办呢？你且莫急，小门外的百丈谷中，就是灵源洞底了；平路虽则没有，绝高绝狭的下坡石级，自然是有的。下了这一条深深的石级，回头来一看高处，又是何等耐人寻味的一幅风景！石级的狭路，看过去像是一条蛇的肚皮，回环曲屈，夹盘在绿的树，赭黑色的岩石的中间。在这层层阴暗的石树高头，把眼睛再抬高几分，就是光明浩荡的一线长天了，你说这景致，还不够人寻味么？

下了石级，我们已经到了灵源洞底了，虽说是洞，但实际却不过是一间天然的石屋。平坦的底，周围有五六丈方广，当然是一块整块的岩石。而在这底的周围、中部，以及莫名其妙的角落里，都有很深的绝涧，包围在那里。下石级处，就是一条数丈深的石涧，不过在这石涧上面，却又架着有一块自然的石桥。站在这石桥上，朝西面的桥下石壁一看，就看得见朱夫子写而刻石的那一个绝大的寿字，起码总要比我们人高两倍、宽一倍的那一个寿字。

洞的最宽广处，上面并没有盖，所以只是一区三面有绝壁、前面是深坑的深窝。岩石，岩石，再是岩石；方的，圆的，大的，小的，像一个人的，像一块屏风的，像不知什么的，重重叠叠，整整斜斜；最新式的立体建筑师，叠不到这样的适如其所，《挑滑车》的舞台布景画，也画不到这样的伟大；总而言之，这一区的天地，只好说是神工鬼斧来造成的，此外就没有什么话讲了。可是刻在这许许多多石头上的古代人的字和诗，那当然是人的斧凿；自宋以后，直到现代，千把年的工夫，也还没有把所有的石壁刻遍；不过挤却

也挤得很，挤到了我不愿意一块一块地去细看它们的地步。

洞的北面靠山处，有一间三开的小楼造在那里；扶梯楼板，有点坏了，所以没有走上去。小楼外的右边，有一块高大的岩石立着，上面刻的是"喝水岩"的三个大字。故事又来了，我得再来重述一遍古人脑里所想出来的小说。

《三山志》里说："建中四年，龙见于山之灵源洞；从事裴胄曰：神物所蟠，宜建寺以镇之。后有僧灵峤，诛茅为台，诵华严经，龙不为害，因号曰华严台，亦以名其寺。"照这记事看来，寺原还是洞古，而洞却以龙灵，所谓华严台、华严寺，也就在这洞的东边。不过"喝水岩"的三字，究竟是不是因这里出了龙，把水喝干了，于是就有此名的？抑或同一般人之所说，喝水的喝字，是棒喝之喝，盖因五代时圣僧国师晏，诵经于此，恶水声喧轰，叱之，西涧乃涸，迸流于东涧，后人尊敬国师，因有此名？我想这名目的由来，很有可以商量的余地。现在大家都只晓得坚持后一说，说是经国师晏一喝，这儿的涧里的水就没有了，并流到了东涧，但我想既要造一个故事出来，何不造得更离奇一点，使像安徒生的童话？一喝而水涸，也未免太简单了吧？

经过这灵源洞后，再爬将上去，果然是一个台，和一个寺；而这寺的大殿里，果然有一条水，日夜在流，寺僧并且还利用了这水，造了一个小小的水车，以绳的一端，钓上水车，一端钓上钟杵，制成了一个终年不息的自然撞钟的机械。而这一条水的水质，又带灰白色而极浓厚，像虎跑、惠山诸泉，一碗水里，有百来个铜子好摆，水只会得涨高，决不会溢出。

在这寺门前的华严台——也不知是不是——上，向西南瞭望开去，已经可以看得见群峰的俯伏，与江流的缭绕了；但走过石门，再升上一段，到了山头突出的朱子读书台去——

看,眼界更要宽大,视野更要辽阔。我以为在鼓山上的眺望之处,当以此为第一;原因是在它的并不像屴峰的那么高峻,去去很容易,而所未曾见的田野河流山峰城市,却都可以在这里看得明明白白。

我的第二次上鼓山,是于黄昏前去,翌日早晨下来的;下山之先,也攀上了这一处朱夫子读书的地方。同游的人,催我下山,催了好几次,我还有点儿依依难舍,不忍马上离去此二丈见方的一块高台。坐上了山轿,也还回头转望了好几次,望得望不见了,才嗡嗡念着,念出了这么的几句山歌:

夜宿涌泉云雾窟,朝登朱子读书台,
怪他活泼源头水,一喝千年竟不回。

实在也真奇怪,灵源洞喝水岩前后左右的那些高深的绝涧里,竟一点儿流水也没有,我去的两次,并且还都是在大雨之后,经过不久的时候哩。

鼓山的最高峰名屴峰或名大顶峰、卓顶峰,状如覆釜,时有云遮;是看日出、看琉球海岛的胜地,我不曾去。大顶峰北下,是浴凤池;据说樵者常见五色雀群,饮浴于此。池之南,有石门砑立;应真台、祖师岩、涌泉窦、甘露松、白猿峡、香炉峰,都在石门之右。浴凤池右下,走过数峰,达海音洞,洞口宽大,有好几张席子好铺;其中深不可测,时闻海音,所以有此名称。白云洞,在海音洞下,由黄坑而登,只有一里多的山路,险巘峻嵴,巨石如棋散置路上。听老游的人说来,鼓山洞窟,当以白云洞为第一;但这些地方,我都还不曾亲到,所以夸大的话,也不敢说;迟早,总再想去一趟的,现在暂且搁起在一旁吧。此外的一天门、二天门、三天门、狮子峰、钵盂峰,……峰……岩之类,名目虽则众多,但由老于游山者看来,大约总是大同小异的东西,写也写不得许多;记鼓山的文字,想在此终结了,此外只抄一点古人游鼓山的诗在下面,以润泽润泽我这一篇干燥的记事。

灵源洞
五代释神晏国师
何事最堪依,岩中独坐时,
路险人难到,峦高鸟不飞。
白云常满洞,论劫未层亏,
不话曹溪旨,焉干道者机。

鼓山
宋蔡襄仙游人知福州
郡楼瞻东方,岚光莹人目,
乘舟逐早潮,十里登南麓。
云深翳前路,树暗迷幽谷,
朝鸡乱木鱼,晏日明金屋。
灵泉注石宝,清吹如篁竹,
飞毫划峭壁,势力忽惊触。
扣萝挤上峰,太空延眺瞩,
孤青浮海山,长白挂天瀑。
况逢肥遁人,素尚自幽独,
西景复向城,淹留未云足。
……

(以上自黄任辑《鼓山志》中抄出)

一九三六年三月末日

(原载1936年4月16日《宇宙风》半月刊第15期)

# 闽游滴沥之四

在上一回的杂记里，曾说记鼓山的话已经说完了，这一次本应该记些别的闽中山水的；可是当前七八天的那一天清明节日，又和朋友们去攀登了鼓山后卫的一支鼓岭；翻山涉谷，更从鼓岭经浴凤池西而下了白云洞的奇岩，觉得这一段路景，也不可以不记，所以想再来写一次鼓山的煞尾余波。文字若有灵，则二三十年后，自鼓岭至鼓山的一簇乱峰叠嶂，或者将因这一篇小记而被开发作华南的避暑中心区域，也说不定。

鼓岭在鼓山之北，省城的正东；出东门，向东直去，经过康山、马鞍山等小岭，再在平原里走十来里地，就可以到鼓岭的脚下。走走需一个半钟头，汽车则有二十分钟就能到了；鼓岭的避暑之佳，是我一到福州之后，就听说的，这一回却亲自去踏查了一下，原因也就想租它一间小屋来住住，可以过去一个很舒适的炎夏。

岭高大约有二千余尺，因东南面海，西北凌空之故，一天到晚，风吹不会停歇；所以到了伏天，城里自中午十二时起，到下午四点中间，也许会热到百度，但在岭上，却长夏没有上九十度的时候。二三十年前，有一位住省城内的美国医生，在盛夏的正中，被请去连江县诊视急病；自闽侯去连江的便道，以翻这一条岭去为最近。那一个病人，被诊治之后，究竟痊愈了没有，倒已无从稽考；但这一条鼓岭，却就被那一位医生诊断得可以避暑，先来造屋，现在竟发达到了有三四百号洋楼小筑的特殊区域了。

鼓岭的外观，同一般的山中避暑地的情形，也并无多大的不同。你若是曾经到过莫干山、鸡公山一带去过过夏的人，那见了鼓岭，也不会惊异，不会赞美，只会得到一种避暑地中间的小家碧玉的感想；可是这小家碧玉的无暴发户气，却正是鼓岭唯一迷人之处。

山上的房子，因为风多地峻的关系，绝少那些高楼大厦的笨重式样；壁以石砌，廊用沙铺，一区住宅，顶多也不过有五六间房间；小小的厨房，小小的院落，小小的花木篱笆，却是没有一间房子不备的。此外的公众球场、游泳池、公会堂、礼拜堂之类，本就是避暑地的必具之物，当然是可以不必说了。而像这一种房子的租金的便宜——每年租金顶多不过三百元，最廉者自百元起——日用的省约，却是别的避暑地方所找不出的特点。

我们同去者六人，刘爱其氏父子、刘运使、王医生以及新自北方南下的何熙曾前辈，在东西南的三处住宅区里，看了半天，觉得任何一间房子都好得很，任何一个地方都想租了它来。对于山水的贪爱，似乎并不妨碍廉洁，但一到了小家碧玉的丛中，看到了眼花缭乱的关头，这一点贪心，却也阻滞了决定的选择；佛家的三戒，以贪字冠诸瞋痴，实在是最有经验的哲理，我这一次去鼓岭，就受了这贪字之累，终于还没有决下想租定那里的一间。

还有这一次的鼓岭的一个附带的节目，是我们这一群外

来的异乡异客,居然杂入到了岭上居民的老百姓中间,去过了一个很愉快很满足的清明佳节的那一幕。

在光天化日之下,岭上的大道广地里,摆上了十几桌的鱼肉海味的菜;将近中午,忽而从寂静的高山空气里,又传来了几声锣响;我们正在惊疑,问"有什么事情发生了么?"的中间,一位须发斑白的老者,却前来拱手相迎,说要我们去参加吃他们的清明酒去。酒是放在洋铁的大煤油箱里,搁在四块乱石高头,底下就用了松枝树叶,大规模地在煮的。跑上前去一看,酒的颜色,红得来像桃花水汁;浮在面上的糟滓,一勃一块,更像是美人面上,着在那里的胭脂美点。刘运使出口成章,一看就说这是牛饮的春醪;我起初看了,也觉得这酒的颜色不佳,不要是一醉千日的山中秘药。但经几位长者的殷勤劝酌,尝了几口之后,却觉得这种以红糟酿成的甜酒,真是世上无双的鲜甘美酒,有香槟之味而无绍酒之烈;乡下人的创造能力,毕竟要比城市的居民,高强数倍,到了这里,我倒真感得我们这些讲卫生、读洋书的人的无用了。

酒宴完后,是敬神的社戏的开场;男女老幼,都穿得齐齐整整,排列着坐在一个临时盖搭起来的戏台的前头;有几位吃得醉饱的老者,却于笑乐之余,感到了疲倦,歪倒了头,在阳光里竟一时呼呼瞌睡了过去,这又是一幅如何可爱的太平村景哩!"出门杨柳碧依依,木笔花开客未归,市远无饧供熟食,村深有纻试新衣,寒沙犬逐游鞍吠,落日鸦衔祭肉飞,闻说旧时春赛罢,家家鼓笛醉成围",这虽是戴表元咏浙江内地的寒食的诗,但在此时此地,岂不也一样地可以引用的么?

我们这一批搅乱和平的外客,自然没有福气和他们长在一道享受尽这一天完美的永日;两点钟敲后,就绕过东头,在苍翠里拾级下山,走上了去白云洞的大道。鼓岭南下,是一条弯曲的清溪,深埋在岩石与乱峰的怀里;峡长的一谷,也散点着几枝桃花,花瓣浮漾在水面,静静地向西流去,去报告山外的居民以春尽的消息了;到了谷底,回头来再向鼓岭一看,各人的脑里,才涌起了一种惜别的浓情。千秋万岁,魂若有灵,我总必再择一个清明的节日,化鹤重来一次,来祝福祝福这些鼓岭山里的居民;因为今天在鼓岭过去的半天,实在太有意思,太值得人留恋了。当我这一个念头,正还没有转完,而重从谷底向南攀援上岭还没有到几十级之先,不知是我这私念感动了天心呢?还是鼓岭的老百姓在托天留我,忽而一阵风来,从东面吹起了几朵乌云,雷声隐隐,从云层厚处,竟下起同眼泪似的雨滴来了,于是脚上只穿着毛布底鞋的我和刘运使两个,就着了急,仍想跑回鼓岭去躲雨去。究竟还是前进呢还是后退?大家将这问题在商量着还没有决定的一刹那,前面树荫底下却突然闪出了一位六七十岁的乡下老寿星,在对了我们微笑着走上前来了。刘运使说:"这是来救我们的急难的山神老土地!"而刘家的小弟弟广京,跑上了前头,向这老者去请了一下示;他果然高声的笑着,对我们作满足的报告说:"这雨是下不大的。大约过五分钟就会晴了。"对于天候的经验,我不如老农,对于爬山的勇气,我又不如这位小弟弟,等雨滴住了以后,路也正绕到了浴凤池的西边,他们大家往前面去了,我却自怨自艾,对了山头的怪石,又作了半天的忏悔。

向西一转,走到了山头尽处,将到白云洞的里把来路中间,忽而地辟天开,风景大变,我们已走入了一条万丈绝壁的鸟道的高头;头上面只有一块天,眼底下只是黑黝黝的大石壁,石壁中间盘旋着一条只容一个人走得的勉强开凿出来的小曲径;上这里来一看周围,我才晓得从前所走过的山

路,直等于平坦的大道,一般人所说的白云洞的奇岩险路,果然是名不虚传的绝景了。

原来鼓山西面的这一处山坳,是由两大块三千尺高的石壁,照人字形对立着排列起来的。所谓白云洞者,就是在人字的左面那块大石壁中间的一个洞,上面有一块百丈内外的方壁横盖在那里。这一块方壁就叫一片岩,而那个佛寺,就系以这一片岩为屋顶,以全洞做它的地基的。西北角里,接近人字上半部的一角一片岩下,还留起了一弓空地,造出了几条石椅石桌,可以供游人的栖息,可以看雨后的烟岚,更可以大叫一声,听对面那块大石壁里返传过来的不绝的回音。

白云洞的寺并不大,地方也并不觉得幽深曲折与灵奇,可是从寺门走出,往下向绝壁里下来,经过陡削直立的头天门、二三天门、云屏、挹翠岩,与夫最危险的那条龙脊路,而到凡圣寺的一段山路,包管你只叫去过一次,就会得毕生也忘记不了,妙处就在它的险峻。同去的何熙曾氏,是曾经登过西岳华山的绝顶的,到了龙脊路上,他也说,这一块地方倒确有点儿华山的风味。

凡圣寺,是曾居士在住修的一所新庵,庵左面有瀑布流泉,在大石缝里飞奔狂跳。瀑布下面,一块大方岩的顶上,有一处空亭,也安置了些石桌石椅,在款待游人。我们走过寺门,从寺门前一小块花园里走上这观瀑亭去的中间,在关闭着的寺门上,看到了一张字条,上面写着说:"庵主往山后扫落叶,拾枯枝去了;来客们请上观瀑亭去歇息!"这又是何等悠闲自在的一张启事书!

从凡圣寺下来,再走上三五里路,就是积翠庵了;陡绝的石壁,到此才平,千岩万壑的溪流,到此汇聚;庵前有一排大树,大树下尽是些白石清泉,前临大江,后靠峻岭,看起来四平八稳,与白云洞一路的奇岩奇石一比,又觉得这里是一篇堂而皇之的唐宋八大家的文章，而白云洞那面却是鬼气阴森的李长吉的歌曲。积翠庵下，是名叫作布头的一个村子，千年的榕树，斜覆在断桥流水的高头，牛眠犬吠，晚烟缭绕着云霞，等我们走过村上面的一泓清水的旁边，向烈妇亭一齐行过最敬礼后，田里的秧针，已经看不出来，耕倦了的农民，都在油灯下吃晚饭了；回到了南台，我和熙曾，更在江边的高楼上喝酒谈天，直到了半夜过后，方才上床去伸直了两只倦脚。一九三六年的清明节日，就这样的过去了。人虽则感到了极端的疲倦，但是回味津津，明年此日，还想再去同样地疲倦它一次，不晓得天时人事，可能容许？

四月十三日

（原载 1936 年 5 月 1 日《宇宙风》半月刊第 16 期）

# 闽游滴沥之五

福州城的雅号，叫作榕城，原因是为了在城内外的数千年老榕树之多得无以复加，福州的别号，又叫作三山，就因为在福州城里有许多许多大大小小的山。

凡到过福州，或翻开福州游记及指南之类的书来看过一道的人，都背诵得出山歌似的一句形容福州城内诸山的熟语，叫作三山藏，三山现，三山看不见。所谓三山藏者，有的说系指法海寺所在地的罗山，屏山东南麓的冶山，与在闽山巷光禄坊附近的闽山而言；有的更变换名称，说是罗山、泉山（即冶山）、玉尺山（即闽山）的三山。总之，这不大惹人注意的三山，是在三山现的三山之外的高地，或共脉而异名，或沿山而起屋，使一般身履其顶的人，不觉得是登在山上。此外则福州城内，尤其是在北城，还有许多以岭取名的地方，若说起藏而不露的山来，我想这些岭地，当然也可以包括在内。所谓三山看不见者，听说是指在钟山涧里的钟山，芝涧里的芝山，以及龙山巷一家私人园内的龙山（或谓系指东城的灵山）而言；这些大约本不是山，不过那些好奇爱僻的先生们，手捧着水烟袋，眼看着梅雨天，闲空不过，

才想出来难难人的说法。至于三山现的三山哩，却位置天然，风景互异，真是值得一说的福州佳丽。凡曾经身到过福建省会的人，钩辀的鸟语，海陆的奇珍，都会年久而或忘，唯有这三山的形势，却到死也不会忘记。福州的别号三山，实在也真是最简括不过的命名。

福州城全体的形状，像一只龙虾的赴壑，两只大箝，是东面的于山，西面的乌山；上跷的尾巴，恰正是上面有一座镇海楼在的屏山（即越王山）；一道虾须，直拖出去，是到南台为止的那一条大道；虾须尽处，就是闽江的江面，众水汇集而入海的地方了。

福州城的创建，当然要远溯到越王勾践的七世孙无疆；及秦二世时，无诸开国，都冶为城，就在现在的布政里，屏山东南麓名冶山的一块小地方。晋太康三年，始置郡；后太守严高，听了郭璞之言，方经始于越王山之南，又向南开辟了一下。于是就有了左鼓右旗，玉带横腰的赞语。唐宋而后，渐次扩充；到了明朝，因元之旧，更建橹楼敌台，覆以重屋，门列七城，于是便"隐然金汤之固，三峰峙于域中，二绝标于户外；甘果方几，莲花现瑞，襟江带湖，东南并海，二潮吞吐，百河灌溉"，居然成了现在那么的一大都会。宋谢泌的"湖田播种重收谷，山路逢人半是僧，城里三山千簇寺，夜间七塔万枝灯"及陈轩的"城里三山古越都，楼台相望跨蓬壶，有时细雨微烟罩，便是天然水墨图"两诗，就是到了现代，也还用得着。诗里头每有人题起，而会城别号之所从出的三山，就是屏山、乌山与于山了。

屏山在现在省城的正北，下面拖落来就是冶山，实际上，却从何处起是屏山，到何处止是冶山的界限也分不明白。旧日的城墙，一半就绕在这山的北部；而山的绝顶，雄镇着一座巍巍乎大不可当的镇海楼。楼的原建筑，虽则已经

摧毁，但旧址上的那座碉堡，也足以令人想起当年的豪举。每于夕阳欲下时，车过山脚，举头一望碉堡上金黄的残照，总莫名其妙的要起一种感慨，真也不知究竟是什么缘故。

屏山东南下的一区山地，南为冶山，再南为将军山，是古代闽中衙署府等的中枢。无诸建国，都即在此；晋守严高的刺史衙署，也就在这里。唐为都督府衙，又为观察使衙，又为威武军衙。闽王审知建牙开府，造文德殿长春宫紫薇宫东华宫跃龙宫明威殿的地方，原全在这些低山浅阜的中间。其后王氏父子兄弟的荒淫流血，钱氏纳土归宋后之创置清和堂，垂拱殿，元之行中书省，明的布政使司，也都在这些地方，所以屏山古时又有越王山之称。再南下去，是山坡的尾闾了，现在的那座鼓楼所在的地方，就是唐观察使元锡建置之威武军门；宋元以后，屡毁屡建；明宣德年间，御史方端命僧了心募修之后，更名全闽第一楼。所谓造三狮以制五虎，或只开左门出入等传说，当自这时候起的无疑。

总之，屏山雄镇北城，大有南面垂拱的气象，所以历代衙署，咸集于此。现在则王都旧府，却只剩了衰草斜阳，陆军被服厂，科学馆，惠儿院，乾元寺，以及许多摧毁的空房，分占据了这一圈地面。上去在西北的半山中，建有许多新式的平楼房屋，系省府县政人员训练之处。再上去，革命纪念碑先烈墓等，纵横的立着，桃花千树，更散点在断碑残碣的中间；当碉堡下半里的地方，且有石砌的七星缸一簇，埋在青草碎石里，想系北斗七星之遗意，或者是用以来镇压火患的也说不定。

屏山亦即越王山的妙处，是在它的能西眺闽江上游，如洪塘桥以上的风景；登碉楼而北望，莲花峰以下的乱山起伏，又像是万马千军，南驰赴海的样子。若在阴雨初霁，残阳欲落的时候，去登高一望，包管你立不上十五分钟，就会得怆然而泪下，因为前不见古人，后不见来者，天地悠悠之念，唯在这北门管钥的越王台上，感觉得最切。登其他二山之巅，则所见者，唯民房塔影，与日夜的江流船只而已，和煦繁华，仿佛是坐在春风怀里，一种温柔软感，与在屏山上所感得的哀思愁绪，截然的不同。

省城东南角的于山，别名九仙山，因传说中有何氏兄弟九人修炼于此（兄弟各养一鲤，后各成龙飞去，解化于九鲤湖中）之故。据说，高有一百五十步，周回三百一十步。《闽中记》上又说，越王无诸，九日宴集兹山，有大石樽尚存。所以又名九日山。山的最高峰，名鳌顶峰，在火神庙荧星祠南，是宋状元陈诚之读书处；后来在山的南麓开了一所书院，取名鳌峰，想来总就在影射着这件事情。

山前山后，寺院道观，不计其数，而规模最大，香火也最旺盛的，当首推东面斜坡上的那一座九仙观。旧志上所说的磊老岩，跃马岩，喜雨台，仙人床，金锁园，杏坛，棋盘石，醉乡石，九日台，石门，龙舌泉，以及揽鳌亭倚鳌轩等等故迹，都在九仙观之西南北的三面，因为山本不高不大，所以许多奇名怪石的名胜，大抵总在五十步百步之间。而正德间太监尚春，于宋丞相陈自强宅假山取来的三石，现在还直立在平远台的门外，旁边两石上所刻"景元春"三字，仍旧是鲜明得同前日刻出的一样。

于山山上，最值得登临怀念的，是山西面的一座戚公祠，祠里头的一所平远台。明参将戚继光，大败倭寇回来，曾宴士卒于此。至今戚公祠内，供奉着的一张彬彬儒雅的戚将军像，还是为福州全郡人士所崇拜景仰的唯一岘山碑。祠中的醉石一方，因为戚公醉后，曾经在此坐卧休息过的，游人过境，个个都脱帽致敬，浩叹着现代良将的不多。关于戚参将的轶闻故事，以及民间遗爱的证明，如思儿亭，惨恻

桥，光饼，征东饼之类，流传在福州界限的很多很多，将来想做一篇详细一点的《戚将军传》来纪念这位民族大英雄，所以在这里只能简单的一提了事。

于山的好处，是在它的接近城市，遥揖闽江，而鼓山的岚翠，又近逼在目前。你若于饭后省下三十分钟工夫，从东面九曲亭边慢慢地走上山去，在大榕树下立它片时半刻，看看城市的繁华，看看山川的苍翠，一定会感到积食俱消，双眸清醒；而正因为俯拾即是市场之故，所以又不至于有厌离人世，想一个人去羽化而登仙。我故而常对人说，快活的时候，可以去上上于山，拜拜戚将军的遗像，因为在于山上所感到的气氛，是积极的，入世的，并没有那一种遗世独立的佛徒门的悲观色彩。

城内和于山东西对峙的，是西南角上的一簇乌石。因为乌石山来得高大一点，所以照堪舆家说来，右强左弱，往往有关气运。唐咸通中侯官令薛逢，与神光僧灵观游此，创亭山侧，刻薛老峰三字于石上；五代开运元年，雷雨大作，薛老峰三字倒立，是年闽亡，就是一个应验。但是将这些风水地理之说丢开，照我们常人的意思来说，觉得乌石山的所以得胜过于山的地方，就在它的高大灵奇，可以扩充视野。这山在唐天宝时，曾奉敕改称过闽山；宋熙宁初，光禄卿程师孟知福州，谓此山登览之胜，敌得过道家的蓬莱方丈，所以又称作了道山。山顶最高处，是凌霄台的遗址，东下是香炉峰，金刚迹，浴鸦池，初阳顶，华严岩，般若台等名胜了；而旧时祀唐处士周朴的刚显庙，祀明督学宗子相的宗公祠等，现在却没有了踪影。

乌石山之秀，是在山头的那些怪石，如香炉峰的奇岩千丈，对辟两开，千年不动，永镇山巅，从远处瞭望过去，因日光云影的迁移，往往会幻变作种种的形象。到了身涉其巅，爬上这些大石块去向四边一望，又像是脚不着土，飘飘然如腾云驾雾，身子在飞翔的样子。像这样秀丽的一支大石山，从前自然有不少的寺院，现在也自然要都被人家侵占去建别墅了。山的南面，有省立的师范学校一所，盘据的地位最大最好；稍东是沈文肃公祠堂，再东是私人的别业之类；南面上山的大道顶边，却直到现在也还有几个坍败得不堪的庙宇存着，在那里点缀名山，标示没落。关于乌石山周围的古迹名区，寺观金石，以及名宦僧道的寄迹题诗，本有一部《乌石山志》在那里，我可以不必再来抄录。我只想说一说我每次登乌石山的时候，所感到的，总是一种清空之气。这一种感觉的由来，大约是因眺望西门南门外的平野，与洪塘乡的水势而得。记得元蓝智游乌石道山亭时曾写过一首诗，特为抄在这里，以表示我的同感：

江国凉风白燕初，道山秋色野亭虚，天连野水蓬莱近，霜落汀洲橘柚疏。北望每怀王粲赋，南游空上贾生书，四郊但愿休戎马，独客何妨老钓鱼。

福州名胜，于三山之外，还有双塔二桥诸大寺等等，这一回是记不完了，所以只能暂时搁下了再说。

五月十五日

（原载 1936 年 6 月 1 日《宇宙风》半月刊第 18 期）

# 闽游滴沥之六

　　福州的名胜，三山之外，还有二塔。其实，从前中国的都市府县城池之类，大抵总有几个伽蓝塔院，以为妆饰，这在东洋建筑史上，一定有一段很久的历史——所受的当然是印度与佛教的影响——不过福建省城的两塔，在对称上独觉得特别一点而已。

　　两塔的位置，一在于山即九仙山的西麓，城的东南隅；一在乌石山的东首，城的西南角；其间相去，不过两百步的样子，与南门——古称宁越门——两两斜对，却成一个正三角形。两塔的对称，于位置之外，还有一白一黑，一木一石的不同；因而关于两塔，民间也着实流传得有些荒唐的传说。

　　东面于山山麓的一塔，因为是木造而外面的砖壁上涂以白粉的，所以俗称白塔，与西面的那座颜色苍黑的石塔相对。其实呢，白塔本名定光多宝塔，为天祐元年琅琊王王审知所造，使与西面唐观察使柳冕所造之石塔无垢净光塔相齐。后来梁开平中，表为万岁塔，所以那一个藏塔的寺，亦称万岁塔或万寿塔寺。塔七级八角，里面以木作阶，像螺旋的样子，共有一百四十二级。这塔看看虽不坚牢，仿佛是马

上就得塌倒下来了,可是直到现在,也还每日有人在那里攀登。塔下的寺,有千秋堂,有佛经流通处,更有前后山门,倒也还像个大寺;比到西面的黑塔,与塔下的荒基,要堂皇得多了。

到西边石塔去的一条路,叫作下殿口;弯弯曲曲,狭小不堪,不是发有宏愿,非登一次这黑阴阴的石塔不可的人,决不会寻到。据说唐贞元十五年,德宗诞辰,观察使柳冕为祝圣寿而建此塔,有庾承宣贞元《无垢净光塔碑记》为证。五代晋天福六年,王延曦重建,名崇妙保圣坚牢塔,林同颖曾有碑记。塔共七层,十六门,七十二角。每一层的每一面中间,都有一个石龛,嵌一石刻佛像,角上刻有一篇愿赞。例如有一块大字塔名碑的那一层上,西南面嵌有石刻南无多宝佛一尊,款书"福清公主王氏二十六娘,驸马守司徒同中书门下平章事陈文质,伏愿天宫降福,仙掖迎祥,舜华永茂于容仪,柳絮恒资于赋咏"的几行字刻在那里之类。凡为此塔出钱造像的善男信女、皇帝、王后、公主、驸马以及其他的皇亲国戚,本在一最高层上,有一块很详细的题名碑刻在那里的;不过不知于哪一朝的哪一年,被一位拓碑者的恶心肠所忌嫉,将塔上的碑刻,凡有年份与姓名处,都用锥凿来凿去了。这一个人,我想他总一定还在地狱里受罪,否则,那些塔上的菩萨,以及地下的王氏子孙,又哪里肯干休?

石塔的底下一层,南面已经坍了,没有了攀登的入口。胆子放大一点,从坍下来的石块上勉强学着飞檐走壁的妙技,也还可以从第二层起,直登到塔顶。现在塔下面并没有佛寺围住,只剩了一条狭小的弄,向北直引到塔的根头;周围的荒地,也不过数弓而已。但是塔的西南方,却还有一个住着比丘尼的庵,塔的东南面,也还有一个驻扎保安队的寺存在那里;这些寺与庵,想来总还是这塔下的寺观的前身。

从双塔下来,一出南门,纵横十余里,直到著名的大桥止,是南台的境界了;南台以钓龙台得名,台在南台西北的大庙山上,也是福州的一个胜境。相传闽越王曾钓龙于此,所以山上的一个大庙的匾额,是"闽中第一正神之祠"的几个大字。庙后西北面,当福商小学的操场墙外,现在还有一块"全闽第一江山"的石碑立着;大约南台盛日,这地方一定是一般富商名姬的游宴之区,现在可不行了,只剩了些学校和诗社的建筑物,在那里迎送江潮,斜睇落日。

往日南台最著名的地方,叫作洲边与湾里,是游冶郎的流连忘返,城开不夜的淫乐的中枢。邵武诗人张亨甫,在他那部假名华胥大夫所著的《南浦秋波录》里,曾有过"春秋月夜,灯火千家;远望桥外,旗鼓山光,马龙江色,尽在帘栊几席间。丝竹之声,与风潮相上下,壮士为之激昂,美人为之惆怅,游冶郎之杂沓无论已……"(说洲边)"湾里地稍宽于洲边,诸姬纵横为楼阁,而街衢之曲折随之。巷宛转以生风,帘玲珑而共月,春人对倚,秋士忘悲;东笛西箫,千珠万玉,是为香海?抑作情天?……"等美辞丽句,记述辛巳年火灾以前的这几处的繁华;现在虽则市面萧条,官娼失势,但是一二三等的妓馆,以及最下流的烟花野雉,还是集中在这一片地方。这地方的好处,是在门临江水,窗对远山,有秦淮之胜,而无吏役之烦;且为历来商业的中心,所以大腹贾与守财奴,都群集在脚下。陆上玩得不够,就可以游水里;西上洪山桥,是去竹崎关水口的要道,东下尚书庙,又是登鼓山的捷径,故而张亨甫有两首诗说:

狎客宵宵拥翠鬟,水楼烟榭不曾闲,
尚书庙外红船子,只自呼人去鼓山。
新道年来歌舞繁,洪山桥畔几家存,

> 金陵珠市今重见,若个人如寇白门。

总之,自南台的大桥至洪山桥,二桥之间,不问是水中还是陆上,从前都是冶叶倡条,张根作势的区域;福州二桥的著名,一半当然是为了它们桥身的长,与往来交通的重要与频繁,可是一半,也在这种行旅之人所缺少不得的白面女姣娘。

因为说到了二塔,所以更及于双桥;既说及了双桥,自然也不得不说一说福州的女子。可是关于福州少女的一般废话,已经在一篇名《饮食男女在福州》的杂文里说过了,这儿自然可以不必再来饶舌,现在只想补订一下前文所未及,或说错的地方,借作这一篇短文的煞尾。

居住在水上,以操舟卖淫为业的女人,本来是闽粤一带都有的疍妇;福州的疍妇,名叫曲蹄婆,一说是元朝蒙古人的遗族。但据《南浦秋波录》之所载,则这些又似乎是真正的福州土人。

初,闽永和——闽王王年号——间,王与伪后陈金凤,侍人李春燕,三月上巳,修禊于桑溪,五月端午,斗彩于西湖,皆以大姓良家女为宫婢,进迭奏之音,歌乐游之曲;及闽亡,宫婢年少者,沦落为妓,世遂名之曰曲喜婆。

张亨甫是闽人,而且又是乾嘉间杰出的才子,考据当然不会错;我在那一篇文字里所说的曲蹄婆,就是这些曲喜婆的意思。

福州的女子,不但一般皮肤细白,瞳神黑大,鼻梁高整,面部轮廓明晰,个个都够得上美人的资格,就从身体的健康,精神的活泼两点来讲,也当然可以超过苏杭一带的林

黛玉式的肺病美女。我所以说，福州的健康少女，是雕塑式的，希腊式的；你即使不以整个人的相貌丰度来讲，切去了她的头部，只将胴体与手足等捏成一个模型，也足够与罗丹的 Torso 媲美了。这原因，是在福州的女子，早就素足挺胸，并没有受过裹脚布的遗毒的缘故。

周栎园的《闽小记》里，有闽素足女多簪全兰，颇具唐宫妆美人遗意的一条。张亨甫的《南浦秋波录》里，讲得更加详细：

诸姬皆不缠足——按缠足或以为始于六朝，始于中唐，始于齐东昏，始于李后主，其说不一；然前明被选入宫之女，尚解去足纨，别作宫样。可知不缠足，原雅装也——所穿履，墙纵不过四寸，横不满二寸；底高不过二寸，长不过三寸，前斜后削，行袅娜以自媚，视燕齐吴越，缠而不纤，饰为假脚者，觉美观矣。

从此可知福州少女身体的健康，都从不缠足不束胸上来的；祖母是如此，母亲是如此，女儿孙女都是如此，几代相传，身体自然要比吴越的小姐们强了。

福建美人之在历史上著名的，当然要首推和杨贵妃争宠的梅妃；清朝初年，有一位风流的莆田县长至刻"梅妃里正"四字的印章，来作他的光荣的经历，与后来袁子才的刻"钱塘苏小是乡亲"的雅章，同是拜尸狂的色情的倒错。

闽王宫里，自陈金凤以后，代有父子兄弟因争宫婢而相残杀的事情；这些宫婢的相貌如何，暂可不问；但就事其父后，更事其子的一点来看，也能够推测到她们的虽老不衰的驻颜的妙术。这一种奇迹的复兴，现在也还没有过去，颇闻某巷某宅有一位太太，年纪早就出了三十以外了，但看起来却还只像二十几岁的人。美妇人的耐久耐老，真是人生难得的最大幸福，而福建女子独得其秘，想来总也是身体健康，饮食丰盛，气候和暖，温泉时浴的结果。

听说长乐县的梅花村，是产美人之乡；而两广的俗语里，又有一句"福州妹"的美人称号，足见福建的美人，到处都有，也不必一定局限于梅妃的故里或长乐的海滨。就我及身所见的来说，当民国十一二年，在北京的交际场里最出名的四大金刚，便都是福州府下的人。至今事隔十余年，偶尔与这四位之中的一二人相见于倥偬的驿路，虽则儿女都已成行，但丰度却还不减当年。回头来一看我们自家，牙齿掉了，眼睛花了，笑起来时，皱纹越加得多了，想起从前，真觉得是隔了一世。俗语说，人到中年万事休，所谓万事者，是指那一种浪漫的倾向而言；我的所以要再三记述福州的美女，也不过是隔雨望红楼，聊以留取一点少年的梦迹而已。

一九三六年六月十五日

（原载1936年8月1日《宇宙风》半月刊第22期）

# 记闽中的风雅

到了福州,一眨眼间,已经快两个月了。环境换了一换,耳之所闻,目之所见,果然都是新奇的事物,因而想写点什么的心思,也日日在头脑里转。可是上自十几年不见的旧友起,下至不曾见过面的此间的大学生中学生止,来和我谈谈,问我以印象感想的朋友,一天到晚,总有一二十起。应接尚且不暇,自然更没有坐下来执笔的工夫。可是在半夜里,在清晨早起的一点两点钟中间,忙里偷闲,也曾为《宇宙风》,《论语》等杂志写过好几次短稿。我常以为写印象记宜于速,要趁它的新鲜味还不曾失去光辉中间;但写介绍,批评,分析的文字,宜于迟,愈观察得透愈有把握。而现在的我的经验哩,却正介在两者之间,所以落笔觉得更加困难了一点。在这里只能在皮相的观察上,加以一味本身的行动,写些似记事又似介绍之类的文字,倒还不觉得费力,所以先从福建的文化谈起。

福建的文化,萌芽于唐,极盛于宋,以后五六百年,就一直的传下来,没有断过。宋史浩帅闽中,铺了仙霞岭的石级,以便行人;于是闽浙的交通便利了,文化也随之而输入。朱熹的父亲朱松,自安徽婺源来闽北作政和县尉,所以朱子就生在松溪。朱松殁,朱子就父执白水刘致中勉之。籍溪胡原仲宪,屏山刘彦冲翚,及延平李文靖愿中等学,后来又在崇安,建阳,以及闽中闽南处讲学多年,因而理学中的闽派,历元明清三代而不衰。前清一代,闽中科甲之盛,敌得过江苏,远超出浙江。所以到了民国廿五年的现代,一般咬文嚼字,之乎者也的风气,也比任何地方还更盛行。风雅文献的远者,上自唐朝林邵州遗集,欧阳詹四门集起,中更西昆,沧浪,后村,至谢皋羽而号极盛;元明作者继起,致诗中有闽派之帜,郑少谷、曹石仓辈,更是一代的作手;清朝像林茂之,黄莘田,朱梅崖,伊墨卿,张亨甫,林颖叔辈,都是驰骋中原,闻名全国的诗人,直到现在,除汉奸郑孝胥不算中国人外,还有一位巍然独存的遗老陈石遗先生。

所以到了福建之后,觉得最触目的,是这一派福州风雅的流风余韵。晚上无事,上长街去走走,会看见一批穿短衣衫裤的人,围住了一张四方的灯,仰起了头在那里打灯谜。在报上,在纸店的柜上,更老看见有某某社征诗的规约及命题的广告。而征诗的种类,最普遍的却是嵌字格的十四字诗钟。譬如"微夹""凤顶",就是一个题目,应征者若呈"夹辅可怜工伴食,微臣何敢怨投闲"(系古人成句)的一联,大约就可以入上选了。开卷之日,许大众来听,以福州音唱,榜上仍有状元、榜眼、探花等名目。摇头摆尾,风雅绝伦,实在是一种太平的盛事。福州也有一家小报名《华报》,《华报》同人都是有正当职业的人,盖系行有余力,因以弄文的意思,和上海的有些黄色小报,专以敲竹杠为目的的,有点两样。曾有一次和《华报》同人痛饮了一场之后,命我题诗,我也假冒风雅,呈上了二十八字:

闽中风雅赖扶持，气节应为弱者师，
万一国亡家破后，对花洒泪岂成诗！

这打油诗，虽只等于轻轻的一屁，但在我的心里，却诚诚恳恳地在希望他们能以风雅来维持气节，使郑所南，黄漳浦的一脉正气，得重放一次最后的光芒。

一九三六年三月末日

（原载1936年4月1日《立报·林》）

# 马六甲游记

为想把满身的战时尘滓暂时洗刷一下，同时，又可以把个人的神经，无论如何也负担不起的公的私的积累清算一下之故，毫无踌躇，飘飘然驶入了南海的热带圈内，如醉如痴，如在一个连续的梦游病里，浑浑然过去的日子，好像是很久很久了，又好像是有一日一夜的样子。实在是，在长年如盛夏，四季不分明的南洋过活，记忆力只会一天一天的衰弱下去，尤其是关于时日年岁的记忆，尤其是当踏上了一定的程序工作之后的精神劳动者的记忆。

某年月日，为替一爱国团体上演《原野》而揭幕之故，坐了一夜的火车，从新加坡到了吉隆坡。在卧车里鼾睡了一夜，醒转来的时候，填塞在左右的，依旧是不断的树胶园，满目的青草地，与在强烈的日光里反射着殷红色的墙瓦的小洋房。

揭幕礼行后，看戏看到了午夜，在李旺记酒家吃了一次朱植生先生特为筹设的消夜筵席之后，南方的白夜，也冷悄悄的酿成了一味秋意；原因是由于一阵豪雨，把路上的闲人，尽催归了梦里，把街灯的玻璃罩，也洗涤成了水样的澄

清。倦游人的深夜的悲哀,忽而从驶回逆旅的汽车窗里,露了露面,仿佛是在很远很远的异国,偶尔见到了一个不甚熟悉的同坐过一次飞机或火车的偕行伙伴。这一种感觉,已经有好久好久不曾尝到了,这是一种在深夜当游倦后的哀思啊!

第二天一早起来,因有友人去马六甲之便,就一道坐上汽车,向南偏西,上山下岭,尽在树胶园椰子林的中间打圈圈,一直到过了丹平的关卡以后,样子却有点不同了。同模形似的精巧玲珑的马来人亚答屋的住宅,配合上各种不同的椰子树的阴影,有独木的小桥,有颈项上长着双峰的牛车,还有负载着重荷,在小山坳密林下来去的原始马来人的远景,这些点缀,分明在告诉我,是在南洋的山野里旅行。但偶一转向,车驶入了平原,则又天空开展,水田里的稻秆青葱,田塍树影下,还有一二皮肤黝黑的农夫在默默地休息,这又像是在故国江南的旷野,正当五六月耕耘方起劲的时候。

到了马六甲,去海滨"彭大希利"的莱斯脱好坞斯(Rest House)去休息了一下,以后,就是参观古迹的行程了。导我们的先路的,是由何葆仁先生替我们去邀来的陈应桢、李君侠、胡健人等几位先生。

我们的路线,是从马六甲河西岸海滨的华侨银行出发,打从圣弗兰雪斯教堂的门前经过,先向市政厅所在的圣保罗山,亦叫作升旗山的古圣保罗教堂的废墟去致敬的。

这一块周围仅有七百二十英里方的马六甲市,在历史上、传说上,却是马来半岛,或者也许是南洋群岛中最古的地方,是在好久以前,就听人家说过的。第一,马六甲的这一个马来名字的由来,据说就是在十四世纪中叶,当新加坡的马来人,被爪哇西来的外人所侵略,酋长斯干达夏率领群众避至此地,息树阴下,偶问旁人以此树何名,人以"马六甲"对，于是这地方的名字，就从此定下了。而这一株有五六百年高寿的马六甲树，到现在也还婆娑独立在圣保罗的山下那一个旧式栈桥接岸的海滨。枝叶纷披，这树所覆的阴处，倒确有一连以上的士兵可扎营。

此外，则关于马六甲这名字的由来，还有酋长见犬鹿相斗，犬反被鹿伤的传说；另一说：则谓马六甲，系爪哇语"亡命"之意。或谓系爪哇人称巨港之音，巫来由即马六甲之变音。这些倒还并不相干，因为我们的目的，只想去瞻仰那些古时遗下来的建筑物，和现时所看得到的风景之类；所以一过马六甲河，看见了那座古色苍然的荷兰式的市政厅的大门，就有点觉得在和数世纪前的彭祖老人说话了。

这一座门，尽以很坚强的砖瓦迭成，像低低的一个城门洞的样子；洞上一层，是施有雕刻的长方石壁，再上面，却是一个小小的钟楼似的塔顶。

在这里，又不得不简叙一叙马六甲的史实了：第一，这里当然是从新加坡西来的马来人所开辟的世界，这是在十四世纪中叶的事情。在这先头，从宋代的中国册籍（诸藩志）里，虽可以见到巨港王国的繁荣，但马六甲这一名，却未被发现。到了明朝，郑和下南洋的前后，马六甲就在中国书籍上渐渐知名了，这是十四世纪末叶的事情。在十六世纪初年，葡萄牙人第奥义·洛泊斯·特色开拉——（Diogo Lopezde Segueira）率领五艘海船到此通商，当为马六甲和西欧交通的开始时期。一千五百十一年，马六甲被亚儿封所·达儿勃开儿克（Alfonsodal Bugergue）所征服以后，南洋群岛就成了葡萄牙人独占的市场。其后荷兰继起，一千六百四十一年，马六甲便归入了荷人的掌握；现在所遗留的马六甲的史迹，以荷兰人的建筑物及墓碑为最多的原因，实在因为荷兰人在这里曾有过一百多年繁荣的历史的缘故。一七九五年，

当拿破仑战争未息之前，马六甲管辖权移归了英国东印度公司。一八一五年因维也纳条约的结果，旧地复归还了荷属，等一八二四年的伦敦会议以后，英国终以苏门答腊和荷兰换回了这马六甲的治权。

关于马六甲的这一段短短的历史，简叙起来，也不过数百字的光景，可是这中间的杀伐流血，以及无名英雄的为国捐躯，为公殉义的伟烈丰功，又有谁能够仔细说得尽哩！

所以，圣保罗山下的市政厅大门，现在还有人在叫作"斯泰脱乎斯"的大门的，"斯泰脱乎斯"者，就是荷兰文——Stadt-Huys 的遗音，也就是英文 Town-House 或 City-House 的意思。

我们从市政厅的前门绕过，穿过图书馆的二楼，上阅兵台，到了旧圣保罗教堂的废墟门外的时候，前面那望楼上的旗帜已经在收下来了，正是太阳平西，将近午后四点钟的样子。伟大的圣保罗教堂，就单单只看了它的颓垣残垒，也可以想见得到当日的壮丽堂皇。迄今四五百年，雨打风吹，有几处早已没有了屋顶，但是周围的墙壁，以及正殿中上一层的石屋顶，仍旧是屹然不动，有泰山盘石般的外貌。我想起了三宝公到此地时的这周围的景象，我又想起了我们大陆国民不善经营海外殖民事业的缺憾；到现在被强邻压境，弄得半壁江山，尽染上腥污，大半原因，也就在这一点国民太无冒险心，国家太无深谋远虑的弱点之上。

市政厅的建筑全部，以及这圣保罗山的废墟，听说都由马六甲的史迹保存会的建议，请政府用意保护着的；所以直到了数百年后的今日，我们还见得到当时的荷兰式的房屋，以及圣保罗教堂里的一个上面盖有小方格铁板的石穴。这石穴的由来，就因十六世纪中叶的圣芳济（St. Francis Xavier）去中国传教，中途病故，遗体于运往卧亚（Goa）之前，曾在

此穴内埋葬过五个月（一五五三年三月至同年八月）的因缘。废墟的前后，尽是坟茔，而且在这废墟的堂上，圣芳济遗体虚穴的周围，也陈列着许多四五百年以前的墓碑。墓碑之中，以荷兰文的碑铭为最多，其间也还有一两块葡萄牙文的墓碑在哩！

参观了这圣保罗山以后，我们的车就遵行着"彭大希利"的大道，驶向了东面圣约翰山的故垒。这山头的故垒，还是葡萄牙人的建筑，炮口向内，用意分明是防止本土人的袭击的，炮垒中的堑壕坚强如故；听说还有一条地道，可以从这山顶通行到海边福脱路的旧迭门边。这时候夕阳的残照，把海水染得浓蓝，把这一座故垒，晒得赭黑，我独立在雉堞的缺处，向东面远眺了一回马来亚南部最高的一支远山，就也默默地想起子萨雁门的那一首"六代豪华，春去也，更无消息"的金陵怀古之词。

从圣约翰山下来，向南洋最有名的那一个飞机型的新式病院前的武极巴拉（Buht Palah）山下经过，赶上青云亭的坟山，去向三宝殿致敬的时候，平地上已经见不到阳光了。

三宝殿在青云亭坟山三宝山的西北麓，门朝东北，门前几棵红豆大树作旗幛。殿后有三宝井，听说井水甘洌，可以治疾病，市民不远千里，都来灌取。坟山中的古墓，有皇明碑纪的，据说现尚存有两穴。但我所见到的却是坟山北麓，离三宝殿约有数百步远的一穴黄氏的古茔。碑文记有"显考维弘黄公，妣寿妲谢氏墓，皇明壬戌仲冬谷旦，孝男黄子、黄辰同立"字样，自然是三百年以前，我们同胞的开荒远祖了。

晚上，在何葆仁先生的招待席散以后，我们又上中国在南洋最古的一间佛庙青云亭去参拜了一回。青云亭是明末遗民，逃来南洋，以帮会势力而扶植侨民利益的最古的一所公

共建筑物。这庙的后进，有一神殿，供着两位明代衣冠，发须楚楚的塑像，长生禄位牌上，记有开基甲国的甲必丹芳杨郑公及继理宏业的甲必丹君常李公的名字；在这庙的旁边一间碑亭里，听说还有两块石碑树立在那里，是记这两公的英伟事迹的，但因为暗夜无灯，终于没有拜读的机会。

走马看花，马六甲的五百年的古迹，总算匆匆地在半天之内看完了。于走回旅舍之前，又从歪斜得如中国街巷一样的一条娘惹街头经过，在昏黄的电灯底下谈着走着，简直使人感觉到不像是在异邦飘泊的样子。马六甲实在是名副其实的一座古城，尤其是从我们中国人看来。

回旅舍洗过了澡，含着纸烟，躺在回廊的藤椅上举头在望海角天空的时候，从星光里，忽而得着了一个奇想。譬如说吧，正当这一个时候，旅舍的侍者，可以拿一个名刺，带领一个人进来访我。我们中间可以展开一次上下古今的长谈。长谈里，可以有未经人道的史实，可以有悲壮的英雄抗敌的故事，还可以有缠绵哀艳的情史。于送这一位不识之客去后，看看手表，当在午前三四点钟的时候。我倘再回忆一下这一位怪客的谈吐、装饰，就可以发现他并不是现代的人。再寻他的名片，也许会寻不着了。第二天起来，若问侍者以昨晚你带来见我的那位客人（可以是我们的同胞，也可以是穿着传教师西装的外国人），究竟是谁？侍者们都可以一致否认，说并没有这一回事。这岂不是一篇绝好的小说么？这小说的题目，并且也是现成的，就叫作《古城夜话》或《马六甲夜话》，岂不是就可以了么？

我想着想着，抽尽了好几支烟卷，终于被海风所诱拂，沉入到忘我的梦里去了。第二天的下午，同样的在柏油大道上飞驰了半天，在麻坡与杏株巴辖过了两渡，当黄昏的阴影盖上柔佛长堤桥面的时候，我又重回到了新加坡的市内。

《马六甲夜话》《古城夜活》,这一篇——*Inmgmary Conversatlons*——幻想中的对话录,我想总有一天会把它记叙出来。

(原载 1940 年 6 月 7 日、8 日新加坡《星洲日报·晨星》)

# 杂谈七月

阴历的七月天,实在是一年中最好的时候,所谓"已凉天气未寒时"也,因而民间对于七月的传说,故事之类,也特别的多。诗人善感,对于秋风的惨淡,会发生感慨,原是当然。至于一般无敏锐感受性的平民,对于七月,也会得这样讴歌颂扬的原因,想来总不外乎农忙已过,天气清凉,自己可以安稳来享受自己的劳动结果的缘故;虽然在水旱成灾,丰收也成灾,农村破产的现代中国,农民对于秋的感觉如何,许还是一个问题。

七月里的民间传说最有诗味的,当然是七夕的牛郎织女的事情。小泉八云有一册银河故事,所记的,是日本乡间,于七夕晚上,悬五色诗笺于竹竿,掷付清溪,使水流去的雅人雅事,中间还译了好几首日本的古歌在那里。

其次是七月十五的孟兰盆会;这典故的出处,大约是起因于孟兰盆经的目连救母的故事的,不过后来愈弄愈巧,便有刻木割竹,饴蜡剪彩,模花叶之形状等妙技了。日本乡间,在七月十五的晚上,并且有男女野舞,直舞到天明的习俗,名曰盆踊。鄙人在日光,盐原等处,曾有几次躬逢其盛，觉得那一种农民的原始的跳舞，与月下的乡村男女酬歌戏谑的情调，实在是有些写不出来的愉快的地方。这些日本的七月里的遗俗，不知道是不是我们隋唐时代的国产，这一点，倒很想向考据家们请教一番。

因目连救母的故事而来的点缀，还有七月三十日的放河灯与插地藏香等闹事。从前寄寓在北平什刹海的北岸，每到秋天，走过积水潭的净业庵业，就要想起王次回的"秋夜河灯净业庵"那一首绝句。听说绍兴有大规模的目连戏班和目连戏本，不知道这目连戏在绍兴，是不是也是农民在七月里的业余余兴？

（原载《闲书》，上海良友图书印刷公司1936年版）

# 杭州的八月

杭州的废历八月,也是一个极热闹的月份。自七月半起,就有桂花栗子上市了,一入八月,栗子更多,而满觉陇南高峰翁家山一带的桂花,更开得来香气醉人。八月之名桂月,要身入到满觉陇去过一次后,才领会得到这名字的相称。

除了这八月里的桂花,和中国一般的八月半的中秋佳节之外,在杭州还有一个八月十八的钱塘江的潮汛。

钱塘的秋潮,老早就有名了,传说就以为是吴王夫差杀伍子胥沉之于江,子胥不平,鬼在作怪之故。《论衡》里有一段文章,驳斥这事,说得很有理由:"儒书言,'吴王夫差杀伍子胥,煮之于镬,盛于囊,投之于江,子胥恚恨,临水为涛,溺杀人。'夫言吴王杀伍子胥,投之于江,实也,言其恨恚,临水为涛者,虚也。且卫菹子路,而汉烹彭越,子胥勇猛,不过子路彭越,然二子不能发怒于鼎镬之中,子胥亦然,自先入鼎镬,后乃入江,在镬之时其神岂怯而勇于江水哉?何其怒气前后不相副也?"可是《论衡》的理由虽则充足,但传说的力量,究竟十分伟大,至今不但是钱塘江头,就是庐州城内淝河岸边,以及江苏福建等滨海傍湖之

处,仍旧还看得见塑着白马素车的伍大夫庙。

钱塘江的潮,在古代一定比现时还要来得大。这从高僧传唐灵隐寺释宝达,诵咒咒之,江潮方不至激射潮上诸山的一点,以及南宋高宗看潮,只在江干候潮门外搭高台的一点看来,就可以明白。现在则非要东去海宁,或五堡八堡,才看得见银海潮头一线来了。这事情从阮元的《揅经室集·浙江图考》里,也可以看得到一些理由,而江身沙涨,总之是潮不远上的一个最大原因。

还有梁开平四年,钱武肃王为筑捍海塘,而命强弩数百射涛头,也只在候潮、望江门外。至今海宁江边一带的铁牛镇铸,显然是师武肃王的遗意,后人造作的东西。(我记得铁牛铸成的年份,是在清顺治年间,牛身上印在那里的文字,还隐约辨得出来。)

沧桑的变革,实在厉害得很,可是杭州的住民,直到现在,在靠这一次秋潮而发点小财,做些买卖的,为数却还不少哩!

(原载《闲书》,上海良友图书印刷公司1936年版)

# 悲剧的出生

——自传之一

"丙申年，庚子月，甲午日，甲子时"，这是因为近年来时运不佳，东奔西走，往往断炊，室人于绝望之余，替我去批来的命单上的八字。开口就说年庚，倘被精神异状的有些女作家看见，难免得又是一顿痛骂，说："你这丑小子，你也想学赵张君瑞来了么？下流，下流！"但我的目的呢，倒并不是在求爱，不过想大书特书地说一声，在光绪二十二年十一月初三的夜半，一出结构并不很好而尚未完成的悲剧出生了。

光绪的二十二年（西历一八九六）丙申，是中国正和日本战败后的第三年；朝廷日日在那里下罪己诏，办官书局，修铁路，讲时务，和各国缔订条约。东方的睡狮，受了这当头的一棒，似乎要醒转来了；可是在酣梦的中间，消化不良的内脏，早经发生了腐溃，任你是如何的国手，也有点儿不容易下药的征兆，却久已流布在上下各地的施设之中。败战后的国民——尤其是初出生的小国民，当然是畸形，是有恐怖狂，是神经质的。

儿时的回忆，谁也在说，是最完美的一章，但我的回

忆，却尽是些空洞。第一，我所经验到的最初的感觉，便是饥饿；对于饥饿的恐怖，到现在还在紧逼着我。

　　生到了末子，大约母体总也已经是亏损到了不堪再育了，乳汁的稀薄，原是当然的事情。而一个小县城里的书香世家，在洪杨之后，不曾发迹过的一家破落乡绅的家里，雇乳母可真不是一件细事。

　　四十年前的中国国民经济，比到现在，虽然也并不见得凋敝，但当时的物质享乐，却大家都在压制，压制得比英国清教徒治世的革命时代还要严刻。所以在一家小县城里的中产之家，非但雇乳母是一件不可容许的罪恶，就是一切家事的操作，也要主妇上场，亲自去做的。像这样的一位奶水不足的母亲，而又喂乳不能按时，杂食不加限制，养出来的小孩，哪里能够强健？我还长不到十二个月，就因营养的不良患起肠胃病来了。一病年余，由衰弱而发热，由发热而痉挛；家中上下，竟被一条小生命而累得精疲力尽；到了我出生后第三年的春夏之交，父亲也因此以病以死；在这里总算是悲剧的序幕结束了，此后便只是孤儿寡妇的正剧的上场。

　　几日西北风一刮，天上的鳞云，都被吹扫到东海里去了。太阳虽则消失了几分热力，但一碧的长天，却开大了笑口。富春江两样的乌桕树、槭树，枫树，振脱了许多病叶，显出了更疏匀更红艳的秋社后的浓妆；稻田割起了之后的那一种和平的气象，那一种洁净沉寂，欢欣干燥的农村气象，就是立在县城这面的江上，远远望去，也感觉得出来。那一条流绕在县城东南的大江哩，虽因无潮而杀了水势，比起春夏时候的水量来，要浅到丈把高的高度，但水色却澄清了，澄清得可以照见浮在水面上的鸭嘴的斑纹。从上江开下来的运货船只，这时候特别的多，风帆也格外的饱；狭长的白点，水面上一条，水底下一条，似飞云也似白象，以青红的

山,深蓝的天和水做了背景,悠闲地无声地在江面上滑走。水边上在那里看船行,摸鱼虾,采被水冲洗得很光洁的白石,挖泥沙造城池的小孩们,都拖着了小小的影子,在这一个午饭之前的几刻钟里,鼓动他们的四肢,竭尽他们的气力。

离南门码头不远的一块水边大石条上,这时候也坐着一个五六岁的小孩,头上养着了一圈罗汉发,身上穿了青粗布的棉袍子,在太阳里张着眼望江中间来往的帆樯。就在他的前面,在贴近水际的一块青石上,有一位十五六岁像是人家的使婢模样的女子,跪着在那里淘米洗菜。这相貌清瘦的孩子,既不下来和其他的同年辈的小孩们去同玩,也不愿意说话似的只沉默着在看远处。等那女子洗完菜后,站起来要走,她才笑着问了

他一声说:"你肚皮饿了没有?"他一边在石条上立起,预备着走,一边还在凝视着远处默默地摇了摇头。倒是这女子,看得他有点可怜起来了,就走近去握着了他的小手,弯腰轻轻地向他耳边说:"你在惦记着你的娘么?她是明后天就快回来了!"这小孩才回转了头,仰起来向她露了一脸很悲凉很寂寞的苦笑。

这相差十岁左右,看去又象姊弟又像主仆的两个人,慢慢走上了码头,走进了城垛,沿城向西走了一段,便在一条南向大江的小弄里走进去了。他们的住宅,就在这条小弄中的一条支弄里头,是一间旧式三开间的楼房。大门内的大院子里,长着些杂色的花木,也有几只大金鱼缸沿摇摆在那里。时间将近正午了,太阳从院子里晒上了向南的阶檐。这小孩一进大门,就跑步走到了正中的那间厅上,向坐在上面念经的一位五六十岁的老婆婆问说:"奶奶,娘就快回来了么?翠花说,不是明天,后天总可以回来的,是真的么?"

老婆婆仍在继续着念经,并不开口说话,只把头点了两点。小孩子似乎是满足了,歪了头向他祖母的扁嘴看了一息,看看这一篇她在念着的经正还没有到一段落,祖母的开口说话,是还有几分钟好等的样子,他就又跑入厨下,去和翠花作伴去了。

午饭吃后,祖母仍在念她的经,翠花在厨下收拾食器;随时有几声洗锅子泼水碗相击的声音传过来外,这座三开间的大楼和大楼外的大院子里,静得同在坟墓里一样。太阳晒满了东面的半个院子,有几匹寒蜂和耐得起冷的蝇子,在花木里微鸣蠢动。靠阶檐的一间南房内,也照进了太阳光,那小孩只静悄悄地在一张铺着被的藤榻上坐着,翻看几本刘永福镇台湾、日本蛮子桦山总督被擒的石印小画本。

等翠花收拾完毕,一盆衣服洗好,想叫了他再一道的上江边去敲溧的时候,他却早在藤榻的被上,和衣睡着了。

这是我所记得的儿时生活。两位哥哥,因为年纪和我差得太远,早就上离家很远的书塾去念书了,所以没有一道玩的可能。守了数十年寡的祖母,也已将人生看穿了,自我有记忆以来,总只看见她在动着那张没有牙齿的扁嘴念佛念经。自父亲死后,母亲要身兼父职了,入秋以后,老是不在家里;上乡间去收租谷是她,将谷托人去砻成米也是她,雇了船,连柴带米,一道运回城里来也是她。

在我这孤独的童年里,日日和我在一处,有时候也讲些故事给我听,有时候也因我脾气的古怪而和我闹,可是结果终究是非常痛爱我的,却是那一位忠心的使婢翠花。她上我们家里来的时候,年纪正小得很,听母亲说,那时候连她的大小便,吃饭穿衣,都还要大人来侍候她。父亲死后,两位哥哥要上学去,母亲要带了长工到乡下去料理一切,家中的大小操作,全赖着当时只有十几岁的她一双手。

只有孤儿寡妇的人家，受邻居亲戚们的一点欺凌，是免不了的；凡我们家里的田地盗卖了，堆在乡下的租谷等被窃去了，或祖坟山的坟树被砍了的时候，母亲去争夺不转来，最后的出气，就只是在父亲像前的一场痛哭。母亲哭了，我是当然也只有哭，而将我抱入怀里，时用柔和的话来慰抚我的翠花，总也要泪流得满面，恨死了那些无赖的亲戚邻居。

我记得有一次，也是将近吃中饭的时候了，母亲不在家，祖母在厅上念佛，我一个人从花坛边的石阶上，站了起来，在看大缸里的金鱼。太阳光漏过了院子里的树叶，一丝一丝的射进了水，照得缸里的水藻与游动的金鱼，和平时完全变了样子。我于惊叹之余，就伸手到了缸里，想将一丝一丝的日光捉起，看它一个痛快。上半身用力过猛，两只脚浮起来了，心里一慌，头部胸部就颠倒浸入到了缸里的水藻之中。我想叫，但叫不出声来，将身体挣扎了半天，以后就没有了知觉。等我从梦里醒转来的时候，已经是晚上了，一睁开眼，我只看见两眼哭得红肿的翠花的脸伏在我的脸上。我叫了一声"翠花！"她带着鼻音，轻轻的问我："你看见我了么？你看得见我了么？要不要水喝？"我只觉得身上头上像有火在烧，叫她快点把盖在那里的棉被掀开。她又轻轻的止住我说："不，不，野猫要来的！"我举目向煤油灯下一看，眼睛里起了花，一个一个的物体黑影，都变了相，真以为是身入了野猫的世界，就哗的一声大哭了起来。祖母、母亲，听见了我的哭声，也赶到房里来了，我只听见母亲吩咐翠花说："你去吃饭饭去，阿官由我来陪他！"

翠花后来嫁给了一位我小学里的先生去做填房，生了儿女，做了主母。现在也已经有了白发，成了寡妇了。前几日，我回家去，看见她刚从乡下挑了一担老玉米之类的土产来我们家里探望我的老母。和她已经有二十几年不见了，她突然看见了我，先笑了一阵，后来就哭了起来。我问她的儿子，就是我的外甥有没有和她一起进城来玩，她一边擦着眼泪，一边还向布裙袋里摸出了一个烤白芋来给我吃。我笑着接过来了，边上的人也大家笑了起来，大约我在她的眼里，总还只是五六岁的一个孤独的孩子。

　　（原载1934年12月5日《人世间》第17期）

# 我的梦，我的青春

—— 自传之二

不晓得是在哪一本俄国作家的作品里，曾经看到过一段写一个小村落的文字，他说："譬如有许多纸折起来的房子，摆在一段高的地方，被大风一吹，这些房子就歪歪斜斜地飞落到了谷里，紧挤在一道了。"前面有一条富春江绕着，东西北的三面尽是些小山包住的富阳县城，也的确可以借了这一段文字来形容。

虽则是一个行政中心的县城，可是人家不满三千，商店不过百数；一般居民，全不晓得做什么手工业，或其他新式的生产事业，所靠以度日的，有几家自然是祖遗的一点田产，有几家则专以小房子出租，在吃两元三元一月的租金；而大多数的百姓，却还是既无恒产，又无恒业，没有目的，没有计划，只同蟑螂似的在那里出生，死亡，繁殖下去。

这些蟑螂的密集之区，总不外乎两处地方：一处是三个铜子一碗的茶店，一处是六个铜子一碗的小酒馆。他们在那里从早晨坐起，一直可以坐到晚上上排门的时候；讨论柴米油盐的价格，传播东邻西舍的新闻，为了一点不相干的细事，譬如说罢，甲以为李德泰的煤油只卖三个铜子一提，乙以为是五个铜子两提的话，双方就会得争论起来；此外的人，也马上分成甲党或乙党提出证据，互相论辩；弄到后来，也许相打起来，打得头破血流，还不能够解决。

因此，在这么小的一个县城里，茶店酒馆，竟也有五六十家之多；于是大部分的蟑螂，就家里可以不备面盆手巾，桌椅板凳，饭锅碗筷等日常用具，而悠悠地生活过去了。离我们家里不远的大江边上，就有这样的两处蟑螂之窝。

在我们的左面，住有一家砍砍柴，卖卖菜，人家死人或娶亲，去帮帮忙跑跑腿的人家。他们的一族，男女老小的人数很多很多，而住的那一间屋，却只比牛栏马槽大了一点。他们家里的顶小的一位苗裔年纪比我大一岁，名字叫阿千，冬天穿的是同伞似的一堆破絮，夏天，大半身是光光地裸着的；因而皮肤黝黑，臂膀粗大，脸上也像是生落地之后，只洗了一次的样子。他虽只比我大了一岁，但是跟了他们屋里的大人，茶店酒馆日日去上，婚丧的人家，也老在进出；打起架吵起嘴来，尤其勇猛。我每天见他从我们的门口走过，心里老在羡慕，以为他又上茶店酒馆去了，我要到什么时候，才可以同他一样的和大人去夹在一道呢！而他的出去和回来，不管是在清早或深夜，我总没有一次不注意到的，因为他的喉音很大，有时候一边走着，一边在绝叫着和大人谈天，若只他一个人的时候哩，总在噜苏地唱戏。

当一天的工作完了，他跟了他们家里的大人，一道上酒店去的时候，看见我欣羡地立在门口，他原也曾邀约过我；但一则怕母亲要骂，二则胆子终于太小，经不起那些大人的盘问笑说，我总是微笑着摇摇头，就跑进屋里去躲开了，为的是上茶酒店去的诱感性，实在强不过。

有一天春天的早晨，母亲上父亲的坟头去扫墓去了，祖母也一清早上了一座远在三四里路外的庙里去念佛。翠花在

灶下收拾早餐的碗筷，我只一个人立在门口，看有淡云浮着的青天。忽而阿千唱着戏，背着钩刀和小扁担绳索之类，从他的家里出来，看了我的那种没精打采的神气，他就立了下来和我谈天，并且说：

"鹳山后面的盘龙山上，映山红开得多着哩；并且还有乌米饭（是一种小黑果子），彤管子（也是一种刺果），刺莓等等，你跟了我来罢，我可以采一大堆给你。你们奶奶，不也在北面山脚下的真觉寺里念佛么？等我砍好了柴，我就可以送你上寺里去吃饭去。"

阿千本来是我所崇拜的英雄，而这一回又只有他一个人去砍柴，天气那么的好，今天清早祖母出去念佛的时候，我本是嚷着要同去的，但她因为怕我走不动，就把我留下了。现在一听到了这一个提议，自然是心里急跳了起来，两只脚便也很轻松地跟他出发了，并且还只怕翠花要出来阻挠，跑路跑得比平时只有得快些。出了弄堂，向东沿着江，一口气跑出了县城之后，天地宽广起来了，我的对于这一次冒险的惊惧之心就马上被大自然的威力所压倒。这样问问，那样谈谈，阿千真像是一部小小的自然界的百科大辞典，而到盘龙山脚去的一段野路，便成了我最初学自然科学的模范小课本。

麦已经长得有好几尺高了，麦田里的桑树，也都发出了绒样的叶芽。晴天里舒叔叔的一声飞鸣过去的，是老鹰在觅食；树枝头吱吱喳喳，似在打架又像是在谈天的，大半是麻雀之类；远处的竹林丛里，既有抑扬，又带余韵，在那里歌唱的，才是深山的画眉。

上山的路旁，一拳一拳像小孩子的拳头似的小草，长得很多；拳的左右上下，满长着了些绛黄的绒毛，仿佛是野生的虫类，我起初看了，只在害怕，走路的时候，若遇到一

丛,总要绕一个弯,让开它们,但阿千却笑起来了,他说:

"这是薇蕨,摘了去,把下面的粗干切了,炒起来吃,味道是很好的哩!"

渐走渐高了,山上的青红杂色,迷乱了我的眼目。日光直射在山坡上,从草木泥土里蒸发出来的一种气息,使我呼吸感到了困难;阿千也走得热起来了,把他的一件破夹袄一脱,丢向了地下。教我在一块大石上坐下息着,他一个人穿了一件小衫唱着戏去砍柴采野果去了;我回身立在石上,向大江一看,又深深地深深地得到了一种新的惊异。

这世界真大呀!那宽广的水面!那澄碧的天空!那些上下的船只,究竟是从哪里来,上哪里去的呢?

我一个人立在半山的大石上,近看看有一层阳炎在颤动着的绿野桑田,远看看天和水以及淡淡的青山,渐听得阿千的唱戏声音幽下去远下去了,心里就莫名其妙的起了一种渴望与愁思。我要到什么时候才能大起来呢?我要到什么时候才可以到这像在天边似的远处去呢?到了天边,那么我的家呢?我的家里的人呢?同时感到了对远处的遥念与对乡井的离愁,眼角里便自然而然地涌出了热泪。到后来,脑子也昏乱了,眼睛也模糊了,我只呆呆的立在那块大石上的太阳里做幻梦。我梦见有一只揩擦得很洁净的船,船上面张着了一面很大很饱满的白帆,我和祖母母亲翠花阿千等都在船上,吃的东西,唱着戏,顺流下去,到了一处不相识的地方。我又梦见城里的茶店酒馆,都搬上山来了,我和阿千便在这山上的酒馆里大喝大嚷,旁边的许多大人,都在那里惊奇仰视。

这一种接连不断的白日之梦,不知做了多少时候,阿千却背了一捆小小的草柴,和一包刺莓映山红乌米饭之类的野果,回到我立在那里的大石边来了;他脱下了小衫,光着了

脊肋，那些野果就系包在他的小衫里面的。

他提议说，时候不早了，他还要砍一捆柴，且让我们吃着野果，先从山腰走向后山去罢，因为前山的草柴，已经被人砍完，第二捆不容易采刮拢来了。

慢慢地走到了山后，山下的那个真觉寺的钟鼓声音，早就从春空里传送到了我们的耳边，并且一条青烟，也刚从寺后的厨房里透出了屋顶。向寺里看了一眼，阿千就放下了那捆柴，对我说："他们在烧中饭了，大约离吃饭的时候也不很远，我还是先送你到寺里去罢！"

我们到了寺里，祖母和许多同伴者的念佛婆婆，都张大了眼睛，惊异了起来。阿千走后，她们就开始问我这一次冒险的经过，我也感到了一种得意，将如何出城，如何和阿千上山采集野果的情形，说得格外的详细。后来坐上桌去吃饭的时候，有一位老婆婆问我："你大了，打算去做些什么？"我就毫不迟疑地回答她说："我愿意去砍柴！"

故乡的茶店酒馆，到现在还在风行热闹，而这一位茶店酒馆里的小英雄，初次带我上山去冒险的阿千，却在一年涨大水的时候，喝醉了酒，淹死了。他们的家族，也一个个地死的死，散的散，现在没有生存者了；他们的那一座牛栏似的房屋，已经换过了两三个主人。时间是不饶人的，盛衰起灭也绝对地无常的：阿千之死，同时也带去了我的梦，我的青春！

（原载 1934 年 12 月 20 日《人世间》第 18 期）

# 书塾与学堂
——自传之三

从前我们学英文的时候，中国自己还没有教科书，用的是一册英国人编了预备给印度人读的同纳氏文法是一路的读本。这读本里，有一篇说中国人读书的故事。插画中画着一位年老背曲拿烟管带眼镜拖辫子的老先生坐在那里听学生背书，立在这先生前面背书的，也是一位拖着长辫的小后生。不晓为什么原因，这一课的故事，对我印象特别的深，到现在我还约略谙诵得出来。里面曾说到中国人读书的奇习，说："他们无论读书背书时，总要把身体东摇西扫，摇动得像一个自鸣钟的摆。"这一种读书背书时摇摆身体的作用与快乐，大约是没有在从前的中国书塾里读过书的人所永不能了解的。

我的初上书塾去念书的年龄，却说不清理了，大约总在七八岁的样子；只记得有一年冬天的深夜，在烧年纸的时候，我已经有点朦胧想睡了，尽在擦眼睛，打呵欠，忽而门外来了一位提着灯笼的老先生，说是来替我开笔的。我跟着他上了香，对孔子的神位行了三跪九叩之礼；立起来就在香案前面的一张桌上写了一张上大人的红字，念了四句"人之

初，性本善"的《三字经》。第二年的春天，我就夹着绿布书包，拖着红丝小辫，摇摆着身体，成了那册英文读本里的小学生的样子了。

经过了三十余年的岁月，把当时的苦痛，一层层地摩擦干净，现在回想起来，这书塾里的生活，实在是快活得很。因为要早晨坐起一直坐到晚的缘故，可以助消化，健身体的运动，自然只有身体的死劲摇摆与放大喉咙的高叫了。大小便，是学生们监禁中暂时的解放，故而厕所就变作了乐园。我们同学中间的一位最淘气的，是学官陈老师的儿子，名叫陈方；书塾就系附设在学宫里面的。陈方每天早晨，总要大小便十二三次。后来弄得光生没法，就设下了一枝令签，凡须出塾上厕所的人，一定要持签而出；于是两人同去，在厕所里捣鬼的弊端革去了，但这令签的争夺，又成了一般学生们的唯一的娱乐。

陈方比我大四岁，是书塾里的头脑；像春香闹学似的把戏，总是由他发起，由许多虾兵蟹将来演出的，因而先生的挞伐，也以落在他一个人的头上者居多。不过同学中间的有几位狡猾的人，委过于他，使他冤枉被打的事情也着实不少；他明知道辩不清的，每次替人受过之后，总只张大了两眼，滴落几滴大泪点，摸摸头上的痛处就了事。我后来进了当时由书院改建的新式的学堂，而陈方也因他父亲的去职而他迁，一直到现在，还不曾和他有第二次见面的机会；这机会大约是永也不会再来了，因为国共分家的当日，在香港仿佛曾听见人说起过他，说他的那一种惨死的样子，简直和杜格纳夫所描写的卢亭，完全是一样。

由书塾而到学堂！这一个转变，在当时的我的心里，比从天上飞到地上，还要来得大而且奇。其中的最奇之处，是我一个人，在全校的学生当中，身体年龄，都属最小的一点。

当时的学堂，是一般人的崇拜和惊异的目标。将书院的旧考棚撤去了几排，一间像鸟笼以的中国式洋房造成功的时候，甚至离城有五六十里路远的乡下人，都成群结队，带了饭包雨伞，走进城来挤看新鲜。在校舍改造成功的半年之中，"洋学堂"的三个字，成了茶店酒馆，乡村城市里的谈话的中心；而穿着奇形怪状的黑斜纹布制服的学堂生，似乎都是万能的张天师，人家也在侧目而视，自家也在暗鸣得意。

一县里唯一的这县立高等小学堂的堂长，更是了不得的一位大人物，进进出出，用的是蓝呢小轿，知县请客，总少不了他。每月第四个礼拜六下午作文课的时候，县官若来监课，学生们特别有两个肉馒头好吃；有些住在离城十余里的乡下的学生，于文课作完后回家的包裹里，往往将这两个肉馒头包得好好，带回乡下去送给邻里尊长，并非想学颍考叔的纯孝，却因为这肉馒头是学堂里的东西，而又出于知县官之所赐，吃了是可以驱邪启智的。

实际上我的那一班学堂里的同学，确有几位是进过学的秀才，年龄都在三十左右；他们穿起制服来，因为背形微驼，样子有点不大雅观，但穿了袍子马褂，摇摇摆摆走回乡下去的态度，却另有着一种堂皇严肃的威仪。

初进县立高等小学堂院那一年年底，因为我的平均成绩，超出了八十分以上，突然受了堂长和知县的提拔，令我和四位其他的同学跳过了一班，升入了高两年的级里；这一件极平常的事情，在县城里居然也耸动了视听，而在我们的家庭里，却引起了一场很不小的风波。

是第二年春天开学的时候了，我们的那位寡母，辛辛苦苦，调集了几块大洋的学费书籍费缴进学堂去后，我向她又

提出了一个无理的要求,硬要她去为我买一双皮鞋来穿。在当时的我的无邪的眼里,觉得在制服下穿上一双皮鞋,挺胸伸脚,得得得得地在石板路大走去,就是世界上最光荣的事情;跳过了一班,升进了一级的我,非要如此打扮,才能够压服许多比我大一半年龄的同学的心。为凑集学费之类,已经罗掘得精光的我那位母亲,自然是再也没有两块大洋的余钱替我去买皮鞋了,不得已就只好老了面皮,带着了我,上大街上的洋广货店里去赊去;当时的皮鞋,是由上海运来,在洋广货店里寄售的。

一家,两家,三家,我跟了母亲,从下街走起,一直走到了上街尽处的那一家隆兴字号。店里的人,看我们进去,先都非常客气,摸摸我的头,一双一双的皮鞋拿出来替我试脚;但一听到了要赊欠的时候,却同样地都白了眼,作一脸苦笑,说要去问账房先生的。而各个账房先生,又都一样地板起了脸,放大了喉咙,说是赊欠不来。到了最后那一家隆兴里,惨遭拒绝赊欠的一瞬间,母亲非但涨红了脸,我看见她的眼睛,也有点红起来了。不得已只好默默地旋转了身,走出了店;我也并无言语,跟在她的后面走回家来。到了家里,她先掀着鼻涕,上楼去了半天;后来终于带了一大包衣服,走下楼来了,我晓得她是将从后门老出,上当铺去以衣服抵押现钱的;这时候,我心酸极了,哭着喊着,赶上了后门边把她拖住,就绝命的叫说:

"娘,娘!您别去罢!我不要了,我不要皮鞋穿了!那些店家!那些可恶的店家!"

我拖住了她跪向了地下,她也呜呜地放声哭了起来。两人的对泣,惊动了四邻,大家都以为是我得罪了母亲,走拢来相劝。我愈听愈觉得悲哀,母亲也愈哭愈是利害,结果还是我重赔了不是,由间壁的大伯伯带走,走上了他们的家里。

自从这一次的风波以后,我非但皮鞋不着,就是衣服用具,都不想用新的了。拼命的读书,拼命的和同学中的贫苦者相往来,对有钱的人,经商的人仇视等,也是从这时候而起的。当时虽还只有十一二岁的我,经了这一番波折,居然有起老成人的样子来了,直到现在,觉得这一种怪癖的性格,还是改不转来。

到了我十三岁的那一年冬天,是光绪三十四年,皇帝死了;小小的这富阳县里,也来了哀诏,发生了许多议论。熊成基的安徽起义,无知幼弱的溥仪的入嗣,帝室的荒淫,种族的歧异等等,都从几位看报的教员的口里,传入了我们的耳朵。而对于我印象最深的,是一位国文教员拿给我们看的报纸上的一张青年军官的半身肖像。他说,这一位革命义士,在哈尔滨被捕,在吉林被满清的大员及汉族的卖国奴等生生地杀掉了;我们要复仇,我们要努力用功。所谓种族,所谓革命,所谓国家等等的概念,到这时候,才隐约地在我脑里生了一点儿根。

(原载 1935 年 1 月 5 日《人世间》第 19 期)

# 水样的春愁

——自传之四

洋学堂里的特殊科目之一，自然是伊利哇拉的英文。现在回想起来，虽不免有点觉得好笑，但在当时，杂在各年长的同学当中，和他们一样地曲着背，耸着肩，摇摆着身体，用了读《古文辞类纂》的腔调，高声朗诵着皮衣啤、皮哀排的精神，却真是一点儿含糊苟且之处都没有的。初学会写字母之后。大家所急于想一试的，是自己的名字的外国写法；于是教英文的先生，在课余之暇就又多了一门专为学生拼英文名字的工作。有几位想走捷径的同学，并且还去问过先生，外国百家姓和外国三字经有没有得买的？先生笑着回答说，外国百家姓和三字经，就只有你们在读的那一本泼剌玛的时候，同学们于失望之余，反更是皮哀排、皮衣啤地叫得起劲。当然是不用说的，学英文还没有到一个礼拜，几本当教料书用的《十三经注疏》，《御批通鉴辑览》的黄封面上，大家都各自用墨水笔题上了英文拼的歪斜的名字。又进一步；便是用了异样的发音，操英文说着"你是一只狗""我是你的父亲"之类的话，大家互讨便宜的混战；而实际上，有几位乡下的同学，却已经真的是两三个小孩子的父亲了。

因为一班之中，我的年龄算最小，所以自修室里，当监课的先生走后，另外的同学们在密语着哄笑着的关于男女的问题，我简直一点儿也感不到兴趣。从性知识发育落后的一点上说，我确不得不承认自己是一个最低能的人。又因自小就习于孤独，困于家境的结果，怕羞的心，畏缩的性，更使我的胆量，变得异常的小。在课堂上，坐在我左边的一位同学，年纪只比我大了一岁，他家里有几位相貌长得和他一样美的姊妹，并且住得也和学堂很近很近。因此，在校里，他就是被同学们苦缠得最利害的一个；而礼拜天或假日，他的家里，就成了同学们的聚集的地方。当课余之暇，或放假期里，他原也恳切地邀过我几次，邀我上他家里去玩去；促形秽之感，终于把我的向往之心压住，曾有好几次想决心跳了他上他家去，可是到了他们的门口，却又同罪犯似的逃了。他以他的美貌，以他的财富和姊妹，不但在学堂里博得了绝大的声势，就是在我们那小小的县城里，也赢得了一般的好誉。而尤其使我羡慕的，是他的那一种对同我们是同年辈的异性们的周旋才略，当时我们县城里的几位相貌比较艳丽一点的女性，个个是和他要好的，但他也实在真胆大，真会取巧。

当时同我们是同年辈的女性，装饰入时，态度豁达，为大家所称道的，有三个。一个是一位在上海开店，富甲一邑的商人赵某的侄女；她住得和我最近。还有两个，也是比较富有的中产人家的女儿，在交通不便的当时，已经各跟了她们家里的亲戚，到杭州上海等地方去跑跑了；她们俩，却都是我那位同学的邻居。这三个女性的门前，当傍晚的时候，或月明的中夜，老有一个一个的黑影在徘徊；这些黑影的当中，有不少却是我们的同学。因为每到礼拜一的早晨，没有

上课之先，我老听见有同学们在操场上笑说在一道，并且时时还高声地用着英文作了隐语，如"我看见她了！""我听见她在读书"之类。而无论在什么地方于什么时候的凡关于这一类的谈话的中心人物，总是课堂上坐在我的右边，年龄只比我大一岁的那一位天之骄子。

赵家的那位少女，皮色实在细白不过，脸形是瓜子脸；更因为她家里有了几个钱，而又时常上上海她叔父那里去走动的缘故，衣服式样的新异，自然可以不必说，就是做衣服的材料之类，也都是当时未开通的我们所不曾见过的。她们家里，只有一位寡母和一个年轻的女仆，而住的房子却很大很大。门前是一排柳树，柳树下还杂种着些鲜花；对面的一带红墙，是学宫的泮水围墙，泮池上的大树，枝叶垂到了墙外，红绿便映成着一色。当浓春将过，首夏初来的春三四月，脚踏着日光下石砌路上的树影，手捉着扑面飞舞的杨花，到这一条路上去走走，就是没有什么另外的奢望，也很有点像梦里的游行，更何况楼头窗里，时常会有那一张少女的粉脸出来向你抛一眼两眼的低眉斜视呢！此外的两个女性，相貌更是完整，衣饰也尽够美丽，并且因为她俩的住址接近，出来总在一道，平时在家，也老在一处，所以胆子也大，认识的人也多。她们在二十余年前的当时，已经是开放得很，有点像现代的自由女子了，因而上她们家里去鬼混，或到她们门前去守望的青年，数目特别的多，种类也自然要杂。

我虽则胆量很小，性知识完全没有，并且也有点过分的矜持，以为成日地和女孩子们混在一道，是读书人的大耻，是没出息的行为；但到底还是一个亚当的后裔，喉头的苹果，怎么也吐它不出咽它不下，同北方厚雪地下的细草萌芽一样，到得冬来，自然也难免得有些望春之意；老实说将出来，我偶尔在路上遇见她们中间的无论哪一个，或凑巧在她们门前走过一次的时候，心里也着实有点儿难受。

住在我那同学邻近的两位，因为距离的关系，更因为她们的处世知识比我长进，人生经验比我老成得多，和我那位同学当然是早已有过纠葛，就是和许多不分学生的青年男子，也各已有了种种的风说，对于我虽像是一种含有毒汁的妖艳的花，诱惑性或许格外的强烈，但明知我自己决不是她们的对手，平时不过于遇见的时候有点难以为情的样子，此外倒也没有什么了不得的思慕，可是那一位赵家的少女，却整整地恼乱了我两年的童心。

我和她的住处比较得近，故而三日两头，总有着见面的机会。见面的时候，她或许是无心，只同对于其他的同年辈的男孩子打招呼一样，对我微笑一下，点一点头，但在我却感得同犯了大罪被人发觉了的样子，和她见面一次，马上要变得头昏耳热，胸腔里的一颗心突突地总有半个钟头好跳。因此，我上学去或下课回来，以及平时在家或出外去的时候，总无时无刻不在留心，想避去和她的相见。但遇到了她，等她走过去后，或用功用得很疲乏把眼睛从书本子举起的一瞬间，心里又老在盼望，盼望着她再来一次，再上我的眼面前来立着对我微笑一脸。

有时候从家中进出的人的口里传来，听说"她和她母亲又上上海去了，不知要什么时候回来？"我心里会同时感到一种像深重负又像失去了什么似的忧虑，生怕她从此一去，将永久地不回来了。

同芭蕉叶似的重重包裹着的我这一颗无邪的心，不知在什么地方，透露了消息，终于被课堂上坐在我左边的那位同学看穿了。一个礼拜六的下午，落课之后，他轻轻地拉着了我的手对我说："今天下午，赵家的那个小丫头，要上倩儿

家去，你愿不愿意和我同去一道玩儿？"这里所说的倩儿，就是那两位他邻居的女孩子之中的一个的名字。我听了他的这一句密语，立时就涨红了脸，喘急了气，嗫嚅着说不出一句话来回答他，尽在拼命的摇头，表示我不愿意去，同时眼睛里也水汪汪地想哭出来的样子；而他却似乎已经看破了我的隐衷，得着了我的同意似的用强力把我拖出了校门。

到了倩儿她们的门口，当然又是一番争执，但经他大声的一喊，门里的三个女孩，却同时笑着跑出来了；已经到了她们的面前，我也没有什么别的办法了，自然只好俯着首，红着脸，同被绑赴刑场的死刑囚似的跟她们到了室内。经我那位同学带了滑稽的声调将如何把我拖来的情节说了一遍之后，她们接着就是一阵大笑。我心里有点气起来了，以为她们和他在侮辱我，所以于羞愧之上，又加了一层怒意。但是奇怪得很，两只脚却软落来了，心里虽在想一溜跑走，而腿神经终于不听命令。跟她们再到客房里去坐下，看他们四人捏起了骨牌，我连想跑的心思也早已忘掉，坐将在我那位同学的背后，眼睛虽则时时在注视着牌，但间或得着机会，也着实向她们的脸部偷看了许多次数。等她们的输赢赌完，一餐东道的夜饭吃过，我也居然和她们伴熟，有说有笑了。临走的时候，倩儿的母亲还派了我一个差使，点上灯笼，要我把赵家的女孩送回家去。自从这一回后，我也居然入了我那同学的伙，不时上赵家和另外的两女孩家去进出了；可是生来胆小，又加以毕业考试的将次到来，我的和她们的来往，终没有像我那位同学似的繁密。

正当我十四岁的那一年春天（一九〇九，宣统元年己酉），是旧历正月十三的晚上，学堂里于白天给与了我以毕业文凭及增生执照之后，就在大厅上摆起了五桌送别毕业生的酒宴。这一晚的月亮好得很，天气也温暖得像二三月的样子。满城的爆竹,是在庆祝新年的上灯佳节,我于喝了几杯酒后,心里也感到了一种不能抑制的欢欣。出了校门,踏着月亮,我的双脚,便自然而然地走向了赵家。她们的女仆陪她母亲上街去买蜡烛水果等过元宵的物品去了,推门进去,我只见她一个人拖着了一条长长的辫子,坐在大厅上的桌子边上洋灯底下练习写字听见了我的脚步声音,她头也不朝转来,只曼声地问了一声"是谁?"我故意屏着声,提着脚,轻轻地走上了她的背后,一使劲一口就把她面前的那盏洋灯吹灭了。月光如潮水似的浸满了这一座朝南的大厅,她于一声高叫之后,马上就把头朝了转来。我在月光里看见了她那张大理石似的嫩脸,和黑水晶似的眼睛,觉得怎么也熬忍不住了,顺势就伸出了两只手去,捏住了她的手臂。两人的中间,她也不发一语,我也并无一言,她是扭转了身坐着,我是向她立着的。她只微笑着看看我看看月亮,我也只微笑着看看她看看中庭的空处,虽然此处的动作,轻薄的邪念,明显的表示,一点儿也没有,但不晓怎样一般满足,深沉,陶醉的感觉,竟同四周的月光一样,包满了我的全身。

　　两人这样的在月光里沉默着相对,不知过了多久,终于她轻轻地开始说话了:"今晚上你在喝酒?""是的,是在学堂里喝的。"到这里我才放开了两手,向她边上的一张椅子里坐了下去。"明天你就要上杭州去考中学去么?"停了一会,她又轻轻地问了一声。"嗳,是的,明朝坐快班船去。"两人又沉默着,不知坐了几多时候,忽听见门外头她母亲和女仆说话的声音渐渐儿的近了,她于是就忙着立起来擦洋火,点上了洋灯。

　　她母亲进到了厅上,放下了买来的物品,先向我说了些道贺的话,我也告诉了她,明天将离开故乡到杭州去;谈不上半点钟的闲话,我就匆匆告辞出来了。在柳树影里披了月

光走回家来,我一边回味着刚才在月光里和她两人相对时的沉醉似的恍惚,一边在心的底里,忽儿又感到了一点极淡极淡,同水一样的春愁。

一月五日

(原载 1935 年 1 月 20 日《人世间》第 20 期)

# 远一程,再远一程!

——自传之五

自富阳到杭州,陆路驿程九十里,水道一百里;三十多年前头,非但汽车路没有,就是钱塘江里的小火轮,也是没有的。那时候到杭州去一趟,乡下人叫做充军,以为杭州是和新疆伊犁一样的远,非犯下流罪,是可以不去的极边。因而到杭州去之先,家里非得供一次祖宗,虔诚祷告一番不可,意思是要祖宗在天之灵,一路上去保护着他们的子孙。而邻里戚串,也总都来送行,吃过夜饭,大家手提着灯笼,排成一字,沿江送到夜航船停泊的埠头,齐叫着"顺风!顺风!"才各回去。摇夜航船的船夫,也必在开船之先,沿江绝叫一阵,说船要开了,然后再上舵梢去烧一堆纸帛,以敬神明,以赂恶鬼。当我去杭州的那一年,交通已经有一点进步了,于夜航船之外,又有了一次日班的快班船。

因为长兄已去日本留学,二兄入了杭州的陆军小学堂,年假是不放的,祖母母亲,又都是女流之故,所以陪我到杭州去考中学的人选,就落到了一位亲戚的老秀才的头上。这一位老秀才的迂腐迷信,实在要令人吃惊,同时也可以令人起敬。他于早餐吃了之后,带着我先上祖宗堂前头去点了香

烛，行了跪拜，然后再向我祖母母亲，作了三个长揖，虽在白天，也点起了一盏仁寿堂郁的灯笼，临行之际，还回到祖宗堂面前去拔起了三株柄香和灯笼一道捏在手里。祖母为忧虑着我这一个最小的孙子，也将离乡别井，远去杭州之故，三日前就愁眉不展，不大吃饭不大说话了；母亲送我们到了门口，"一路要……顺风……顺风！……"地说了半句未完的话，就跑回到了屋里去躲藏，因为出远门是要吉利的，眼泪决不可以教远行的人看见。

　　船开了，故乡的城市山川，高低摇晃着渐渐儿退向了后面；本来是满怀着希望，兴高采烈在船舱里坐着的我，到了县城极东面的几家人家也看不见的时候，鼻子里忽而起了一阵酸溜。正在和那老秀才谈起的作诗的话，也只好突然中止了，为遮掩着自己的脆弱起见，我就从网篮里拿出了几册《古唐诗合解》来读。但事不凑巧，信手一翻，恰正翻到了"离家日趋远，衣带日趋缓，心思不能言，肠中车轮转"的几句古歌，书本上的字迹模糊起来了，双颊上自然止不住地流下了两条冷冰冰的眼泪。歪倒了头，靠住了舱板上的一卷铺盖，我只能装作想睡的样子。但是眼睛不闭倒还好些，等眼睛一闭拢来，脑子里反而更猛烈地起了狂飙。我想起了祖母母亲，当我走后的那一种孤冷的情形；我又想起了在故乡城里当这一忽儿的大家的生活起居的样子，在一种每日习熟的周围环境之中，却少了一分"我"了，太阳总依旧在那里晒着，市街上总依旧是那么热闹的；最后，我还想起了赵家的那个女孩，想起了昨晚上和她在月光里相对的那一刻的春宵。

　　少年的悲哀，毕竟是易消的春雪；我躺下身体，闭上眼睛，流了许多暗泪之后，弄假成真，果然不久就呼呼地熟睡了过去。等那位老秀才摇我醒来，叫我吃饭的时候，船却早已过了渔山,就快入钱塘的境界了。几个钟头的安睡,一顿饱饭的快啖,和船篷外的山水景色的变换,把我满抱的离愁,洗涤得干干净净;在孕实的风帆下引领远望着杭州的高山,和老秀才谈谈将来的日子,我心里又鼓起了一腔勇进的热意:"杭州在望了,以后就是不可限量的远大的前程!"

当时的中学堂的入学考试,比到现在,着实还要容易;我考的杭府中学,还算是杭州三个中学——其它的两个,是宗文和安定——之中,最难考的一个,但一篇中文,两三句英文的翻译,以及四题数学,只教有两小时的工夫,就可以缴卷了事的。等待发榜之前的几日闲暇,自然落得去游游山玩玩水,杭州自古是佳丽的名区,而西湖又是可以比得西子的消魂之窟。

三十年来,杭州的景物,也大变了;现在回想起来,觉得旧日的杭州,实在比现在,还要可爱得多。

那时候,自钱塘门里起,一直到涌金门内止,城西的一角,是另有一道雉墙围着的,为满人留守绿营兵驻防的地方,叫作旗营;平常是不大有人进去,大约门禁总也是很森严的无疑,因为将军以下,千总把总以上,参将,都司,游击,守备之类的将官,都住在里头。游湖的人,只有换了轿子,出钱塘门,或到涌金门外去船的两条路;所以涌金门外临湖的颐园三雅园的几家茶馆,生意兴隆,座客常常挤满。而三雅园的陈设,实在也精雅绝伦,四时有鲜花的摆设,墙上门上,各有咏西湖的诗词屏幅联语等贴的贴挂的挂在那里。并且还有小吃,像煮空的豆腐干,白莲藕粉等,又是价廉物美的消闲食品。其次为游人所必到的,是城隍山了。四景园的生意,有时候比三雅园还要热闹,"城隍山上去吃酥油饼"这一句俗话,当时是无人不晓得的一句隐语,是说乡下人上大菜馆要做洋盘的意思。而酥油饼的价钱的贵,味道

的好，和吃不饱的几种特性，也是尽人皆如的事实。

我从乡下初到杭州，而又同大观园里的香菱似的刚在私私地学做诗词，一见了这一区假山盆景似的湖山，自然快活极了；日日和那位老秀才及第二位哥哥喝喝茶，爬爬山，等到榜发之后，要缴学膳费进去的时候，带来的几个读书资本，却早已消费了许多，有点不足了。在人地生疏的杭州，借是当然借不到的；二哥哥的陆军小学里每月只有二元也不知三元钱的津贴，自己做零用，还很勉强，更哪里有余钱来为我弥补？

在旅馆里唉声叹气，自怨自艾，正想废学回家，另寻出路的时候，恰巧和我同班毕业的三位同学，随从富阳到杭州来了；他们是因为杭府中学难考，并且费用也贵，预备一道上学膳费比较便宜的嘉兴去进府中的。大家会聚拢来一谈一算，觉着我手头所有的钱，在杭州果然不够读半年书，但若上嘉兴去，则连来回的车费也算在内，足可以维持半年而有余。穷极计生，胆子也放大了，当日我就决定和他们一道上嘉兴去读书。

第二天早晨，别了哥哥，别了那位老秀才，和同学们一起四个，便上了火车，向东的上离家更远的嘉兴府去。在把杭州已经当作极边看了的当时，到了言语风习完全不同的嘉兴府后，怀乡之念，自然是更加得迫切。半年之中，当寝室的油灯灭了，或夜膳刚毕，操场上暗沉沉没有旁的同学在的地方，我一个人真不知流尽了多少的思家的热泪。

忧能伤人，但忧亦能启智；在孤独的悲哀里沉浸了半年，暑假中重回到故乡的时候，大家都说我长成得像一个大人了。事实上，因为在学堂里，被怀乡的愁思所苦扰，我没有别的办法好想，就一味的读书，一味的做诗。并且这一次自嘉兴回来，路过杭州，又住了一日；看看袋里的钱，也还

有一点盈余，湖山的赏玩，当然不再去空费钱了，从梅花碑的旧书铺里，我竟买来了一大堆书。

这一大堆书里，对我的影响最大，使我那一年的暑假期，过得非常快活的，有三部书，一部是黎城勒氏的《吴诗集览》，因为吴梅村的夫人姓郁，我当时虽则还不十分懂得他的诗的好坏，但一想到他是和我们郁氏有姻戚关系的时候，就莫名其妙地感到了一种亲热。一部是无名氏编的《庚子拳匪始末记》，这一部书，从戊戌政变说起，说到六君子的被害，李莲英的受宠，联军的入京，圆明园的纵火等地方，使我满肚子激起了义愤。还有一部，是署名曲阜鲁阳生孔氏编定的《普天忠愤集》，甲午前后的章奏议论，诗词赋颂等慷慨激昂的文章，收集得很多；读了之后，觉得中国还有不少的人才在那里，亡国大约是不会亡的。而这三部书读后的一个总感想，是恨我出世得太迟了，前既不能见吴梅村那样的诗人，和他去做个朋友，后又不曾躬逢着甲午庚子的两次大难，去冲锋陷阵地尝一尝打仗的滋味。

这一年的暑假过后，嘉兴是不想再去了；所以秋期始业的时候，我就仍旧转入了杭府中学的一年级。

（原载1935年2月5日《人世间》第21期）

# 孤独者

## ——自传之六

里外湖的荷叶荷花,已经到了凋落的初期,堤边的杨柳,影子也淡起来了。几只残蝉,刚在告人以秋至的七月里的一个下午,我又带了行李,到了杭州。

因为是中途插班进去的学生,所以在宿舍里,在课堂上,都和同班的老学生们,仿佛是两个国家的国民。从嘉兴府中,转到了杭州府中,离家的路程,虽则是近了百余里,但精神上的孤独,反而更加深了!不得已,我只好把热情收敛,转向了内,固守着我自己的壁垒。

当时的学堂里的课程,英文虽也是重要的科目,但究竟还是旧习难除,中国文依旧是分别等第的最大标准。教国文的那一位桐城派的老将王老先生,于几次作文之后,对我有点注意起来了,所以进校后将近一个月光景的时候,同学们居然赠了我一个"怪物"的绰号;因为由他们眼里看来,这一个不善交际,衣装朴素,说话也不大会说的乡下蠢才,做起文章来,竟也会得压倒侪辈,当然是一份非怪物不能的天大的奇事,

杭州终于是一个省会,同学之中,大半是锦衣肉食的乡

宦人家的子弟。因而同班中衣饰美好，肉色细白，举止娴雅，谈吐温存的同学，不知道有多少。而最使我惊异的，是每一个这样的同学，总有一个比他年长一点的同学，附随在一道的那一种现象。在小学里，在嘉兴府中里，这一种风气，并不是说没有，可是决没有像当时杭州府中那么的风行普遍。而有几个这样的同学，非但不以被视作女性为可耻，竟也有熏香傅粉，故意在装腔作怪，卖弄富有的。我对这一种情形看得真有点气，向那一批所谓 Faoe 的同学，当然是很明显地表示了恶感，就是向那些年长一点的同学，也时时露出了敌意；这么一来，我的"怪物"之名，就愈传愈广，我与他们之间的一条墙壁，自然也愈筑愈高了。

在学校里既然成了一个不入伙的孤独的游离分子，我的情感，我的时间与精力，当然只有钻向书本子去的一条出路。于是几个由零用钱里节省下来的仅少的金钱，就做了我的唯一娱乐积买旧书的源头活水。

那时候的杭州的旧书铺，都聚集在丰乐桥，梅花碑的两条直角形的街上。每当星期假日的早晨，我仰卧在床上，计算计算在这一礼拜里可以省下来的金钱，和能够买到的最经济最有用的册籍，就先可以得着一种快乐的预感。有时候在书店门前徘徊往复，稽延得久了，赶不上回宿舍来吃午饭，手里夹了书籍上大街羊汤饭店间壁的小面馆去吃一碗清面，心里可以同时感到十分的懊恨与无限的快慰。恨的是一碗清面的几个铜子的浪费，快慰的是一边吃面一边翻阅书本时的那一刹那的恍惚；这恍惚之情，大约是和哥伦布当发见新大陆的时候所感到的一样。

真正指示我以做诗词的门径的，是《留青新集》里的《沧浪诗话》和《白香词谱》。《西湖佳话》中的每一篇短篇，起码我总读了两遍以上。以后是流行本的各种传奇杂剧

了，我当时虽则还不能十分欣赏它们的好处，但不知怎么，读了之后的那一种朦胧的回味，仿佛是当三春天气，喝醉了几十年陈的醇酒。

既与这些书籍发生了暧昧的关系，自然不免要养出些不自然的私生儿子！在嘉兴也曾经试过的稚气满幅的五七言诗句，接二连三地在一册红格子的作文簿上写满了；有时候兴奋得利害，晚上还妨碍了睡觉。

模仿原是人生的本能，发表欲，也是同吃饭穿衣一样地强的青年作者内心的要求。歌不象歌诗不像诗的东西积得多了，第二步自然是向各报馆的匿名的投稿。

一封信寄出之后，当晚就睡不安稳了，第二天一早起来，就溜到阅报室去看报有没有送来。早餐上课之类的事情，只能说是一种日常行动的反射作用；舌尖上哪里还感得出滋味？讲堂上更哪里还有心思去听讲？下课铃一摇，又只是逃命似的向阅报室的狂奔。

第一次的投稿被采用的，记得是一首模仿宋人的五古，报纸是当时的《全浙公报》。当看见了自己缀联起来的一串文字，被植字工人排印出来的时候，虽然是用的匿名，阅报室里也决没有人会知道作者是谁，但心头正在狂跳着的我的脸上，马上就变成了朱红。洪的一声，耳朵里也响了起来，头脑摇晃得像坐在船里。眼睛也没有主意了，看了又看，看了又看，虽则从头至尾，把那一串文字看了好几遍，但自己还在疑惑，怕这并不是由我投去的稿子。再狂奔出去，上操场去跳绕一圈，回来重新又拿起那张报纸，按住心头，复看一遍，这才放心，于是乎方始感到了快活，快活得想大叫起来。

当时我用的假名很多很多，直到两三年后，觉得投稿已经有七八成的把握了，才老老实实地用上了我的真名实姓。

大约旧报纸的收藏家，圈起二十几年前的《全浙公报》《之江日报》以及上海的《神州日报》来，总还可以看到我当时所做的许多狗屁不通的诗句。现在求非但旧稿无存，就是一联半句的字眼也想不起来了，与当时的废寝忘食的热心情形来一对比，进步当然可以说是进了步，但是老去的颓唐之感，也着实可以催落我几滴自伤的眼泪。

就在那一年（一九〇九年）的冬天，留学日本的长兄回到了北京，以小京官的名义被派上了法部去行走。入陆军小学的第二位哥哥，也在这前后毕了业，入了一处隶属于标统底下的旁系驻防军队，而任了排长。

一文一武的这两位芝麻绿豆官的哥哥，在我们那小小的县里，自然也耸动了视听；但因家里的经济，稍稍宽裕了一点的结果，在我的求学程序上，反而促生了一种意外的脱线。

在外面的学堂里住足了一年，又在各报上登载了几次诗歌之后，我自以为学问早就超出了和我同时代的同年辈者，觉得接步就班的和他们在一道读死书，是不上算也是不必要的事情。所以到了宣统二年（一九一〇）的春期始业的时候，我的书桌上竟收集起了一大堆大学中学招考新生的简章！比较着，研究着，我真想一口气就读完了当时学部所定的大学及中学的学程。

中文呢，自己以为总可以对付的了；科学呢，在前面也曾经说过，为大家所不重视的；算来算去，只有英文是顶重要而也是我所最欠缺的一门。"好！就专门去读英文罢！英文一通，万事就好办了！"这一个幼稚可笑的想头，就是使我离开了正规的中学，去走教会学堂那一条捷径的原动力。

清朝末年，杭州的有势力的教会学校，有英国圣公会和美国长老会浸礼会的几个系统。而长老会办的育英书院，刚

在山水明秀的江干新建校舍，改称大学。头脑简单，只知道崇拜大学这一个名字的我这毛头小子，自然是以进大学为最上的光荣，另外更还有什么奢望哩？但是一进去之后，我的失望，却比在省立的中学里读死书更加大了。每天早晨，一起床就是祷告，吃饭又是祷告；平时九点到十点是最重要的礼拜仪式，末了又是一篇祷告。《圣经》，是每年级都有的必修重要课目；礼拜天的上午，除出了重病，不能行动者外，谁也要去做半天礼拜。礼拜完后，自然又是祷告，又是查经。这一种信神的强迫，祷告的叠来，以及校内校节细目的窒塞，想是在清朝末年曾进过教会学校的人，谁都晓得的事实，我在此地落得可以不说。

这种叩头虫似的学校生活，过上两月，一位解放的福音宣传者，竟从免费读书的候补牧师中间，揭起叛旗来了；原因是为了校长偏护厨子，竟被厨子殴打了学膳费全纳的不信教的学生。

学校风潮的发生，经过，和结局，大抵都是一样的；起始总是全体学生的罢课退校，中间是背盟者的出来复课，结果便是几个强硬者的开除。不知是幸呢还是不幸，在这一次的风潮里，我也算是强硬者的一个。

一九三五年二月十九日

（原载1935年3月5日《人世间》第23期）

# 大风圈外

——自传之七

人生的变化,往往是从不可测的地方开展开来的;中途从那一所教会学校退出来的我们,按理是应该额上都负着了该隐的烙印,无处再可以容身了啦,可是城里的一处浸礼会的中学,反把我们当作了义士,以极优待的条件欢迎了我们进去。这一所中学的那位美国校长,非但态度和蔼,中怀磊落,并且还有着外国宣教师中间所绝无仅见的一副很聪明的脑筋。若要找出一点他的坏处来,就在他的用人的不当;在他手下做教务长的一位绍兴人,简直是那种奴颜婢膝,谄事外人,趾高气扬,压迫同种的典型的洋狗。

校内的空气,自然也并不平静。在自修室,在寝室,议论纷纭,为一般学生所不满的,当然是那只洋狗。

"来它一下罢!"

"吃吃狗肉看!"

"顶好先敲他一顿!"

像这样的各种密议与策略,虽则很多,可是终于也没有一个敢首先发难的人。满腔的怨愤,既找不着一条出路,不得已就只好在作文的时候,发些纸上的牢骚。于是各班的文

课,不管出的是什么题目,总是横一个呜呼,竖一个呜呼地悲啼满纸,有几位同学的卷子,从头至尾统共还不满五六百字,而呜呼却要写着一二百个。那位改国文的老先生,后来也没法想了,就出了一个禁令,禁止学生,以后不准再读再做那些呜呼派的文章。

那时候这一种"呜呼"的倾向,这一种不平,怨愤,与被压迫的悲啼,以及人心跃跃山雨欲来的空气,实在还不只是一个教会学校里的舆情;学校以外的各层社会,也像是在大浪里的楼船,从脚到顶,都在颠摇波动着的样子。

愚昧的朝廷,受了西宫毒妇的阴谋暗算,一面虽想变法自新,一面又不得不利用了符咒刀枪,把红毛碧眼的鬼子,尽行杀戮。英法各国屡次的进攻,广东津沽再三的失陷,自然要使受难者的百姓起来争夺政权。洪杨的起义,两湖山东捻子的运动,回民苗族的独立等等,都在暗示着专制政府满清的命运,孤城落日,总崩溃是必不能避免的下场。

催促被压迫至二百余年之久的汉族结束奋起的,是徐锡麟,熊成基诸先烈的牺牲勇猛的行为;北京的几次对满清大员的暗杀事件,又是当时热血沸腾的一般青年们所受到的最大激刺。而当这前后,此绝彼起地在上海发行的几家报纸,像《民吁》《民立》之类,更是直接灌输种族思想,提倡革命行动的有力的号吹。到了宣统二年的秋冬(一九一〇年庚戌),政府虽则在忙着召开资政院,组织内阁,赶制宪法,冀图挽回颓势,欺骗百姓,但四海汹汹,革命的气运,早就成了矢在弦上,不得不发的局面了。

是在这一年的年假放学之前,我对当时的学校教育,实在是真的感到了绝望,于是自己就定下了一个计划,打算回家去做从心所欲的自修工夫。第一,外界社会的声气,不可不通,我所以想去定一份上海发行的日报。第二,家里所藏的四部旧籍，虽则不多，但也尽够我的两三年的翻读，中学的根底，当然是不会退步的。第三，英文也已经把第三册文法读完了，若能刻苦用工，则比在这种教会学校里受奴隶教育，心里又气，进步又慢的半死状态，总要痛快一点。自己私私决定了这大胆的计划以后，在放年假的前几天，也着实去添买了些预备带回去作自修用的书籍。等年假考一考完，于一天冬晴的午后，向西跟着挑行李的脚夫，走出候潮门上江干去坐夜航船回故乡去的那一刻的心境，我到现在还不能忘记。

"牢狱变相的你这座教会学校啊！以后你对我还更能加以压迫么？"

"我们将比比试试，看将来还是你的成绩好，还是我的成绩好？"

"被解放了！以后便是凭我自己去努力，自己去奋斗的远大的前程！"

这一种喜悦，这一种充满着希望的喜悦，比我初次上杭州来考中学时所感到的，还要紧张，还要肯定。

在故乡索居独学的生活开始了，亲戚友属的非难讥笑，自然也时时使我的决心动摇，希望毁灭；但我也已经有十六岁的年纪了，受到了外界的不了解我的讥诮之后，当然也要起一种反拨的心理作用。人家若明显地问我"为什么不进学堂去读书？"不管他是好意还是恶意，我总以"家里再没有钱供给我去浪费了"的一句话回报他们。有几个满怀着十分的好意，劝告我"在家里闲住着终不是青年的出路"的时候，我总以"现在正在预备，打算下年就去考大学"的一句衷心话来作答。而实际上这将近两年的独居苦学，对我的一生，却是收获最多，影响最大的一个预备时代。

每日清晨，起床之后，我总面也不洗，就先读一个钟头

的外国文。早餐吃过,直到中午为止,是读中国书的时间,一部《资治通鉴》和两部《唐宋诗文醇》,就是我当时的课本。下午看一点科学书后,大抵总要出去散一回步。节季已渐渐地进入到了春天,是一九一一宣统辛亥年的春天了,富春江的两岸,和往年一样地绿遍了青青的芳草,长满了袅袅的垂杨。梅花落后,接着就是桃李的乱开;我若不沿着江边,走上城东鹳山上的春江第一楼去坐看江总或上北门外的野田间去闲步,或出西门向近郊的农村天地里去游行。

附廓的农民的贫穷与无智,经费几次和他们接谈及观察的结果,使我有好几晚不能够安睡。譬如一家有五六口人口,而又有着十亩田的己产,以及一间小小的茅屋的自作农罢,在近郊的农民中间,已经算是很富有的中上人家了。从四五月起,他们先要种秧田,这二分或三分的秧田大抵是要向人家去租来的,因为不是水旱无伤的上田,秧就不能种活。租秧田的费用,多则三五元,少到一二元,却不能再少了。五六月在烈日之下分秧种稻,即使全家出马,也还有赶不成同时插种的危险;因为水的关系,气候的关系,农民的时间,却也同交易所里的闲食者们一样,是一刻也差错不得的。即使不雇工人,和人家交换做工,而把全部田稻种下之后,三次的耘植与用肥的费用,起码也要合二三元钱一亩的盘算。倘使天时凑巧,最上的丰年,平均一亩,也只能收到四五石的净谷;而从这四五石谷里,除去完粮纳税的钱,除去用肥料租秧田及间或雇用忙工的钱后,省下来还够得一家五口的一年之食么?不得已自然只好另外想法,譬如把稻草拿来做草纸,利用田的闲时来种麦种菜种豆类等等,但除稻以外的副作物的报酬,终竟是有限得很的。

耕地报酬渐减的铁则,丰年谷贱伤农的事实,农民们自然那里会有这样的知识;可怜的是他们不但不晓得去改良农种,开辟荒地,一年之中,岁时伏腊,还要把他们汗血钱的大部,去花在求神佛,与满足许多可笑的虚荣的高头。

所以在二十几年前头,即使大地主和军阀的掠夺,还没有像现在那么的利害,中国农村是实在早已濒于破产的绝境了,更哪里还经得超廿年的内乱,廿年的外患,与廿年的剥削呢?

从这一种乡村视察的闲步回来,在书桌上躺着候我开拆的,就是每日由上海寄来的日报。忽而英国兵侵入云南占领片马了,忽而东三省疫病流行了,忽而广州的将军被刺了;凡见到的消息,又都是无能的政府,因专制昏庸,而酿成的惨剧。

黄花冈七十二烈士的义举失败,接着就是四川省铁路风潮的勃发,在我们那一个一向是沉静得同古井似的小县城里,也显然的起了动摇。市面上敲着铜锣,卖朝报的小贩,日日从省城里到来。脸上画着八字胡须,身上穿着披开的洋服,有点像外国人似的革命党员的画像,印在薄薄的有光洋纸之上,满贴在条坊酒肆的壁间,几个日日在茶酒馆中过日子的老人,也降低了喉咙,皱紧了眉头,低低切切,很严重地谈论到了国事。

这一年的夏天,在我们的县里西北乡,并且还出了一次青红帮造反的事情。省里派了一位旗籍都统,带了兵马来杀了几个客籍农民之后,城里的街谈巷议,更是颠倒错乱了;不知从哪一处地方传来的消息,说是每夜四更左右,江上东南面的天空,还出现了一颗光芒拖得很长的扫帚星。我和祖母母亲,发着抖,赶着四更起来,披衣上江边去看了好几夜,可是扫帚星却终于没有看见。

到了阴历的七八月,四川的铁路风潮闹得更凶,那一种谣传,更来得神秘奇异了,我们的家里,当然也起了一个波

澜，原因是因为祖母母亲想起了在外面供职的我那两位哥哥。

几封催他们回来的急信发后，还盼不到他们的复信的到来，八月十八（阳历十月九日）的晚上，汉口俄租界里炸弹就爆发了。从此急转直下，武昌革命军的义旗一举，不消旬日，这消息竟同晴天的霹雳一样，马上就震动了全国。

报纸上二号大字的某处独立，拥某人为都督等标题，一日总有几起；城里的谣言，更是青黄杂出，有的说"杭州在杀没有辫子的和尚"，有的说"抚台已经逃了"，弄得一般居民，乡下人逃上了城里，城里人逃往了乡间。

我也日日的紧张着，日日的渴等着报来；有几次在秋寒的夜半，一听见喇叭的声音，便发着抖穿起衣裳，上后门口去探听消息，看是不是革命党到了。而沿江一带的兵船，也每天看见驶过，洋货铺里的五色布匹，无形中销售出了大半。终于有一天阴寒的下午，从杭州有几只张着白旗的船到了，江边上岸来了几十个穿灰色制服，荷枪带弹的兵士。县城里的知县，已于先一日逃走了，报纸上也报着前两日，上海已为民军所占领。商会的巨头，绅士中的几个有声望的，以及残留着在城里的一位贰尹。联合起来出了一张告示，开了一次欢迎那几十位穿灰色制服的兵士的会，家家户户便接上了五色的国旗。机城光复，我们的这个直接附属在杭州府下的小县城，总算也不遭兵燹，而平平稳稳地脱离了满清的压制。

平时老喜欢读悲歌慷慨的文章，自己捏起笔来，也老是痛哭淋漓，呜呼满纸的我这一个热血青年，在书斋里只想去冲锋陷阵，参加战斗，为众舍身，为国效力的我这一个革命志士，际遇着了这样的机会，却也终于没有一点作为，只呆立在大风圈外，捏紧了空拳头，滴了几滴悲壮的旁观者的哑泪而已。

（原载1935年4月20日《人世间》第26期）

# 海上

## ——自传之八

大暴风雨过后,小波涛的一起一伏,自然要继续些时。民国元年二月十二,满清的末代皇帝宣统下了退位之诏,中国的种族革命,总算告了一个段落。百姓剪去了辫发,皇帝改作了总统。天下骚然,政府惶惑,官制组织,尽行换上了招牌,新兴权贵,也都改穿了洋服。为改订司法制度之故,民国二年(一九一三)的秋天,我那位在北京供职的哥哥,就拜了被派赴日本考察之命,于是我的将来的修学行程,也自然而然的附带着决定了。

眼看着革命过后,余波到了小县城里所惹起的是是非非,一半也抱了希望,一半却拥着怀疑,在家里的小楼上闷过了两个夏天,到了这一年的秋季,实在再也忍耐不住了,即使没有我那位哥哥的带我出去,恐怕也得自己上道,到外边来寻找出路。

几阵秋雨一落,残暑退尽了,在一天晴空浩荡的九月下旬的早晨,我只带了几册线装的旧籍,穿了一身半新的夹服,跟着我那位哥哥离开了乡井。

上海街路树的洋梧桐叶,已略现了黄苍,在日暮的街

头,那些租界上的熙攘的居民,似乎也森岑地感到了秋意,我一个人呆立在一品香朝西的露台栏里,才第一次受到了大都会之夜的威胁。

远近的灯火楼台,街下的马龙车水,上海原说是不夜之城,销金之窟,然而国家呢?社会呢?像这样的昏天黑地般过生活,难道是人生的目的么?金钱的争夺,犯罪的公行,精神的浪费,肉欲的横流,天虽则不会掉下来,地虽则也不会陷落去,可是像这样的过去,是可以的么?在仅仅阅世十七年多一点的当时我那幼稚的脑里,对于帝国主义的险毒,物质文明的糜烂,世界现状的危机,与夫国计民生的大略等明确的观念,原是什么也没有,不过无论如何,我想社会的归宿,做人的正道,总还不在这里。

正在对了这魔都的夜景,感到不安与疑惑的中间,背后房里的几位哥哥的朋友,却谈到了天蟾舞台的迷人的戏剧;晚餐吃后,有人做东道主请去看戏,我自然也做了花楼包厢里的观众的一人。

这时候梅博士还没有出名,而社会人士的绝望胡行,色情倒错,也没有像现在那么的彻底,所以全国上下,只有上海的一角,在那里为男扮女装的旦角而颠倒;那一晚天蟾舞台的压台名剧,是贾璧云的全本《棒打薄情郎》,是这一位色艺双绝的小旦的拿手风头戏;我们于九点多钟,到戏院的时候,楼上楼下观众已经是满坑满谷,实实在在的到了更无立锥之地的样子了。四周的珠玑粉黛,鬓影衣香,几乎把我这一个初到上海的乡下青年,窒塞到回不过气来;我感到了眩惑,感到了昏迷。

最后的一出贾璧云的名剧上台的时候,舞台灯光加了一层光亮,台下的观众也起了动摇。而从脚灯里照出来的这一位旦角的身材,容貌,举止与服装,也的确是美,的确足以挑动台下男女的柔情。在几个钟头之前，那样的对上海的颓废空气，感到不满的我这不自觉的精神主义者，到此也有点固持不住了。这一夜回到旅馆之后，精神兴奋，直到了早晨的三点，方才睡去，并且在熟睡的中间，也曾做了色情的迷梦。性的启发，灵肉的交哄，在这次上海的几日短短逗留之中，早已在我心里，起了发酵的作用。

为购买船票杂物等件，忙了几日；更为了应酬来往，也着实费去了许多精力与时间，终于在一天清早，我们同去者三四人坐了马车向杨树浦的汇山码头出发了，这时候马路上还没有行人，太阳也只出来了一线。自从这一次的离去祖国以后，海外飘泊，前后约莫有十余年的光景。一直到现在为止，我在精神上，还觉得是一个无祖国无故乡的游民。

太阳升高了，船慢慢地驶出了黄浦，冲入了大海；故国的陆地，缩成了线，缩成了点，终于被地平的空虚吞没了下去；但是奇怪得很，我鹄立在船舱的后部，西望着祖国的天空，却一点儿离乡去国的悲感都没有。比到三四年前，初去杭州时的那种伤感的情怀，这一回仿佛是在回国的途中。大约因为生活沉闷，两年来的蛰伏，已经把我的恋乡之情，完全割断了。

海上的生活开始了，我终日立在船楼上，饱吸了几天天空海阔的自由的空气。傍晚的时候，曾看了伟大的海中的落日；夜半醒来，又上甲板去看了天幕上的秋星。船出黄海，驶入了明蓝到底的日本海的时候，我又深深地深深地感受到了海天一碧，与白鸥水鸟为伴时的被解放的情趣。我的喜欢大海，喜欢登高以望远，喜欢遗世而独处，怀恋大自然而嫌人的倾向，虽则一半也由于天性，但是正当青春的盛日，在四面是海的这日本孤岛上过去的几日生活，大约总也发生了不可磨灭的绝大的影响无疑。

船到了长崎港口，在小岛纵横，山青水碧的日本西部这

通商海岸，我才初次见到了日本的文化，日本的习俗与民风。后来谈到了法国罗底的记载这海港的美文，更令我对这位海洋作家，起了十二分的敬意。嗣后每次回国经过长崎心里总要跳跃半天，仿佛是遇见了初恋的情人，或重翻到了几十年前写过的情书。长崎现在虽则已经衰落了，但在我的回忆里，它却总保有着那种活泼天真，像处女似的清丽的印象。

半天停泊，船又起锚了，当天晚上，就走到了四周如画，明媚到了无以复加的濑户内海。日本艺术的清淡多趣，日本民族的刻苦耐劳，就是从这一路上的风景，以及四月海上的果园垦植地看来，也大致可以明白。蓬莱仙岛，所指的不知是否就在这一块地方，可是你若从中国东游，一过濑户内海，看看两岸的山光水色，与夫岸上的渔户农村，即使你不是秦朝的徐福，总也要生出神仙窟宅的幻想来，何况我在当时，正值多情多感，中国岁是十八岁的青春期哩！

由神户到大阪，去京都，去名古屋，一路上且玩且行。到东京小石川区一处高台上租屋住下，已经是十月将终，寒风有点儿可怕起来了。改变了环境，改变了生活起居的方式，言语不通，经济行动，又受了监督没有自由，我到东京住下的两三个月里，觉得是入了一所没有枷锁的牢狱，静静儿的回想起来，方才感到了离家去国之悲，发生了不可遏止的怀乡之病。

在这郁闷的当中，左思右想，唯一的出路，是在日本语的早日的谙熟，与自己独立的经济的来源。多谢我们国家文化的落后，日本与中国，曾有国立五校，开放收受中国留学生的约定。中国的日本留学生，只教能考上这五校的入学试验，以后一直到毕业为止，每月的衣食零用，就有官费可以领得；我于绝望之余，就于这一年的十一月，入了学日本文的夜校，与补习中学功课的正则预备班。

早晨五点钟起床，先到附近的一所神社的草地里去高声朗诵着"上野的樱花已经开了"，"我有着许多的朋友"等日文初步的课文，一到八点，就嚼着面包，步行三里多路，走到神田的正则补技去补课。以二角大洋的日用，在牛奶店里吃过午餐与夜饭，晚上就是三个钟头的日本文的夜课。

天气一日一日的冷起来了，这中间自然也少不了北风的雨雪。因为日日步行的终果，皮鞋前开了口，后穿了孔。一套在上海做的夹呢学生装，穿在身上，仍同裸着的一样；幸亏有了几年前一位在日本曾入过陆军士官学校的同乡，送给了我一件陆军的制服，总算在晴日当作了外套，雨日当作了雨衣，御了一个冬天的寒。这半年中的苦学，我在身体上，虽则种下了致命的呼吸器的病根，但在智识上，却比在中国所受的十余年的教育，还有一程的进境。

第二年的夏季招考期近了，我为决定要考入官费的五校去起见，更对我的功课与日语，加紧了速力。本来是每晚于十一点就寝的习惯，到了三月以后，也一天天的改过了；有时候与教科书本茕茕相对，竟会到了附近的炮兵工厂的汽笛，早晨放五点钟的夜工时，还没有入睡。

必死的努力，总算得到了相当的酬报，这一年的夏季，我居然在东京第一高等学校的入学考试里占取了一席。到了秋季始业的时候，哥哥因为一年的考察期将满，准备回国来复命，我也从他们的家里，迁到了学校附近的宿店。于八月底边，送他们上了归国的火车，领到了第一次的自己的官费，我就和家庭，和戚属，永久地断绝了连络。从此野马缰弛，风筝线断，一生中潦倒飘浮，变成了一只没有舵楫的孤舟，计算起时日来，大约与第一次世界大战的开始，差不多是在同一的时候。

（原载 1935 年 7 月 5 日《人世间》第 31 期）

# 南行杂记

## 一

上船的第二日,海里起了风浪,饭也不能吃,僵卧在舱里,自家倒得了一个反省的机会。

这时候,大约船在舟山岛外的海洋里,窗外又凄其的下雨了。半年来的变化,病状,绝望,和一个女人的不名誉的纠葛,母亲的不了解我的恶骂,在上海的几个月的游荡。一幕一幕的过去的痕迹,很杂乱地尽在眼前交错。

上船前的几天,虽则是心里很牢落,然而实际上仍是一件事情也没有干妥。闲下来在船舱里这么的一想,竟想起了许多琐杂的事情来:

"那一笔钱,不晓几时才拿得出来?"

"分配的方法,不晓有没有对C君说清?"

"一包火腿和茶叶,不知究竟要什么时候才能送到北京?"

"啊!一封信又忘了!忘了!"

像这样的乱想了一阵,不知不觉,又昏昏的睡去,一直到了午后的三点多钟。在半醒半觉的昏睡余波里沉浸了一

回，听见同舱的K和W在说话，并且话题逼近到自家的身上来了："D不晓得怎么样？"K的问话。

"叫他一声吧！"W答。

"喂，D！醒了吧？"K又放大了声音，向我叫。

"乌乌乌醒了，什么时候？"

"舱里空气不好，我们上'突克'去换一换空气吧！"

K的提议，大家赞成了，自家也忙忙的起了床。风停了，雨也已经休止，"突克"上散坐着几个船客。海面的天空，有许多灰色的黑云在那里低徊。一阵一阵的大风渣沫，还时时吹上面来。湿空气里，只听见那几位同船者的杂话声。因为是粤音，所以辨不出什么话来，而实际上我也没有听取人家的说话的意思和准备。

三人在铁栏杆上靠了一会，K和W在笑谈什么话，我只呆呆的凝视着黯淡的海和天，动也不愿意动，话也不愿意说。正在这一个失神的当儿，背后忽儿听见了一种清脆的女人的声音。回头来一看，却是昨天上船的时候看见过一眼的那个广东姑娘。她大约只有十七八岁年纪，衣服的材料虽则十分朴素，然而剪裁的式样，却很时髦。她的微突的两只近视眼，狭长的脸子，曲而且小且薄的嘴唇，梳的一条垂及腰际的辫发，不高不大的身材，并不白洁的皮肤，以及一举一动的姿势，简直和北京的银弟一样。昨天早晨，在匆忙杂乱的中间，看见了一眼，已经觉得奇怪了，今天在这一个短距离里，又深深地视察了一番，更觉得她和银弟的中间，确有一道相通的气质。在两三年前，或者又耍弄出许多把戏来搅扰这一位可怜的姑娘的心意；但当精力消疲的此刻，竟和大病的人看见了丰美的盛馔一样，心里只起了一种怨恨，并不想有什么动作。

她手里抱着一个周岁内外的小孩，这小孩尽在吵着，仿

佛要她抱上什么地方去的样子。她想想没法，也只好走近了我们的近边，把海浪指给那小孩看。我很自然的和她说了两句话，把小孩的一只肥手捏了一回。小孩还是吵着不已，她又只好把他抱回舱里去。我因为感着了微寒，也不愿意在"突克"上久立，过了几分钟，就匆匆的跑回了船室。

吃完了较早的晚饭，和大家谈了些杂天，电灯上火的时候，窗外又凄凄的起了风雨。大家睡熟了，我因为白天三四个钟头的甜睡，这时候竟合不拢眼来。拿出了一本小说来读，读不上几行，又觉得毫无趣味。丢了书，直躺在被里，想来想去想了半天，觉得在这一个时候对于自家的情味最投合的，还是因那个广东女子而惹起的银弟的回忆。

计算起来，在北京的三年乱杂的生活里，比较得有一点前后的脉络，比较得值得回忆的，还是和银弟的一段恶姻缘。人生是什么？恋爱又是什么？年纪已经到了三十，相貌又奇丑，毅力也不足，名誉，金钱都说不上的这一个可怜的生物，有谁来和你讲恋爱？在这一种绝望的状态里，醉闷的中间，真想不到会遇着这一个一样飘零的银弟！

我曾经对什么人都声明过，"银弟并不美。也没有什么特别可爱的地方。"若硬要说出一点好处来，那只有她的娇小的年纪和她的尚不十分腐化的童心。

酒后的一次访问，竟种下了恶根，在前年的岁暮，前后两三个月里，弄得我心力耗尽，一直到此刻还没有恢复过来，全身只剩了一层瘦黄的薄皮包着的一副残骨。

这当然说不上是什么恋爱，然而和平常的人肉买卖，仿佛也有点分别。啊啊，你们若要笑我的蠢，笑我的无聊，也只好由你们笑，实际上银弟的身世是有点可同情的地方在那里。她父亲是乡下的裁缝，没出息的裁缝，本来是苏州塘口的一个恶少年；因为姘识了她的娘，他们俩就逃到了上海，在浙江路的荣安里开设了一间裁缝摊。当然是一间裁缝摊，并不是铺子。在这苦中带乐的生涯里，银弟生下了地。过了几时，她父亲又在上海拐了一笔钱和一个女子，大小四人就又从上海逃到了北京。拐来的那个女子，后来当然只好去当娼妓，银弟的娘也因为男人的不德，饮上了酒，渐渐的变成了班子里的龟婆。罪恶贯盈，她父亲竟于一天严寒的晚上在雪窠里醉死了。她的娘以节蓄下来的四五百块恶钱，包了一个姑娘，勉强维持她的生活。像这样的日子，过了几年，银弟也长大了。在这中间，她的娘自然不能安分守寡，和一个年轻的琴师又结成了夫妇。循环报应，并不是天理，大约是人事当然的结果；前年春天，银弟也从"度嫁"的身份进了一步，去上捐当作了娼女。而我这前世作孽的冤鬼，也同她前后同时的浮荡在北京城里。

　　第一次去访问之后，她已经把我的名姓记住。第二天晚上十一点前后醉了回家，家里的老妈子就告诉我说："有一位姓董的，已经打了好几次电话来了。"我当初摸不着头脑，按了老妈子告诉我的号码就打了一个回电。及听到接电话的人说是蘼香馆，我才想起了前一晚的事情，所以并没有教他去叫银弟讲话，马上就把接话机挂上了。

　　记得这是前年九、十月中的事情，此后天气一天寒似一天，国内的经济界也因为政局的不安一天衰落一天，胡同里车马的稀少，也是当然的结果。这中间我虽则经济并不宽裕，然而东挪西借，一直到年底止，为银弟开销的账目，总结起来，也有几百块钱的样子。在阔人很多的北京城里，这几百块钱，当然算不得什么一回事，可是由相貌不扬，衣饰不富，经验不足的银弟看来，我已经是她的恩客了。此外还有一件事情，说出来是谁也不相信的，使她更加把我当作了一个不是平常的客人看。一天北风刮得很利害，寒空里黑云

飞满，仿佛就要下雪的日暮，我和几个朋友，在游艺园看完戏之后，上小有天去吃夜饭去。这时候房间和散座，都被人占去了，我们只得在门前小坐，候人家的空位。过了一忽，银弟和一个四十左右的绅士，从里面一间小房间里出来了。当她经过我面前的时候，一位和我去过她那里的朋友，很冒失的叫了她一声，她抬头一看，才注意到我的身上，窑子在游戏场同时遇见两个客人本来是常有的事情，但她仿佛是很难为情的丢下了那个客人来和我招呼。我一点也不变脸色，仍复是平平和和的对她说了几句话，叫她快些出去，免得那个客人要起疑心。她起初还以为我在吃醋，后来看出了我的真心，才很快活的走了。

好容易等到了一间空屋，又因为和银弟讲了几句话的结果，被人家先占了去；我们等了二十几分钟，才得了一间空座进去坐了。吃菜吃到第二碗，伙计在外边嚷，说有电话，要请一位姓×的先生说话。我起初还不很注意，后来听伙计叫的的确是和我一样的姓，心里想或者是家里打来的，因为他们知道我在游艺园，而小有天又是我常去吃晚饭的地方。猫猫虎虎到电话口去一听，就听出了银弟的声音。她要我马上去她那里，她说刚才那个客人本来要请她听戏，但她拒绝了。我本来是不想去的，但吃完晚饭，出游艺园的时候，时间还早，朋友们不愿意就此分散，大家你一句我一句，就决定要我上银弟那里去问她的罪。

在她房里坐了一个多钟头，接着又打了四圈牌，吃完了酒，想马上回家，而银弟和同去的朋友，都要我在那里留宿。他们出去之后，并且把房门带上，在外面上了锁。

那时候已经是一点多钟了，妓院里特有的那一种艳乱的杂音，早已停歇，窗外的风声，倒反而加起劲来。银弟拉我到火炉旁边去坐下，问我何以不愿意在她那里宿。我只是对她笑笑,吸着烟,不和她说话。她呆了一会,就把头搁在我的肩上,哭了起来。妓女的眼泪,本来是不值钱的;尤其是那时候我和她的交情并不深,自从头一次访问之后,拢总还不过去了三四次;所以我看了她这一种样子,心里倒觉得很不快活,以为她在那里用手段。哭了半天,我只好抱她上床,和她横靠在叠好的被条上面。她止住眼泪之后,又沉默了好久,才慢慢地举起头来说:"耐格人啊,真姆拨良心!"

又停了几分钟,感伤的话,一齐的发出来了:"平常日甲末,耐总勿肯来,来仔末,总说两句鬼话啦,就跑脱哉。打电话末,总教老妈子回复,说'勿拉屋里!'真朝碰着仔,要耐来拉给搭,耐回想跑回起。叫人家格面子阿过得起?数数看,像娥给当人,实在勿配做耐格朋友"说到了这里,她又重新哭了起来,我的心也被她哭软了。拿出手帕来替她擦干了眼泪,我不由自主的吻了她好半天。换了衣服,洗了身,和她在被里睡好,桌上的摆钟,正敲了四下。这时候她的余哀未去,我也很起了一种悲感,所以两人虽抱在一起,心里却并没有失掉互相尊敬的心思。第二天一直睡到午前的十点钟起来,两人间也不曾有一点猥亵的行为。起床之后,洗完脸,要去叫早点心的时候,她问我吃荤的呢还是吃素的,我对她笑了一笑,她才跑过来捏了我一把,轻轻的骂我说:"耐拉取笑娥呢,回是勒拉取笑耐自家?"

我也轻轻的回答她说:"我益格沫事,已经割脱着!"

这一晚的事情,说出来大家总不肯相信,但从此之后,她对我的感情,的确是剧变了。因此我也更加觉得她的可怜,所以自那时候起到年底止的两三个月中间,我竟为她付了几百块钱的账。当她身子不净的时候,也接连在她那里留了好几夜宿。去年正月,因为一位朋友要我去帮他的忙,不得不在兵荒燎乱之际,离开北京,西车站的她的一场大哭,

又给了我一个很深的印象。

躺在船舱里的棉被上,把银弟和我中间的一场一场的悲喜剧,回想起来之后,神经愈觉得兴奋,愈是睡不着了。不得已只好起来,拿了烟罐火柴,想上食堂去吸烟去。跳下了床,开门出来,在门外的通路上,却巧又遇见了那位很像银弟的广东姑娘。我因为正在回忆之后,突然见了她的形象,照耀在电灯光里,心里忽而起了一种奇妙的感觉,竟瞪了两眼,呆呆的站住了。她看了我的奇怪的样子,也好像很诧异似的站住了脚。这时候幸亏同船者都已睡尽,没有人看见;而我也于一分钟之内,回复了意识,便不慌不忙的走过她的身边,对她问了一声:"还没有睡么?"就上食堂去吸烟去。

## 二

从上海出发之后第四天的早晨,听说是已经过了汕头,也许今天晚上可以进虎门的。船客的脸上,都现出一种希望的表情来;天也放晴,"突克"上的人声也嘈杂起来了。这一次的航海,总算还好,风浪不十分大,路上也没有遇着强盗,而今天所走的地方,已经是安全地带了。在"突克"的左旁,一位广东的老商人,一边拿了望远镜在望海边的岛屿,一边很努力的用了普通话对我说了一段话。

太阳忽隐忽现,海风还是微微的拂上面来,我们究竟向南走了几千里路,原是谁也说不清楚;可是纬度的变迁的证明,从我们的换了夹衣之后,还觉得闷热的事实上找得出来,所以我也不知不觉的对那老商人说:"老先生,我们已经接触了南国的风光了!"

吃了早午饭,又在"突克"上和那老商人站立了一回,看看远处的岛屿海岸,也没有什么不同的变化,我就回到了舱里去享受午睡。大约是几天来运动不足,消化不良的缘故，头一搁下枕，就作了许多乱梦。梦见了去年在北京德国病院里死的一位朋友；梦见了两月前头，在故乡和我要好的那个女人，又梦见了几回哥哥和我吵闹的情形；最后又梦见我自家在一家酒店门口发怔，因为这酒家柜上，一盘一盘陈列着在卖的尽是煮熟了的人头和人的上半身。

午后三点多钟，睡醒之后，又上"突克"去看了一次，四面的景色，还是和午前一样，问问同伴，说要明天午后，才得到广州。幸而这时候那广东姑娘出来了，和她不即不离的说了几句极普通的话，觉得旅愁又减少了一点。这一晚和前几晚一样，看了几页小说，吸了几枝烟，想了些前后错杂的事情，就不知不觉的睡着了。

船到虎门外，等领港的到来，慢慢的驶进珠江，是在开船后第五天的午后三点多钟；天空黯淡，细雨丝丝在下，四面的小岛，远近的渔村，水边的绿树，使一般船客都中心不定地跑来跑去在"突克"和舱室的中间行走；南方的风物，煞是离奇，煞是可爱！

若在北方，这时候只是一片黄沙瘠土，空林里总认不出一串青枝绿叶来；而这南乡的二月，水边山上，苍翠欲滴的树叶，不消再说，江岸附近的水田里，仿佛是已经在忙分秧稻的样子。珠江江口，汊港又多，小岛更伙，望南望北，看得出来的，不是嫩绿浓荫的高树，便是方圆整洁的农园。树荫下有依水傍山的瓦屋，园场里排列着荔枝龙眼的长行，中间且有粗枝大干，红似相思的木棉花树，这是梦境呢还是实际？我在船头上竟看得发呆了。

"美啊！这不是和日本长崎口外的风景一样么？"同舱的 K 叫着说。

"美啊！这简直是江南五月的清和景！"同舱的 W 亦受了感动。

"可惜今天的天气不好,把这一幅好景致染上了忧郁的色彩。"我也附和他们说。

船慢慢的进了珠江,两岸的水乡人家的春联和门楣上的横额,都看得清清楚楚。前面老远,在空蒙的烟雨里,有两座小小的宝塔看见了。

"那是广州城!"

"那是黄埔!"

像这样的惊喜的叫唤,时时可以听见,而细雨还是不止,天色竟阴阴的晚了。

吃过晚饭,再走出舱来的时候,四面已经是夜景了。远近的湾港里,时有几盏明灭的渔灯看得出来,岸上人家的墙壁,还依稀可以辨认。广州城的灯火,看得很清,可是问问船员,说到白鹅潭还有二十多里。立在黄昏的细雨里,尽把脖子伸长,向黑暗中瞭望,也没有什么意思,又想回到食堂里去吸烟,但W和K却不愿意离开"突克"。

不知经过了几久,轮船的轮机声停止了。"突克"上充满了压人的寂静,几个喜欢说话的人,又受了这寂静的威胁,不敢作声;忽而船停住了,跑来跑去有几个水手呼唤的声音。轮船下舢板中的男女的声音,也听得出来了,四面的灯火人家,也增加了数目。舱里的茶房,不知道什么时候出来的,这时候也站在我们的身旁,对我们说:"船已经到了,你们还是回舱去照料东西吧!广东地方可不是好地方。"

我们问他可不可以上岸去,他说晚上雇舢板危险,还不如明天早上上去的好,这一晚总算到了广州,而仍在船上宿了一宵。

在白鹅潭的一宿,也算是这次南行的一个纪念,总算又和那广东姑娘同在一只船上多睡了一晚。第二天早晨,天一亮，不及和那姑娘话别，我们就雇了小艇，冒雨冲上岸来了。

一九二五年四月二十日

（选自《达夫散文集》，上海北新书局1936年版）

# 马缨花开的时候

　　约莫到了夜半，觉得怎么也睡不着觉，于起来小便之后，放下玻璃溺器，就顺便走上了向南开着的窗口。把窗帷牵了一牵，低身钻了进去，上半身就像是三明治里的火腿，被夹在玻璃与窗帷的中间。

　　窗外面是二十边的还不十分大缺的下弦月夜，园里的树梢上，隙地上，白色线样的柏油步道上，都洒满了银粉似的月光，在和半透明的黑影互相掩映。周围只是沉寂、清幽，正像是梦里的世界。首夏的节季，按理是应该有点热了，但从毛绒睡衣的织缝眼里侵袭进来的室中空气，尖淋淋还有些儿凉冷的春意。

　　这儿是法国天主教会所办的慈善医院的特等病房楼，当今天早晨进院来的时候，那个粗暴的青年法国医生，糊糊涂涂的谛听了一遍之后，一直到晚上，还没有回话。只傍晚的时候，那位戴白帽子的牧母来了一次。问她这病究竟是什么病？她也只微笑摇着头，说要问过主任医生，才能知道。

　　而现在却已经是深沉的午夜了，这些吃慈善饭的人，实在也太没有良心，太不负责任，太没有对众生的同类爱。幸而这病，还是轻的，假若是重病呢？这么的一搁，搁起十几个钟头，难道起死回生的耶稣奇迹，果真的还能在现代的二十世纪里再出来的么？

心里头这样在恨着急着，我以前额部抵住了凉阴阴的玻璃窗面，双眼尽在向窗外花园内的朦胧月色，和暗淡花阴，作无心的观赏。立了几分钟，怨了几分钟，在心里学着罗兰夫人的那句名句，叫着哭着：

"慈善呀慈善！在你这令名之下，真不知害死了多少无为的牺牲者，养肥了多少卑劣的圣贤人！"

直等怨恨到了极点的时候，忽而抬起头来一看，在微明的远处，在一堆树影的高头，金光一闪，突然间却看出了一个金色的十字架来。

"啊吓不对，圣母马利亚在显灵了！"

心里这样一转，自然而然地毛发也竖起了尖端。再仔细一望，那个金色十字架，还在月光里闪烁着，动也不动一动。注视了一会，我也有点怕起来了，就逃也似的将目光移向了别处。可是到了这逃避之所的一堆黑树荫中逗留得不久，在这黑沉沉的背景里，又突然显出了许多上尖下阔的白茫茫同心儿一样，比蜡烛稍短的不吉利的白色物体来。一朵两朵，七朵八朵，一眼望去，虽不十分多，但也并不少，这大约总是开残未谢的木兰花罢，为想自己宽一宽自己的心，这样以最善的方法解释着这一种白色的幻影，我就把身体一缩，退回自己床上来了。

进院后第二天的午前十点多钟，那位含着神秘的微笑的牧母又静静儿同游水似的来到了我的床边。

"医生说你害的是黄疸病，应该食淡才行。"

柔和地这样的说着，她又伸出手来为我诊脉。她以一只手捏住了我的臂，擎起另外一只手，在看她自己臂上的表。

我一言不发,只是张大了眼在打量她的全身上下的奇异的线和色。

头上是由七八根直线和斜色线叠成的一顶雪也似的麻纱白帽子,白影下就是一张肉色微红的柔嫩得同米粉似的脸。因为是睡在那里的缘故,我所看得出来的,只是半张同《神曲》封面画上,印在那里的谭戴似的鼻梁很高的侧面形。而那只瞳人很大很黑的眼睛哩,却又同在做梦似的向下斜俯着的。足以打破这沉沉的梦影,和静静的周围的两种刺激,便是她生在眼睑上眼睛上的那些很长很黑,虽不十分粗,但却也一根一根地明细分视得出来的眼睫毛和八字眉,与唧唧唧唧,只在她那只肥白的手臂上静走的表针声。她静寂地俯着头,按着我的臂,有时候也眨着眼睛,胸口头很细很细的一低一高地吐着气,真不知道听了我几多时的脉,忽而将身体一侧,又微笑着正向着我显示起全面来了,面形是一张中突而长圆的鹅蛋脸。

"你的脉并不快,大约养几天,总马上会好的。"

她的富有着抑扬风韵的话,却是纯粹的北京音。

"是会好的么?不会死的么?"

"啐,您说哪儿的话?"

似乎是嫌我说得太粗暴了,嫣然地一笑,她就立刻静肃敏捷地走转了身,走出了房。而那个"啐,你说哪儿的话?"的余音,却同大钟鸣后,不肯立时静息般的尽在我的脑里耳宏宏地跑着绕圈儿的马。

医生隔日一来,而苦里带咸的药,一天却要吞服四遍,但足与这些恨事相抵而有余的,倒是那牧母的静肃的降临,有几天她来的次数,竟会比服药的次数多一两回。像这样单调无聊的修道院似的病囚生活,不消说是谁也会感到厌腻的,我于住了一礼拜医院之后,率性连医生也不愿他来,药

也不想再服了，可是那牧母的诊脉哩，我却只希望她从早到晨起就来替我诊视，一直到晚，不要离开。

　　起初她来的时候，只不过是含着微笑，量量热度，诊诊我的脉，和说几句不得不说的话而已。但后来有一天在我的枕头底下被她搜出了一册泥而宋版的 Baudelaire 的小册子后，她和我说的话也多了起来，在我床边逗留的时间也一次一次的长起来了。

　　她告诉了我 Soeursdecharite（白帽子会）的系统和义务，她也告诉了我罗曼加多力克教（Catechisme）的教义总纲领。她说她的哥哥曾经去罗马朝见过教皇，她说她的信心坚定是在十五年前的十四岁的时候。而她的所最对我表示同情的一点，似乎是因为我的老家的远处在北京，"一个人单身病倒了在这举目无亲的上海，哪能够不感到异样的孤凄与寂寞呢？"尤其是觉得巧合的，两人在谈话的中间，竟发现了两人的老家，都偏处在西城，相去不上二三百步路远，在两家的院子里，是都可以听得见北堂的晨钟暮鼓的。为有这种种的关系，我入院后经过了一礼拜的时候，觉得忌淡也没有什么苦处了，因为每次的膳事，她总叫厨子特别的为我留心，布丁上的奶油也特别的加得多，有几次并且为了医院内的定食不合我的胃口，她竟爱把她自己的几盆我可以吃的菜蔬，差男护士菲列浦一盆一盆的递送过来，来和我的交换。

　　像这样的在病院里住了半个多月，虽则医生的粗暴顽迷，仍旧改不过来，药味的酸咸带苦，仍旧是格格难吃，但小便中的绛黄色，却也渐渐地褪去，而柔软无力的两只脚，也能够走得动一里以上的路了。

　　又加以时节逼进中夏，日长的午后，火热的太阳偏西一点，在房间里闷坐不住，当晚祷之前，她也常肯来和我向楼下的花园里去散一回小步。两人从庭前走出，沿了葡萄架的

甬道走过木兰花丛，穿入菩提树林，到前面的假山石旁，有金色十字架竖着的圣母像的石坛圈里，总要在长椅上，坐到晚祷的时候，才走回来。

这舒徐闲适的半小时的晚步，起初不过是隔两日一次或隔日一次的，后来竟成了习惯，变得日日非去走不行了。这在我当然是一种无上的慰藉，可以打破一整天的单调生活，而终日忙碌的她似乎也在对这漫步，感受着无穷的兴趣。

又经过了一星期的光景，天气更加热起来了。园里的各种花木，都已经开落得干干净净，只有墙角上的一丛灌木，大约是蔷薇罢，还剩着几朵红白的残花，在那里妆点着景色。去盛夏想也已不远，而我也在打算退出这医药费昂贵的慈善医院，转回到北京去过夏去。可是心里虽则在这么的打算，但一则究竟病还没有痊愈，而二则对于这周围的花木，对于这半月余的生活情趣，也觉得有点依依难舍，所以一天一天的捱捱，又过了几天无聊的病囚日子。

有一天午后，正当前两天的大雨之余，天气爽朗晴和得特别可爱，我在病室里踱来踱去，心里头感觉得异样的焦闷。大约在铁笼子里徘徊着的新被擒获的狮子，或可以想象得出我此时的心境来，因为那一天从早晨起，一直到将近晚祷的时候止，一整日中，牧母还不曾来过。

晚步的时间过去了，电灯点上了，直到送晚餐来的时候，菲列浦才从他的那件白衣袋里，摸出了一封信来，这不消说是牧母托他转交的信。信里说，她今天上中央会堂去避静去了，休息些时，她将要离开上海，被调到香港的病院中去服务。若来面别，难免得不动伤感，所以相见不如不见。末后再三叮嘱着，教我好好的保养，静想想经传上圣人的生活。若我能因这次的染病，而归依上帝，浴圣母的慈恩，那她的喜悦就没有比此更大的了。

我读了这一封信后,夜饭当然是一瓢也没有下咽。在电灯下呆坐了数十分钟,站将起来向窗外面一看,明蓝的天空里,却早已经升上了一个银盆似的月亮。大约不是十五六,也该是十三四的晚上了。

　　我在窗前又呆立了一会,旋转身就披上了一件新制的法兰绒的长衫,拿起了手杖,慢慢地,慢慢地,走下了楼梯,走出了楼门,走上了那条我们两人日日在晚祷时候走熟了的葡萄甬道。一程一程的走去,月光就在我的身上印出了许多树枝和叠石的影画。到了那圣母像的石坛之内,我在那张两人坐熟了的长椅子上,不知独坐了多少时候。忽而来了一阵微风,我偶然间却闻着了一种极清幽,极淡漠的似花又似叶的朦胧的香气。稍稍移了一移搁在支着手杖的两只手背上的头部,向右肩瞟了一眼,在我自己的衣服上,却又看出了一排非常纤匀的对称树叶的叶影,和几朵花蕊细长花瓣稀薄的花影来。

　　"啊啊!马缨花开了!"

　　毫不自觉的从嘴里轻轻念出了这一句独语之后,我就从长椅子上站起了身来,走回了病舍。

一九三二年六月

（原载1932年8月1日《现代》第1卷第4期）

# 敌我之间

因为从小的教育，是在敌国受的缘故，旅居十余年，其间自然有了不少的日本朋友。回国以后，在福州、上海、杭州等处闲居的中间，敌国的那些文武官吏，以及文人学者，来游中国，他们大抵总要和我见见谈谈。别的且不提，就说这一次两国交战中的许多将领，如松井石根、长谷川、阿部等，他们到中国来，总来看我，而我到日本去，也是常和他们相见的。

七七抗战事发，和这些敌国友人，自然不能再讲私交了；虽然，关于我个人的消息，在他们的新闻杂志上，也间或被提作议论。甚至在战后我的家庭纠纷，也在敌国的文艺界，当成了一个话柄。而在《大风》上发表的那篇《毁家诗纪》，亦经被译载在本年度一月号的《日本评论》皇纪二千六百年纪念大特辑上。按之春秋之义，对这些我自然只能以不问的态度置之。

这一回，可又接到了东京读卖新闻社学艺部的一封来信，中附有文艺批评家新居格氏致我的一封公开状的原稿。编者还再三恳请，一定要我对新居格氏也写一篇同样的答书。对此我曾经考虑得很久,若置之不理呢,恐怕将被人笑我小国民的悻悻之情,而无君子之宽宏大量;若私相授受,为敌国的新闻杂志撰文,万一被歪曲翻译,像去作为宣传的材料呢?则第一就违背了春秋之义;第二,也无以对这次殉国的我老母胞兄等在天之灵。所以到了最后,我才决定,先把来书译出在此,然后仍以中文作一答复,披露在我自编的这《晨星》栏里,将报剪下寄去,庶几对于公谊私交,或可勉求其两全。

现在,先将新居氏的公开状,翻译在下面。

寄郁达夫君:

我现在正读完了冈崎俊夫君译的你那篇很好的短篇小说《过去》,因此机缘,在我的脑里,又展开了过去关于你的回想。

与你最初的相见,大约总有十几年了吧。还记得当时由你的领导,去玩了上海南市的中国风的公园,在静安寺的那闲静的外国坟山里散了步;更在霞飞路的一角,一家咖啡馆里小憩了许多时。

在这里,你曾告诉我,这是中国近代的知识界的男女常来的地方,而你自己也将于最近上安徽大学去教书。

我再问你去"讲的是什么呢?"你说"将去讲《源氏物语》,大约将从《桐壶》的一卷讲起吧!"直到现在,也还没有完全读过《源氏物语》的我,对你的这一句话,实在感到了一种惊异,于是话头就转到了中国的可与《源氏物语》匹敌的《红楼梦》,我说起了《红楼梦》的英译本,而你却说,那一个英文的译名"Dreams of Red Chamber"实在有点不大适当,我还记得你当时所说明的理由。

数年前,当我第二次去上海的时候,听说你已移住到了杭州。曾遇见了你的令兄郁华氏,他说:"舍弟在两三日前,

曾由杭州来过上海,刚于昨天回去。他若晓得你这次的来沪,恐怕是要以不能相见为怅的。"

但是,其后居然和你在东京有了见面的机会。因为日本的笔会开常会,招待了你和郭沫若君,来作笔会的客人,我于是在席上又得和你叙了一次之阔之情。

中日战争(达夫按:敌人通称作"日支事变")起来了。

你不知现在在那里?在做些什么?是我常常想起的事情。人与人之间的感情,是不会因两国之间所酿成的不幸事而改变的。这,不但对你如此,就是对我所认识的全部中国友人,都是同样的在这里想念。

我真在祈祷着,愿两国间的不幸能早一日除去,仍如以前一样,不,不,或者比以前更加亲密地,能使我们有互作关于艺术的交谈的机会。实际上,从事于文学的同志之间,大抵是能互相理解,互相信赖,披肝沥胆,而率直地来作深谈的;因为"人间性"是共通的问题。总之,是友好,日本的友人,或中国的友人等形容词,是用不着去想及的。

总而言之,两国间根本的和平转生,是冷的人与人之间相互信赖的结纽,战争是用不着的,政策也是用不着的。况且,在创造人的世界里,政策更是全然无用的东西,所以会通也很快。

老实说吧,我对于二十世纪的现状,真抱有不少的怀疑,我很感到这是政治家的言论时代。可是,这当然也或有不得不如此的理由在那里。那就足以证明人类生活之中,还有不少的缺陷存在着。但是创造人却不能放弃对这些缺陷,而加以创造的真正的重责,你以为这话对么?郁君!

于此短文草了之顷,我也在谨祝你的康健!

新居格

致新居格氏：

敬爱的新居君，由东京读卖新闻社学艺部，转来了你给我的一封公开状，在这两国交战中的今天，承你不弃，还在挂念到我的近状，对这友谊我是十分地在感激。

诚如你来书中之所说，国家与国家间，虽有干戈杀伐的不幸，但个人的友谊，是不会变的。岂但是个人间的友谊，我相信就是民众与民众间的同情，也仍是一样地存在着。在这里，我可以举一个例，日本的有许多因参加战争而到中国来的朋友，他们已经在重庆，在桂林，在昆明等地，受着我们的优待。他们自动地组织了广大的同盟，在演戏募款，营救我们的难民伤兵，也同我们在一道工作，想使真正的和平，早日到来。他们用日本话所演的戏，叫做《三兄弟》，竟也使我们的同胞看了为之落泪。新居君！人情是普天下都一样的。正义感，人道，天良，是谁也具有着的。王阳明先生的良知之说，到了今天，到了这杀伐惨酷的末日，也还是颠扑不破的真理！

日本国内的情状，以及你们所呼吸着的空气，我都明白；所以关于政治的话，关于时局的话，我在此地，可不必说。因为即使说了，你也决计不会看到。不过有一点，我可以告诉你，中国的老百姓（民众），却因这一次战争的结果，大大地进步了。他们知道了要团结，他们知道了要坚苦卓绝，忍耐到底。他们都有了"任何牺牲，也在所不惜"的决心。他们都把国家的危难，认作了自己的责任。因为战争是在中国的土地上在进行。飞机轰炸下所伤生的，都是他们的父老姊妹。日本的炸弹，提醒了他们的国族观念。

就以我个人来说罢，这一次的战争，毁坏了我在杭州在富阳的田园旧业，夺去了我七十岁的生身老母，以及你曾经在上海会见过的胞兄；藏书三万册，以及爱妻王氏，都因这

一次的战争，离我而去了；但我对这种种，却只存了一个信心，就是"正义，终有一天，会来补偿我的一切损失。"

我在高等学校做学生的时代，曾经读过一篇奥国作家Kleist做的小说《米舍耳·可儿哈斯》，我的现在的决心，也正同这一位要求正义至最后一息的主人公一样。

你来信上所说的"对二十世纪现状的怀疑"，"人类生活还有很多的缺陷"，"我们创造者应该起来真正补足这些缺陷"，这是十二分的同感。现在中国的许多创造者们，已经在分头进行了这一步工作。中国的文艺，在这短短的三年之内，有了三百年的进步；中国的知识阶级，现在差不多个个都已经成了实际的创造者了。你假使能在目下这时候，来到中国内地（战地的后方），仔细观察一下，将很坦白地承认我这一句话的并不是空言。

中国所持的，是地大物博，人口众多；所差的是人心的不良。可是经过了这次战争的洗礼，所持的更发挥了它们的威光，所差的已改进到了十之八九。民族中间的渣滓，已被浪淘净尽了；现在在后方负重致远的，都是很良好的国民。

中国的民众，原是最爱好和平的；可是他们也能辨别真正的和平与虚伪的和平不同。和平是总有一天会在东半球出现的，但他们觉得现在恐怕还不是时候。

新居君！你以为我在上面所说的，都是带着威胁性的大言状语么？不，决不，这些都是现在自由中国的现状，实情。不管这一篇文字，能不能达到你的眼前，我总想将现在我们的心状，环境，对你作一个无虚饰的报道。一半也可以使你晓得我及其他你的友人们的近状，一半也可供作日本的民众的参考。看事情，要看实际，断不能老蒙在鼓里，盲听一面之辞，去上"民可使由之，不可使知之"的老当。

最后，我在日本的友人，实在也是很多；我在前四年去日本时所受的诸君的款待，现在也还历历地在我的心目中回旋。尤其是当我到了京都，一下车就上了奈良，去拜访了志贺直哉氏，致令京都的警察厅起了恐慌，找不到他们要负责保护的旅客一层，直到此刻，我也在抱歉。

因复书之便，我想顺手在此地提起一笔，敬祝那些友人们的康健。至于你呢，新居君，我想我们总还有握手欢谈的一天的。在那时候，我想一切阻碍和平，挑动干戈的魔物，总已经都上了天堂或降到地狱里去了。我们将以赤诚的心，真挚的情，来谈艺术，来为世界人类的一切缺陷谋弥补的方法。

郁达夫

附言：正当此文草了之际，我却接到了林语堂氏从故国寄来的信。他已经到了重庆安住下来了；不久的将来，将赴战地去视察，收集材料，完成他第二部的大著。他的《北京的一瞬间》，想你总也已经看过；现在正由我在这里替他译成中文。翻译的底本，是经他自己详细注解说明过的。我相信我这中译本出世之后，对于日本现在已经出版的同书的两种译本，必能加以许多的订正。

（原载 1940 年 6 月 1 日、3 日新加坡《星洲日报》）

# 巴掌厚的腊肉和巴掌大的蚊子

　　什么地方先不管它。炉火烧得正旺,清香的青杠木不断往炉膛里扔,撩得慢慢一锅青杠菌不停在滚水里翻腾,泛出一股张扬的奶香。奶娃子闻见,叫了一声,当娘的就抱歉地对客人说,不好意思啊,您得等等。说着,毫不避嫌,一把掏出肥白的大奶子,恨不能喷泉似的塞到娃娃嘴里。当家的男人在屋外劈柴。斧子雪亮,映出坪上几户人家很健壮的灯火,还有周围那几片翠绿得很不计后果的松林。这空山剔透的灵气,便张牙舞爪扑来,让人躲都躲不开。

　　山很远,又很近。就是说,面前是,远方也是山。山叠着山,宽广,辽阔,路却很细,很隐秘,也不知道这家子人出不出得去这个地方。莫关系。当家的放下斧子,披上一件辨不出颜色的衣服,踌躇满志地点上锅辛辣的叶子烟。这才看见,手很像四周那些在暮色中起伏的大山,都像,颜色,质地,筋络,还有形状。顺着两条古铜色的,强健的手臂,长出两座山,长在一个人身上,那是什么光景?

　　又黑又亮的山狗跑过来,眉宇之间真诚得好笑,跟外面的很是不同。当然,也许是猜测和主观。这似静非静的山

间,什么都给净化了,都蒙上一层俯拾皆是的纯洁氛围。却愿意这样,愿意被它搞得莫名其妙,亦真亦幻,淡入也是那么顺畅,淡出也是那么意趣盎然。

进进出出间,火炉烧得更猛,青杠菌的异香扑鼻而来,让人熏然欲醉。米酒有点酸,还就得这么酸;饭很糙,还就得这么糙。不知名的人影在窗棂上,木屋顶棚上夸张地摆动,分不清谁是客人,谁又是主人。突然,一阵浓郁的肉香当头袭来,左看右看,不知道来源。当娘的妩媚一笑,烧得翻天掌的青杠菌旁边,一扇漆黑油亮的锅盖呼啦揭起来,大块大块红亮晶莹的转筋儿腊肉,厚实得就像当家的手掌,也就像山,像亲切的,闹热的山岭,马上就要起锅,盛满一个个粗瓷大土碗,端到浓烈的,别的记忆里。

洪椿坪绵雨淫淫,像同行两姐妹湿润的眼珠。猴子捣蛋得差不多,就不再没命地闹,而是找地方过年了。深秋了,都冷。花花彩彩的树林酷似些精致的照片,活了一样,在前后上下的山峦窜来窜去。峨嵋天下秀,这话实在准确。

玩了两三天了,姐累,妹也累,都想找地方休息。但风景实在美,奇,就有点收不住这双眼。蕨叶一铺开,就像一群四仰八叉的暗褐色小大人儿,又肥厚又甜美;随便钻出条蛇,吓一大跳,细看,却只是根大蚯蚓。听说这山以前与世隔绝,环境护着,所以保下许多东西。但这些也太怪了,姐姐对妹妹说。妹妹说,吓死我了耶。旁边男孩就笑:这么小的胆子,幸好有我。好,你行!妹妹就卸下旅行包,猛地压他肩上。男孩看姐姐,姐姐偷笑。男孩脸就红,没说什么,紧紧身手,快步朝前走。

前边有个旅店,看来干净。男孩冲进去,问:还有房间么?说有,男孩急急冲出,把姐妹迎进,却是只有一间小房,一张小床,支着个又黄又朽的破旧蚊帐。男孩为难,

说：不方便吧？姐姐就飞快白他一眼：你老实点不就行了？

三个人讪讪地歇下来。好舒服啊！妹妹扑到床上，欢叫。姐姐坐她边上，男孩站着，一看，开水也没有，茶也没有，就去要。还是没有，只有吃饭才有这些。男孩回来，说：算了，去别的地方吧。姐妹俩嚷嚷：我们都没说什么，你心怀鬼胎啊你？睡觉怎么办？男孩苦恼地说。有什么关系？挤一下就行，又不脱衣服，妹妹说。不脱衣服睡得不舒服，男孩说。你还真会享受，少爷，妹妹说：就这么追我姐姐？姐姐，我们不理他了！姐姐瞅男孩一眼，脸红了。妹妹一看，脸也红了。

吃饭，找水洗脸，洗脚。三个人突然话很少，像隔了层东西。灯光很暗。就开窗户，还好，月亮淡红淡红地升起来，总算有点看的了。三个人两个坐床，一个还是站着，愣愣地看，不说话。不能这样熬下去，男孩忧愁地想。突然响起来一阵习习索索的怪声。

你们在脱衣服？男孩唐突地问，问完就后悔。但是奇怪，姐妹俩都没吱声，而是四下里张望，很紧张，也不知道为什么。男孩也张望，只觉一些大蛾子飞来飞去，翅膀呼啦啦扇着，扇得灯光像蜡，摇摇晃晃起来。男孩看见俩姐妹慌张地支起蚊帐，往里面畏缩，就说：我打死它们。男孩找报纸，没有。正好，一个蛾子飞到他跟前。男孩一把抓住，还挣。男孩使劲一捏，不由叫了一下：皮肤像给什么尖锐的东西刺破了，生痛。

好大的一只蚊子。

我们计划分手时，季节很美好，跟事态鲜明地对比着。真要分了，当然，是姐妹中一个。我从城门洞那边去了北方，我去了就不想回来。她却定要留在家乡。另一个，是个好孩子，还想撮合，就哄我们，还想方设法把大家弄到山上。

没作用。她们回去了,结束了,但我的旅途并没完成。我从峨嵋出发,去黄龙,就是那个有更多山和腊肉的地方。两种心情都很浓,峨嵋,她们在身边,我神魂颠倒,不知所措;黄龙,没这些了,有什么空了,什么就试图填补,都是好东西,云山雾罩,一如很久以后,总有什么,不停地让我成长下去。

关于她,她们,不再说别的。一种东西一旦不能忘记,也就再不会被我提起。

(选自《郁达夫散文集》,太白文艺出版社,2008年10月第3版)

# 暗夜

什么什么？那些东西都不是我写的。我会写什么东西呢？近来怕得很，怕人提起我来。今天晚上风真大，怕江里又要翻掉几只船哩！啊，啊呀，怎么，电灯灭了？啊，来了，啊呀，又灭了。等一忽吧，怕就会来的。像这样黑暗里坐着，倒也有点味儿。噢，你有洋火么？等一等，让我摸一枝洋蜡出来。……啊唷，混蛋，椅子碰破了我的腿！不要紧，不要紧，好，有了。……

这样烛光，倒也好玩得很。呜呼呼，你还记得么？白天我做的那篇模仿小学教科书的文章："暮春三月，牡丹盛开，我与友人，游戏庭前，燕子飞来，觅食甚勤，可以人而不如鸟乎。"我现在又想了一篇，"某生夜读甚勤，西北风起，吹灭电灯，洋烛之光。"呜呼呼……近来什么也不能做，可是像这种小文章，倒也还做得出来，很不坏吧？我的女人么？暖，她大约不至于生病罢！暑假里，倒想回去走一趟。就是怕回去一趟，又要生下小孩来，麻烦不过。你那里还有酒么？啊唷，不要把洋烛也吹灭了，风声真大呀！可了不得！……去拿么，酒？等一等，拿一盒洋火，我同你去。

……廊上的电灯也灭了么?小心扶梯!喔,灭了!混蛋,不点了罢,横竖出去总要吹灭的。……噢噢,好大的风!冷!真冷!……嗳!

(选自《达夫散文集》,上海北新书局,1936年版)

# 移家琐记

## 一

"流水不腐",这是中国人的俗话。"Stagnant Pond",这是外国人形容固定的颓毁状态的一个名词。在一处羁住久了,精神上习惯上,自然会生出许多霉烂的斑点来。更何况洋场米贵,狭巷人多,以我这一个穷汉,夹杂在三百六十万上海市民的中间,非但汽车、洋房、跳舞、美酒等文明的洪福享受不到,就连吸一口新鲜空气,也得走十几里路。移家的心愿,早就有了;这一回却因朋友之介,偶尔在杭城东隅租着一所适当的闲房,筹谋计算,也张罗拢了二三百块洋钱,于是这很不容易成就的戋戋私愿,竟也猫猫虎虎地实现了。小人无大志,蜗角亦乾坤,触蛮鼎定,先让我来谢天谢地。

搬来的那一天,是春雨霏微的星期二的早上,为计时日的正确,只好把一段日记抄在下面:

一九三三年四月廿五(阴历四月初一),星期二。晨,五点起床,窗外下着蒙蒙的时雨,料理行装等件,赶赴北站,衣帽尽湿。携女人儿子及一仆妇登车,在不断的雨丝

中,向西进发。野景正妍,除白桃花,菜花,棋盘花外,田野里只一片嫩绿,浅淡尚带鹅黄,此番因自上海移居杭州,故行李较多,视孟东野稍为富有,沿途上落,被无产同胞的搬运夫,敲刮去了不少。午后一点到杭州城站,雨势正盛,在车上蒸干之衣帽,又涔涔湿矣。

新居在浙江图书馆侧面的一堆土山旁边,虽只东倒西斜的三间旧屋,但比起上海的一楼一底的弄堂洋房来,究竟宽敞得多了,所以一到寓居,就开始做室内装饰的工作。沙发是没有的,镜屏是没有的,红木器具,壁画纱灯,一概没有。几张板桌,一架旧书,在上海时,塞来塞去,只觉得没地方塞的这些破铜烂铁,一到了杭州,向三间连通的矮厅上一摆,看起来竟空空洞洞,像煞是沧海中间的几颗粟米了。最后装上壁去的,却是上海八云装饰设计公司送我的一块石膏圆面。塑制者是江山徐葆蓝氏,面上刻出的是圣经里马利马格大伦的故事。看来看去,在我这间黝暗矮阔的大厅摆设之中,觉得有一点生气的,就只是这一块同深山白雪似的小小的石膏。

## 二

向晚雨歇,电灯来了。灯光灰暗不明,问先搬来此地住的王母以"何不用个亮一点的灯球"?方才知道朝市而今虽不是秦,但杭州一隅,也决不是世外的桃源,这样要捐,那样要税,居民的负担,简直比世界那一国的首都,都加重了;即以电灯一项来说,每一个字,在最近也无法地加上了好几成的特捐。"烽火满天殍满地,儒生何处可逃秦?"这是几年前做过的叠秦韵的两句山歌,我听了这些话后,嘴上虽则不念出来,但心里却也私地转想了好几次。腹诽若要加刑,则我这一篇琐记,又是自己招认的供状了,罪过罪过。

三更人静，门外的巷里忽传来了些笃笃笃笃的敲小竹梆的哀音。问是什么？说是卖馄饨圆子的小贩营生。往年这些担头很少，现在却冷街僻巷，都有人来卖到天明了，百业的凋敝，城市的萧条，这总也是民不聊生的一点点的实证罢？

新居落寞，第一晚睡在床上，翻来覆去，总睡不着觉。夜半挑灯，就只好拿出一本新出版的《两地书》来细读。有一位批评家说，作者的私记，我们没有阅读的义务。当时我对这话，倒也佩服得五体投地，所以书店来要我出书简集的时候，我就坚决地谢绝了，并且还想将一本为无钱过活之故而拿去出卖的日记都教他们毁版，以为这些东西，是只好于死后，让他人来替我印行的；但这次将鲁迅先生和密斯许的书简集来一读，则非但对那位批评家的信念完全失掉，并且还在这一部两人的私记里，看出了许多许多平时不容易看到的社会黑暗面来。至如鲁迅先生的诙谐愤俗的气概，许女士的诚实庄严的风度，还是在长书短简里自然流露的余音，由我们熟悉他们的人看来，当然更是味中有味，言外有情，可以不必提起，我想就是绝对不认识他们的人，读了这书至少也可以得到几多的教训，私记私记，义务云乎哉？

从半夜读到天明，将这《两地书》读完之后，已经觉得愈兴奋了，六点敲过，就率性走到楼下去洗了一洗手脸，换了一身衣服，踏出大门，打算去把这杭城东隅的清晨朝景，看它一个明白。

## 三

夜来的雨，是完全止住了，可是外貌像马加弹姆式的沙石马路上，还满涨着淤泥，天上也还浮罩着一层明灰的云幕。路上行人稀少，老远老远，只看得见一部慢慢在向前拖走的人力车的后影。从狭巷里转出东街，两旁的店家，也只

开了一半,连挑了菜在沿街赶早市的农民,都像是没有灌气的橡皮玩具。四周一看,萧条复萧条,衰落又衰落,中国的农村,果然是破产了,但没有实业生产机关,没有和平保障的像杭州一样的小都市,又何尝不在破产的威胁上战栗着待毙呢?中国目下的情形,大抵总是农村及小都市的有产者,集中到大都会去。在大都会的帝国主义保护之下变成殖民地的新资本家,或变成军阀官僚的附属品的少数者,总算是找着了出路。他们的货财,会愈积而愈多,同时为他们所牺牲的同胞,当然也要加速度的倍加起来。结果就变成这样的一个公式:农村中的有产者集中小都市,小都市的有产者集中大都会,等到资产化尽,而生财无道的时候,则这些素有恒产的候鸟就又得倒转来从大都会而小都市而仍返农村去做贫民。辗转循环,丝毫不爽,这情形已经继续了二三十年了,再过五年十年之后的社会状态,自然可以不卜而知了啦,社会的症结究在哪里?惟一的出路究在哪里?难道大家还不明白么?空喊着抗日抗日,又有什么用处?

  一个人在大街上踱着想着,我的脚步却于不知不觉的中间,开了倒车,几个弯儿一绕,竟又将我自己的身体,搬到了大学近旁的一条路上来了。向前面看过去,又是一堆土山。山下是平平的泥路和浅浅的池塘。这附近一带,我儿时原也来过的。二十几年前头,我有一位亲戚曾在报国寺里当过军官,更有一位哥哥,曾在陆军小学堂里当过学生。既然已经回到了寓居的附近,那就爬上山去看它一看吧,好在一晚没有睡觉,头脑还有点儿糊涂,登高望望四境,也未始不是一帖清凉的妙药。

  天气也渐渐开朗起来了,东南半角,居然已经露出了几点青天和一丝白日。土山虽则不高,但眺望倒也不坏。湖上的群山,环绕在西北的一带,再北是空间,更北是湖州境内

的发样的青山了。东面迢迢,看得见的,是临平山,皋亭山,黄鹤山之类的连峰叠嶂。再偏东北行,大约是唐栖上的超山山影,看去虽则不远,但走走怕也有半日好走哩。在土山上环视了一周,由远及近,用大量观察法来一算,我才明白了这附近的地理。原来我那新寓,是在军装局的北方,而三面的土山,系遥接着城墙,围绕在军装局的框外的。怪不得今天破晓的时候,还听见了一阵喇叭的吹唱,怪不得走出新寓的时候,还看见了一名荷枪直立的守卫士兵。

"好得很!好得很!……"我心里在想,"前有图书,后有武库,文武之道,备于此矣!"我心里虽在这样的自作有趣,但一种没落的感觉,一种不能再在大都会里插足的哀思,竟渐渐地渐渐地溶浸了我的全身。

(原载 1933 年 5 月 4 日至 6 日《申报·自由谈》)

# 海上通信

晚秋的太阳,只留下一金光,浮映在烟雾空蒙的西方海角。本来是黄色的海面被这夕照一烘,更加红艳得可怜了。从船尾望去,远远只见一排陆地的平岸,参差隐约的在那里对我点头。这一条陆地岸线之上,排列着许多一二寸长的桅樯细影,绝似画中的远草,依依有惜别的余情。

海上起了微波,一层一层的细浪,受了残阳的返照,一时光辉起来,飒飒的凉意,逼入人的心脾。清淡的天空,好像是离人的泪眼,周围边上,只带着一道红圈。上薄寒浅冷的时候,是泣别伤离的日暮。扬子江头,数声风笛,我又上了这天涯漂泊的轮船。

以我的性情而论,在这样的时候,正好陶醉在惜别的悲伤里,满满的享受一场感伤的甜味。否则也应该自家制造一种可怜的情调,使我自家感到自家的风尘仆仆,一事无成。若上举两事都办不到的时候,至少也应该看看海上的落日,享受享受那伟大的自然的烟景。但是这三种情怀,我一种也酿造不成,呆呆的立在龌龊杂乱的海轮中层的舱口,我的心里,只充满了几个人,才肯甘休。这愤恨的原因是在什么地方呢?一是因为上船的时候,海关上的一个下流的外国人,

定要把我的书籍打开来检查，检查之后，并且想把我所崇拜的列宁的一册著作拿去。而是因为新开河口的一家买票房，收了我头等舱的船钱，骗我入了二等的舱位。

啊啊，掠夺欺骗，原是人的本性，若能达观，也不合有这一番气愤，但是我的度量却狭小得同耶稣教的上帝一样，若受者不平，总不能忍气吞声的过去。我的女人曾对我说过几次，说这是我的致命伤，但是无论如何，我总改不过这个恶习惯来。

轮船愈行愈远了，两岸的风景，一步一步的荒凉起来了，天色也垂暮了，我的怨愤，却终于渐渐的平了下去。

沫若呀，仿吾成均呀，我老实对你们说，自从你们下船上岸之后，我一直到了现在，方想起你们三人的孤凄的影子来。啊啊，我们本来是反逆时代而生者，吃苦原是前生注定的。我此番北行，你们不要以为我是为寻快乐而去，我的前途风波正多得很哩！

天色暗了下来了，我想起了家中在楼头凝望着我的女人，我想起了乳母怀中在那里咿唔学语的孩子，我更想起了几位比我们还更苦的朋友；啊啊，大海的波涛，你若能这样的把我吞咽了下去，倒好省却我的一番苦恼。我愿意化成一堆春雪，躺在五月的阳光里，我愿意代替了落花，陷入污泥深处去，我愿意背负了天下青年男女的肺痨恶疾，就在此处消灭了我的残生。

啊啊！这些感伤的咏叹，只能博得恶魔的一脸微笑，几个在资本家跟前俯伏的文人，或者将要拿了我这篇文字，去佐他们的淫乐的金樽，我不说了，我不再写了，我等那一点西方海上的红云消尽的时候，且上舱里去喝一杯白兰地吧，这是日本人所说的 Ya ke za ke！

（原载《达夫散文集》，上海北新书局，1936 年版）